책 읽다가 이혼할 뻔

책 읽다가
이혼할 뻔

엔조 도·다나베 세이아 지음
박제이·구수영 옮김

이 글은 부부가 상대방을 이해하기 위해
서로에게 책을 추천해온 격투의 궤적이다.

일러두기
1. 외래어 표기는 국립국어원의 외래어표기법을 따르되 이미 널리 통용되는 경우나 한국어로 의미가
   통하는 단어는 한국식 독음으로 표기했습니다.
2. 본문에 사용된 기호의 쓰임새는 다음과 같습니다.
   『 』장편소설 「 」단편소설, 시 《 》잡지 〈 〉영화, 드라마
3. 각 장 첫머리에 과제 도서 및 본문에 나오는 작품을 원어와 함께 표기했습니다. 단 과제 도서의
   경우 글의 특성을 고려해 일본어판 제목을 따랐습니다.
4. 각주 중 지은이 코멘트는 남편♂, 아내♀, 원서 주는 ★, 옮긴이 주는 ☆로 표기했습니다.

규칙

I. 상대에게 읽히고 싶은 책을 지정한다.

II. 지정된 책을 읽고 감상문을 쓰며 다음 과제 도서를 지정한다.

III. II를 반복한다.

세칙

01. 과제 도서는 자신이 읽은 책이어야 한다.

02. 과제 도서는 종이책이어야 한다. 문자, 그림, 사진의 유무는 상관없다.

03. 과제 도서는 구하기 쉬운 책이어야 한다.

04. 시리즈물이라면 그중 한 권을 지정해야 한다.

05. 여러 권으로 구성된 작품은 분량을 고려해야 한다.

06. 단편집에 수록된 단편 한 편 등 책의 일부를 골라도 된다.

07. 웹진 게재 이전에 상대방에게 과제 도서를 알려서는 안 된다.

08. 과제 도서는 읽는 사람이 스스로 구해야 한다.

09. 집 안에서 감상문 내용을 이야기해서는 안 된다.

10. 마감은 반드시 지킨다.

읽을 거야? 안 읽을 거야?

우 다나베 세이아

『무서운 이야기怖い話』, 후쿠자와 데쓰조福澤徹三
『은빛 연인The Silver Metal Lover』, 타니스 리Tanith Lee
『검은 보고서黒い報告書』, 《주간 신초週刊新潮》 편집부
『여기는 잘나가는 파출소こちら葛飾区亀有公園前派出所』, 아키모토 오사무秋本治
『산타 페Santa Fe』, 시노야마 기신篠山紀信
『양들의 침묵The Silence of the Lambs』, 토머스 해리스Thomas Harris

가끔 부부가 함께하는 이벤트나 집필 의뢰가 들어오지만, 남편이 지금껏 승낙한 적은 한 번도 없다.♂ 이유를 물으면 "부부 만담이 될 것 같아서 싫어", "그냥" 이런 대답이 돌아오곤 했다. 그러던 어느 겨울 늦은 밤, 방에서 책을 읽다가 이 연재의 콘셉트가 난데없이 튀어나왔다. 이야기는 서로 책을 소개하는 기획 연재를 해보자는 방향으로 흘러갔다. 여태껏 나와 함께 일하는 것에 거부감이 있던 남편에게 어떤 심경의 변화가 일었는지 나로서는 알 수 없다. 작가인데도 책을 별로 읽지 않는 내 성향을 바꾸고 싶은 건지 아니면 그냥 변덕을 부린 건지. 나는 남편의 마음이 바뀌기 전에 빨리 움직여야겠다 싶어 그날 바로 출판사 겐토샤에 "이런 기획 어떨까요?" 하는 메일을 보냈다. 갑자기 우리 부부의 아이디어가 적힌 기획서 메일을 받은 겐토샤 편집자는 무슨 생각이 들었을까? 참고로 겐토샤에 메일을 보낸 이유는 예전에 웹진 《겐토샤》에 올라온 후쿠자와 데쓰조 작가의 연재♀가 재미있어서였다. 그런데 설마 그 제안이 진짜 현실이 돼 이렇게 첫 번째 연재를 하게 될 줄이야.

12월에 한 번, 연재 시작 전에 편집자와 회의를 했다. 장소는 오사카 시내의 찻집, 남편과 나와 편집자 셋이서. 우선 왜 이런 기획을 떠올렸는지, 연재의 콘셉트가 무엇인지부터 이야기를 나눴다.

"서로 책을 추천해도 읽을 생각을 안 하는 거예요. 내 인생을

♂ 남편(이하 생략): 불합리한 일을 당할 게 불 보듯 뻔하니까.
♀ 아내(이하 생략): 후쿠자와 데쓰조 씨의 연재는 『무서운 이야기』라는 제목으로 출간됐다. 저자 본인이 '무섭다'고 느끼는 것들을 쓴 에세이로 읽다 보면 왠지 웃음이 터져 나오는 이야기도 있다. 무서운 이야기란 건 끝까지 파고들다 보면 어느새 웃음으로 변하는지도 모르겠다.

바꾼 책이라고 말했는데도 심드렁한 반응을 보이질 않나.♀ 가령 SF 장르에서 저는 패트리샤 A. 맥킬립이라든가 타니스 리의 작품을 주로 읽지만, 남편은 그런 쪽은 잘 안 읽거든요. 남편이 자주 읽는 하드 SF는 약간 문턱이 높다는 생각도 들고 그렉 이건이나 보르헤스나 토머스 핀천 같은 작가는 사실 저에게는 책등만 구경하는 책이죠.♀♀ 책장을 보면 각자의 성품을 알 수 있다는 말이 있는데, 우리 집은 벽에 큰 책장을 떡하니 두고 오른쪽 왼쪽 반씩 나눠 쓰고 있어요.♀♀♀ 저는 요괴나 저주 관련 책, 괴담, 르포르타주, 실제 사건을 바탕으로 쓴 『검은 보고서』 같은 픽션 소설이나 환상 괴기 작품이 많은 반면 남편은 PC 관련 전문서, 물리나 수학 책, 요리나 수예 책, 한문이나 역사 책, 서양서 등등 보고 있으면 괜히 위 언저리가 콕콕 쑤시는 책만 나란히 꽂혀 있다니까요. 그래서 서로 자기가 읽은 책 가운데 재미있던 걸 이야기하다가 자연스레 서로 책을 추천해 독후감을 교환하면 좋겠다는 생각이 불쑥 떠오른 거죠."

　내 말에 남편이 "당신도 요리책 정도는 책장에서 꺼내서 보면 좋잖아.♀♀♀♀ 주제는 독서를 통해 상호 이해가 가능한가, 어때?" 하

　♀ 독서 취향이 전혀 맞지 않는다. 타니스 리의 『은빛 연인』이란 소설은 내가 정말 좋아하는 작품인데 남편에게 읽으라고 추천해봤지만 표지 일러스트만 보는 둥 마는 둥 하더니 얼렁뚱땅 넘겨버렸다. 용서 못 해!
　♀♀ 검정색 표지들이라니, 엄청 어려워 보이잖아(소박한 감상).
　♀♀♀ 잡지 특집 기사에서 소설가의 책장을 많이 다루는데 그들은 어찌 하나같이 그토록 아름답게 정리하고 정돈하는 건지. 내 책장은 딱 봐도 글러먹은 인간을 구현해놓은 듯한 구성에다 책 사이즈며 장르며 뒤죽박죽인데.
　♀♀♀♀ 요리책 보는 건 좋아한다. 하지만 그걸 보면서 요리하는 게 싫다. 쿡패드(cookpad.com)도 가만히 쳐다보기만 하면 행복하다.

고 말했다.

그러자 편집자가 "그럼 주제는 '부부의 상호 이해'로 정하기로 하죠. 상대방에게 책을 추천할 때의 규칙 같은 건 미리 정해놓는 편이 좋지 않을까요?"라고 물었다.

"그렇네요. 일단 구하기 어려운 책은 하지 않는 걸로 해요."

"절판된 책도 넣을까요?"

"우선 인터넷 서점도 포함해 상대방에게 추천하기 전에 재고를 확인하고 나서 정하기로 해요. 그리고 장르는 고정할까? 아니면 사진집이나 그림책, 만화도 넣을까?"

"장르는 그림책이나 만화, 사진집도 가능하다고 해두죠 뭐. 시집이나 가집도 괜찮은 걸로요."

"그럼, 가령 내가 남편에게 미야자와 리에의 누드 사진집 『산타 페』♀를 골라서 리뷰를 부탁해도 괜찮겠네요?"

"어머, 옛날 생각나네요. 근데 『산타 페』를 구할 수 있을까요?"

"지금 아이폰으로 아마존에서 검색해보니 중고가 700엔부터 시작하고 재고도 수십 권 있던데요."

"그런데 뜬금없이 사진집을? 먼저 규칙을 정해서 목록을 만드는 게 어때요? 아내라면 『여기는 잘나가는 파출소』♀♀ 기간본 전부를 추천할 수도 있고 심지어 내가 골라준 책을 읽지 않은 채 제목만 보고 추측해 감상문을 쓸 수도 있어요."

♀ 1991년에 발매된 시노야마 기신이 촬영한 사진집. 당시 폭발적인 인기를 끌었다.
♀♀ 아키모토 오사무가 그린 만화. 전 200권.

"그럴 리가요!"

"어머, 목소리 뒤집어졌어요, 다나베 씨." 편집자가 말했다.

이런 회의를 통해 연재 규칙 일람표가 완성됐다(11쪽 참조). 최초의 책 선택은 나부터 하기로 했다. 정말로 남편에게는 무슨 책을 골랐는지 알리지 않았다.° 처음에는 올해(2015년)가 양의 해니까 양과 관련된 책인 『양들의 침묵』을 생각했다. 하지만 모처럼 부부가 공동으로 첫 도전을 하는 데다 부부 작가를 동경하는 마음도 있으니 부부이면서 작가인 분들의 작품을 골라볼까. 나도 남편도 너무 멀어 가닿지 않겠지만, 요시무라 아키라와 쓰무라 세쓰코★ 부부의 작품 가운데 내가 좋아해서 지금까지 읽고 또 읽은 한 권으로 해야지. 남편의 고향 집에 갈 때마다 곰 이야기가 나오니 쓰무라 세쓰코의 남편인 요시무라 아키라의 『불곰 태풍』이 좋겠다. 나는 간사이에서 나고 자란 간사이 사람이라, 남편이 태어난 홋카이도 삿포로 집 근처에 나타난 곰의 눈이 불빛에 반사돼 푸르게 빛났다는 이야기나 남편의 친구가 일하는 학교 부근을 곰이 유유히 걸어 다녔다는 이야기를 들었을 때 깜짝 놀랐다. 그리고 왜인지 우리는 곰에게 공격당하는 이야기를 자주 한다. 만약 곰에게 습격당한다면 어떻게 내 몸을 지킬 것인가, 일단 곰과 맞닥뜨리면 무엇을 해야 하는가 등의 이야기에 너무 열중한 나머지 시간 가는 줄 모른다.

° 진짜 서로에게 알리지 않고 웹에 연재된 글을 확인한 후 작업에 들어가는 방식으로 진행했다. 덕분에 마감을 지키기가 꽤 어려워 고생했다. 과제 도서를 알고 나서 글을 쓰기까지 시간이 2주밖에 되지 않았기 때문이다. 역시 좀 더 신중했어야 했다.

★ 요시무라 아키라吉村昭(1927-2006) 소설가. 쓰무라 세쓰코津村節子(1928~) 소설가.

과연 남편이 쓴 감상문은 어떤 내용일까? 독자로서도 작가로서
도 즐길 수 있을 듯한 이 기획이 오래 이어지기를 바란다.

02.

곰과 함께 살아가다

♂ 엔조 도

『불곰 태풍』

『불곰 태풍罷嵐』, 요시무라 아키라吉村昭(신초사新潮社, 1982)

〈유리쿠마 아라시ユリ熊嵐〉, 이쿠하라 구니히코幾原邦彦
『변덕쟁이 오렌지로드きまぐれオレンジ☆ロード』, 마쓰모토 이즈미まつもと泉

『불곰 태풍』이니 만큼 과제 도서는 어렵지 않게 구할 수 있을 것 같다. 어느 정도 규모 있는 서점의 신초 문고 칸에 가면 있겠지, 뭐. 다만 신초 문고판『불곰 태풍』은 표지가 무서워 거부감이 든다. 표지 때문에 지금까지 읽지 않았다고 해도 과언이 아니다. 아마도. 지금쯤 혹시 〈유리쿠마 아라시〉*와 콜라보레이션한 표지가 나와 있지 않을까 생각했지만, 역시 그럴 리가 없지. 사람 잡아먹는 곰이 나를 노려보고 있다. '이 곰은 원래는 스위스에서 만들어졌지만 어느샌가 홋카이도의 명물이 된 목조 곰이다. 목조 곰이야'라고 나를 달래가며 계산대로 들고 갔다.°

"종이 커버 씌워드릴까요?"

"(평소보다 강한 말투로) 네."

이렇게『불곰 태풍』을 읽었다. 참고로 제목에서 곰을 뜻하는 한자는 자주 사용되는 '熊곰'이 아니고 '羆비'다. 불곰이라는 뜻을 가진 한자다. 곰에게 입는 피해를 일본어로 '유가이熊害'라고 한다. '熊'의 음독은 '유'의 장음이고 '羆'의 음독은 '히'다. 그런데 '히가이羆害'라는 말은 거의 하지 않는다. '熊'과 '羆'의 한자를 가만히 보니 '灬' 부분이 다리처럼 보여서 귀엽게 느껴진다.

1915년 겨울, 홋카이도 도마마에 군 산케베쓰 로쿠센사와의 산간 개척지에 한 마리의 불곰이 나타난다.

★ 이쿠하라 구니히코 감독이 만든 애니메이션. 2015년 방송. 소설판과 만화판도 있다(『불곰 태풍』의 일본어 발음이 '쿠마아라시'다—옮긴이).
° 원래 스위스 거였다고? 우리 부모님 댁에도 있는데. 그러고 보니 우리 집에는 없네. 좋아! 다음에 홋카이도에 갈 때 사 와야지!

이런 줄거리인데, 사실 이것이 내용으로서는 거의 전부다. 이른바 산케베쓰 불곰 사건 을 취재해서 쓴 소설로 이야기도 거의 세상에 알려진 사건대로 진행된다. 삿포로 오카다마 사건, 후쿠오카 대학 반더포겔 부 불곰 습격 사건 ☆ 등과 어깨를 나란히 할 정도로 유명한 짐승 공격 사건이다. 일본인이라면 누구나 알고 있다. 모르는 사람이 있으려나? 아니, 없을 거야. 불곰이 사람을 덮치는데, 그렇다고 태풍처럼 덮쳐서 제목이 '불곰 태풍'인 것은 아니다. 읽다 보면 좀 더 가슴 아픈 이야기가 있다.

산케베쓰 불곰 사건이 발생한 지 올해(2015년)로 딱 100년이 됐음에도 홋카이도에서는 지금도 가끔 시가지에 곰이 출몰한다. 오히려 요즘 들어 그 수가 더 늘었다. 그때마다 다른 지방 사람들은 "곰과 공생할 수는 없는가", "곰을 잡아 죽이는 일은 인간의 이기주의"라고 말한다. 하지만 '한 번 인간의 음식(혹은 인간)을 맛본 곰과는 공생할 수 없는 것'도 사실이다. 인간이 거주지를 확대한 탓에 곰 서식지가 줄어들었다거나 곰의 영역에 인간이 먼저 발을 들여놓았다거나 곰의 습격은 특수한 예에 해당한다는 주장은 분명 일리가 있다. 그래도 홋카이도에서 자란 나 같은 사람이 볼 때는 안 되는 건 안 되는 거다. 초등학교 무렵부터 배우기 때문이다. '죽은 척해도 소용없다', '나무에 올라가도 소용없다', '불곰이 가져간 물건

♨ 1915년 12월 9일~12월 14일 로쿠센사와의 민가를 불곰이 습격해 7명이 사망한 사건이다.
☆ 삿포로 오카다마 사건은 1878년 1월 동면 중이던 불곰이 원인 미상의 이유로 깨어나 민가를 습격한 사건. 사망 3명, 중상 2명. 후쿠오카 대학 반더포겔 부 불곰 습격 사건은 홋카이도의 히다카 산맥을 오르던 동아리 학생들이 불곰을 만나 해를 입은 사건. 사망 3명.

을 다시 빼앗으려 해서는 안 된다', '등을 보이면 죽는다', '만나지 않는 것이 최선이다' 등등. 만약 곰과 맞닥뜨리면 "눈을 노려본 채로 조금씩 뒤로 물러서라"는 터무니없는 말을 들은 적이 있다. 그리고 "불곰은 앞발이 짧아 내리막길을 잘 달리지 못하니 어쩔 수 없는 상황이라면 내리막길을 달리라"고도 했다. 정말인지는 잘 모르겠다. 나는 그저 소박하게 '불곰과 만나면 죽는다'고 생각하고 있다. 반달가슴곰과는 차원이 다르다. 그러니 구시로 습원 근처로 여행을 갔다가 저 멀리 불곰이 보인다고 해서 먹이를 줘야겠다는 생각은 절대로 하지 말았으면 한다. 죽으니까. 인근 주민까지 휩쓸려 같이 죽으니까.

이렇듯 모두가 대략적인 내용을 아는 산케베쓰 불곰 사건. 그 이야기를 다시금 읽고 놀란 것은 소설의 힘이었다. 담담한 필치가 불러오는 긴장감이나 살을 에는 듯한 홋카이도의 엄동설한 등이 그야말로 오싹하게 전해진다. 내가 지금 영상을 보는지 글자를 읽는지 알기 어려울 만큼 현장감 있는 작품이다. 사건의 진행 과정이나 누가 죽는지 대부분 알고 있음에도 눈앞에 새로운 체험이 펼쳐진다. 아는 것과 실감하는 것은 다르다. 그런 의미에서 거의 논픽션을 쓰는 듯한 '요시무라 문체'는 자연현상으로 벌어진 사건을 따뜻한 피가 도는 인간의 이야기로 빚어낸다. 연표 위 그저 명칭으로만 존재하던 것에 숨을 불어넣어 인간으로 다시 태어나도록 했달까.♠

♠ 세세한 부분에서 다양한 변형이 가해진 것으로 알려졌다.

방금 말한 요시무라 문체는 얼핏 보면 최소한의 사실을 담담히 적어나가는 듯 보이는 무척 신기한 문체다. 이런 문체인데도 논픽션이 아니라는 점이 이 작품의 재미있는 부분이다. 잘 생각해보면 화자가 누구인지도 알 수 없고 누구의 객관적 시각인지도 알 수 없는 이상한 기분이 든다. 그렇다고 논픽션을 가장한 소설이라고 부르기에도 뭔가 석연치 않다. 개인적으로 요시무라 문체를 홋타 요시에★와 함께 2대 수수께끼 문체로 꼽는다.

홋카이도 사람은 곰 이야기가 나오면 자기도 모르게 말이 너무 많아진다.♀ 그 정도로 곰이 일상적이고 자연스러운 대상이다. 그렇기에 거실 한복판에 허물처럼 벗겨져 있는 (아내의) 바지를 보면 '아아, 곰의 습격'이라고 생각하고 복도에 (아내의) 양말 한쪽이 떨어져 있으면 '아아, 곰의 습격'이라고 마음속으로 중얼거린다. 냉장고 속 반찬이 무언가로 도려낸 듯 파여 있으면 '아아, 곰의 습격', 반쯤 열린 문과 커튼 그리고 켜놓은 전등을 맞닥뜨릴 때마다 '아아, 곰의 습격'이란 말이 떠오른다. 한밤중에 부스럭부스럭 소리가 들리면 '아아, 먹이를 찾아 냉장고를 뒤지고 있구나', 이튿날 아침 설거지통 안에서 바짝 마른 접시와 숟가락을 관찰하며 '흠, 어젯밤은 이런 걸 먹었군'이라고 추리한다. 아내의 모습이 보이지 않으면 이불의 온기를 확인해본다. '음, 아직 멀리 가진 않았군. 근처에 있어.'♀♀

★ 홋타 요시에堀田善衞(1918-1998) 소설가이자 평론가.
♀ 남편의 고향 집에 처음 갔을 때도 곰 이야기가 일상적으로 많이 나와서 놀랐다. "삿포로 주택가에 곰이 나온다고?" 그런데 말하는 당사자는 의외로 닛폰햄 파이터스 경기 결과라도 이야기하듯 담담한 것이 인상적이었다.
♀♀ 그거, 우리 집에 사는 요정인가 요괴인가가 한 짓이라니까.

지금까지 아내와 함께하는 일을 거절해온 데에는 무언가 불합리한 일을 당할 듯하다, 생활과 일이 분리되지 않아 싸움이 날지도 모른다, 상대방의 일까지 떠맡을 것 같다 등등 다양한 이유가 있는데 역시 가장 큰 이유는 "곰이랑 일하는 사람이 어디 있어"였다. 이렇게 말하면 아내는 "그럼 당신은 왜 곰이랑 결혼했는데?"♀라고 톡 쏘아붙인다. 단순한 질문에 언제나 단순한 대답을 할 수 있는 건 아니다. 뭐, 이번 일은 서로의 작업이 분리돼 있으니 괜찮을 것 같긴 하다.♌

이제 다음 과제 도서를 결정할 시간이다. 그래, 너무 리얼한 곰에 벌벌 떨었으니 테리 비슨의 「곰이 불을 발견하다」로 하면 어떨까. '기상奇想 컬렉션' 시리즈 『두 명의 재닛』에 수록돼 있을 게다. 이렇게 쓰고 갑자기 떠오른 생각은, 이래서 내가 그다지 잘나가지 못하는 게 아닐까였다. 연재라면 『변덕쟁이 오렌지로드』♌♌ 1권 같은 책을 골랐어야 했다. 뭐, 그래도 『불곰 태풍』에는 역시 「곰이 불을 발견하다」지. 응, 나는 어차피 이런 식으로밖에 살지 못하는 구제 불능이야. 용서해줘, 엄마. 이런 의미 없는 말을 던지면서 다음 작품은 「곰이 불을 발견하다」로!

♀ 친숙한 이류異類 혼인이지 뭐.
♌ 그렇지도 않았다.
♌♌ 마쓰모토 이즈미가 그린 소년만화. 《주간 소년점프》에 1984~1987 연재. 불량(한 것처럼 보이지만 실제로는 그렇지 않은) 소녀와 초능력을 가진 소년이라는 형식은 후세에 커다란 영향을 끼쳤다. 아마도.

03.

우 다나베 세이아

「곰이 불을 발견하다」

「곰이 불을 발견하다熊が火を発見する」, 『두 명의 재닛ふたりジャネット』, 테리 비슨Terry

Bisson(가와데쇼보신샤河出書房新社, 2004)

「Bears Discover Fire」, 『Bears Discover Fire and Other Stories』(Orb Books, 1994)

『덴데라デンデラ』, 사토 유야佐藤友哉

남편이 제시할 과제 도서로 '곰'이 등장하는 '부부 작가'의 작품이라는 점에서 사토 유야*의 『덴데라』를 생각했는데 빗나가고 말았다. 뭐, 책을 고르는 기준에 상대방이 지정한 책에서 연상하라는 규칙은 없다. 내 멋대로 그렇게 믿고 예상했을 뿐이지만 곰과 관련된 책이라는 점은 맞췄으니 됐다. 『두 명의 재닛』에 수록된 단편 「곰이 불을 발견하다」의 리뷰를 위해 근처 서점에 갔더니 재고가 없었다. 어쩔 수 없이 전철을 타고 서점 몇 곳을 돌아다녔음에도 결국 책을 찾지 못해 온라인 서점에 의지할 수밖에 없었다. 최근 번역서가 잘 안 팔린다는 기사를 어딘가에서 봤다. 그래서 서점에서도 적게 들여놓는 걸까.♀ 외국 소설은 국내 작가가 쓴 작품과는 또 다른 맛이 있는데 안타까운 일이다. 미국에서도 번역 소설은 잘 안 팔린다는 이야기를 서점 직원에게 들은 적이 있다. 이런 경향은 어느 나라나 비슷할지도 모르겠다. 며칠 후에 배달된 책을 손에 들고 과제로 제시된 단편을 읽었다. 창밖을 보니 갑자기 찾아온 한파로 오사카에는 잘 내리지 않는 눈이 흩날리고 있었다. 「곰이 불을 발견하다」를 읽기에 딱 어울리는 날씨다.

　　주인공인 화자는 미국 어딜 가나 있을 법한, 살아가는 데 약간 서투른 중년 남성이다. 어느 날 목사인 남동생의 아이를 차에 태우고 고속도로를 달리던 중 타이어에 펑크가 난다. 어쩔 수 없이 차

★ 사토 유야(1980~) 소설가.
♀ 이 연재가 끝날 때까지 근처 서점 네 군데 정도가 없어졌다. 점주의 이야기를 들어보니 아마존을 이유로 드는 사람이 많았다. 앞으로는 되도록 근처 서점에서 책을 사야겠다. 온라인 서점이 편리하지만 실제로 만져보며 읽을 수 있는 서점도 필요하다는 사실을 절감했다.

를 분리대로 이동시키고 타이어를 교환하는 도중에 횃불을 든 두 마리의 곰이 나타난다. 아무래도 곰이 불을 발견한 모양이었다. 곰들은 동면하지 않고 불을 피우며 지내기로 했다고 한다. 이야기는 담담한 말투로 진행되는데 곰은 마치 풍경 같은 존재로 계속 등장한다.

사전 정보 없이 읽은 탓에 불을 든 곰이 언제 공격해올지 조마조마한 마음으로 책장을 넘겼지만 마지막까지 그런 장면은 나오지 않았다. 미국 전역이 곰이 가진 불꽃에 의해 활활 타오르고 그 사이로 어지럽게 도망치는 사람들, 곰의 먹이가 된 인간의 비명을 뒤로 한 채 엽총을 들고 대항하는 주인공 같은 이야기를 떠올렸는데. 화자의 어머니가 양로원에서 빠져나와 불을 다루는 곰들과 함께 밤의 숲에서 살아가는 장면에서 아무래도 이 소설은 호러로 전개되진 않겠구나 싶었다. 그래도 혹시 갑자기 흐름이 바뀌어 비극……은 일어나지 않았다.♠ 아름답고 고요하고 평화로운, 하지만 어딘지 모르게 서글픈 단편이었다. 다 읽은 후에 나는 작중에 나오는 곰이 좋아하는 맛이 난다는 뉴베리 따위가 먹어보고 싶어졌다. 감상을 아무리 말한들 이 단편이 지니는 독특한 맛을 다른 사람에게 전하는 것은 어려우리라. 이 이야기에 흥미를 느낀 사람은 책을 구해서 읽어보기 바란다.

자, 이번에는 남편에게 추천할 책을 골라야 한다. 내가 그 사람

♠ 그렇게 전개될 리가 있나.

에게 읽히고 싶은 책은 뭘까 하고 내 서가 앞에 서서 생각했다. 소설, 에세이, 사진집, 그림책, 만화 등 다양한 제목이 눈에 들어온다. 그중 한 권에 눈길이 멈췄다. 그래, 이 책을 남편에게 읽히자. 주저 없이 한 권을 쏙 빼냈다. 이름하여 『VOW 임더! 오사카 주변의 재미있는 물건 수집 리포트』(요시무라 도모키*와 친구들 편저).

이따금 남편은 내가 남몰래 '오사카 멀미'라고 부르는 증상으로 괴로워할 때가 있다.♀ 그것은 설명하기 힘든 오사카다운 장소나 오사카의 틈새에 존재하는 마의 공간과 접촉했을 때 나타나는 현상으로 심장이 빨리 뛰고 숨이 가빠지며 현기증이 일고 땀이 난다. 가령 우리 집 근처에 있는 마트는 저녁이면 'It's a Small World'라는 곡이 흘러나오고 그 노래에 맞춰 점장이 가와치 사투리로 추천 상품과 품절 상품을 방송한다. 마트 2층이 가라테 도장이어서 도복 입은 초등학생들이 매장 안을 조르르 걸어 다니며 '요괴워치' 따위를 이야기한다. 도장에서는 가라테 말고 다른 교실도 하는 모양으로 "사모님, 바람총을 훅 불어보지 않으시겠어요?"라고 쓰인 '바람총 교실' 광고지가 붙어 있을 때도 있다. 간사이에는 도장을 겸한 마트나 시장이 많은지 일본에서 가장 길다는 덴진바시스지 상점가 한쪽에도 1층이나 2층은 식료품점이 줄지어 있는데 왠지 3층에는 복싱체육관이 들어선 건물이 있다. 그 밖에도 '나사식' 세계를 연상시키는 이시키리 상점가나 "저쪽"이 적힌 노란색 등롱을

★ 요시무라 도모키吉村智樹(1965~) 방송작가이자 자유기고가.
♀ 오사카로 이사 온 지 5년이 넘었건만 아직도 이따금씩 증상이 나타난다. 어쩌면 평생 낫지 않을지도 모르겠다.

내건 가게 옆에 "EXILE☆이 먹는 원기옥 있습니다"란 벽보가 붙은 상점가도 있어서 길을 헤매던 남편은 역시 오사카 멀미 증상에 괴로워한다.☖우

남편은 홋카이도 삿포로에서 나서 자랐고 대학 때는 센다이와 도쿄에 살았다. 이후 연구자로서 여기저기 떠돌다가 도쿄에 자리 잡았다. 그 무렵 나를 만났고 몇 년 뒤에 결혼했다. 나는 당시 교토에 살았는데 직장 때문에 오사카로 이사했다. 처음에는 도쿄와 오사카에 따로 살았지만 반년 후 역시 같이 살자는 쪽으로 뜻을 모았다. 나는 직장이 오사카이기도 했고 간토권에서 살 마음이 없었기에 남편이 오사카로 왔다. 남편은 예전에 교토에 있는 대학에 근무한 적도 있어 오사카에 오는 게 처음은 아니었지만, 이사 온 직후에는 여러 가지 문화 차이로 괴로워했다. 타지에서 온 사람에게는 아무래도 간사이 사투리가 약간 무섭게 들리는 모양이다. 친절한 나는 '히라파'나 '히라파 오니상'이 왜 있는지, 오사카에서는 '방출'을 뭐라고 읽는지 등을 가르쳐줬다.우우

지금은 남편도 어설픈 간사이 사투리를 구사하고, 교바시그란 샤토의 "교바시는 좋은 곳이야~"라고 간사이 사투리로 부르는 노

☆ 일본의 남성 아이돌 그룹.
☖ 이거, 내가 아니라 당신 이야기 같은데?
우 글쎄?
우우 '히라파'는 히라카타파크의 통칭으로 게이한레저서비스가 운영하는 테마파크. 입장 인원수는 유니버설스튜디오재팬에 이어 오사카 부에서는 두 번째로 많다. '히라파 오니상'은 히라카타파크의 이미지 캐릭터로 초대 히라파 오니상은 고스기 류이치(블랙마요네즈), 2대는 오카다 준이치(V6)다. 웬일인지 2대째 이후 패러디 광고 포스터가 만들어지면서 간사이에서는 화제를 모으고 있다. '방출放出'은 '하나텐'이라고 읽는다(방출의 일본어 표준 발음은 '호슈쓰'—옮긴이).

래를 들으며 산책을 즐기고, "더는 못 참아! 그만두겠습니다!" 하는 간판이 눈길을 사로잡는 폐점 세일을 몇 십 년째 계속하는 신발 가게♀ 주변을 자전거로 거침없이 달리며 트위터에 산책하는 모습을 올리기도 한다. 하지만 이제 오사카 멀미 증상이 나타나지 않느냐 하면 그렇지는 않은 모양이다. 개인적으론 오사카에 더욱 흠뻑 젖어주기를 바란다. 그리고 나는 초등학생 때부터 'VOW'☆ 시리즈를 애독했는데, 남편에게 권해도 좀처럼 읽어주지 않았다. 그래서 이 연재를 계기로 읽힌 후 밖에 나갔을 때 "저거 『VOW』에서 실어줄 것 같지 않아?", "그렇네" 같은 대화를 하며 산책을 즐기고 싶다. 그럼, 들리나요…… 들려요?…… 여보…… 저는 당신의 아내예요…… 지금…… 당신의…… 마음속에…… 직접…… 호소하고 있어요…… 더욱 오사카에 물들어야 해요…… 물들라고요. 알아들었어요?

♀ 20년 이상 폐점 세일을 계속하더니 2016년 2월 20일 정말 문을 닫고 말았다. 하지만 2016년 4월에 '슈즈숍 더는 못 참아'라는 이름의 인터넷 쇼핑몰로 부활했다.

☆ 'Voice Of Wonderland'의 약자로 잡지 《다카라지마》에 연재되던 독자 투고 코너를 모아 펴낸 단행본.

04

아직 얼간이는 아니야

↯ 엔조 도

『VOW 임더! 오사카 주변의 재미있는 물건 수집 리포트』

『VOW 임더! 오사카 주변의 재미있는 물건 수집 리포트VOWやもん! 大阪周辺のオモシロ物件採集レポート』, 요시무라 도모키와 친구들吉村智樹と仲間たち(다카라지마샤寶島社, 2007)

『VOW 데이! 오사카 거리 바보 500발! 바우 데이!VOWやねん! 大阪街アホ500発!バウやねん!』, 요시무라 도모키

『VOW 라예! 전국의 오사카스러운 이상한 것 대카탈로그VOWでんがな 全国の大阪的ヘンなもの大カタログ』, 요시무라 도모키와 친구들

『몰텐, 맛있어요モルテンおいしいです^q^』, 다나베 세이아

『피투성이 내장 하이스쿨Blood and Guts in High School』, 케이시 액커Kathy Acker

「메뚜기 노랫소리를 듣게 되리라You Will Hear The Locust Sing」, 『20세기 유령들20th century ghosts』, 조 힐Joe Hill

이번 책은 'VOW'다. 이럴 줄 알았다. 아니, 거짓말이다. 이걸 예상하는 사람이 있을 리가 없지. 그건 그렇다 치고, 누구든 'VOW'에 사진을 투고하던 지인 하나쯤은 있을 게다. 찾아보니 이 책은 간사이판 'VOW'의 3탄이다. 『VOW 데이!』, 『VOW 라예!』, 『VOW 임더!』라는 시리즈인 듯하다. 직접 서점에 가서 찾을 자신이 없어 인터넷에서 재고를 확인해보기로 했다. 이럴 때는 우선 마루젠&준쿠도의 넷스토어˚에서 검색해본다. 뭐, 다른 사이트라도 상관없지만 역시 실제 매장의 재고를 함께 표시해주니 편리하다. 다만 검색창을 따로 열어야 한다는 점은 조금 불편하달까. 책 이름으로 검색하면 우선 상위에 해당 책의 판매 화면이 곧바로 나오는 아마존의 존재감은 역시 말로 설명할 수 없을 정도로 크다. 찾아보니 간사이권에서는 마루젠&준쿠도 서점 우메다점, 준쿠도 서점 오사카 본점, 준쿠도 서점 우메다 힐튼플라자점, 이 세 곳에 재고가 있었다. 검색한 시점에서는 말이다. 어라, 오사카에만 있는 건가? 교토에는? 고베에는? 뭐, 사실 오사카 사람들이 생각하는 만큼 다른 지역 사람들은 오사카에 관심이 없다. 참고로 간사이 지방 외에는 그다지 널리 알려지지 않았을지 모르지만 교토, 오사카, 고베 사람들은 사이가 별로 좋지 않다. 이런저런 생각을 하며 이번에는 준쿠도 서점 오사카 본점에서 구입했다.

동료의 배신으로 도쿄에서 쫓겨나온 주인공 VOW는 오사카의

˚ 현재 하이브리드형 종합 서점인 혼토honto와 통합됐다. 그래서 웹페이지나 휴대전화 애플리케이션의 편의성도 향상돼 이하 몇 줄은 옛날이야기가 됐다.

구석진 동네에 흘러든다. 상처받은 VOW를 도와준 하숙집 처녀는 열심히 일하는 VOW의 모습에 점점 마음이 끌린다. 하지만 VOW를 배신했던 사람의 손이 오사카까지 뻗어온다. 이번에야말로 사랑하는 사람을 지키고자 도끼를 한 손에 들고 일어서는 VOW. 지금, 참극의 막이 오른다.

이런 내용은 절대 아니다. 'VOW'가 어떤 책인지를 설명하는 것은 별 의미가 없다. 'VOW'는 길거리의 재미있는 이미지를 모은 책이다. 지금까지 오사카에서 스스로 발견한 VOW스러운 것은 기타신치에서 본 '교토풍 이탈리안 잔코나베☆'라는 간판 정도가 아닐까.♀ 흐음. 책을 손에 쥐자 떠오른 생각은 '아아, 이 색상 배합은 아내의 책장과 똑같아.' 책장을 보면 그 사람을 알 수 있다는 말처럼 세상에는 책을 크기별로 배치하는 사람, 색깔별로 정리하는 사람 등 다양한 사람이 있다. 굳이 책등에 쓰인 글씨를 읽지 않고 책장의 색상만 봐도 꽤 많은 것을 알 수 있다. 청색책(하야카와분코SF)이나 은색책(하야카와SF 시리즈)처럼 색의 이름으로 불리는 책들도 있다. 아, 보인다, 보여. 이것은 초등학교에 있던(조금 구석진) 학급문고의 배색이다. 그러고 보면 생각보다 젊은 배색이다. 나는 심령 사진이나 괴담 관련 그림 따위는 보이지 않도록 숨겨둔다. 사람 얼굴이 크게 나온 표지도 안 된다. 밖에서 보는 책은 큰 문제가 안 되지만 집안에서는 책을 뒤집어 놓는다. 결혼 초기에 아내가 그런 표지의

☆ 생선, 고기, 채소 등이 듬뿍 들어간 냄비 요리로 스모 선수가 몸을 불리기 위해 먹기 시작한 것이 유래.
♀ 더 있지 않아? 트위터에 이따금 오사카에서 발견한 걸 올리잖아.

책을 책상 위에 올려놓곤 했는데, 나를 괴롭히려고 일부러 그러는 거라고 의심하기도 했다.

'VOW'는 딱히 무서운 책은 아니니 즐겁게 읽어나갈 수 있다. 하지만 책장을 넘기면 '이런 게 대체 언제까지 나오는 걸까' 하는 불안감이 엄습해온다. 예를 들어 나비나 사슴벌레라면 분류를 할 수 있다. 그런데 'VOW'는 어떻게 분류해야 할까, 그 분류에 끝이 있을까. 온몸이 쑤셔온다. 영원토록 완벽히 수집할 수 없는 것을 수집해가는 느낌이다. 이렇게 한없이 퍼져나가는 것은 정말 나에게 맞지 않는다.♀ 인생을 몇 번 살아도 부족할 것 같은 기분이 든다. 예전에 물리학을 공부해서인지도 모르겠다. 크게 뭉뚱그려 말하자면, 물리학에서는 몇 개의 법칙만 발견하면 그 후에는 그것들을 조합해 모든 것을 설명할 수 있다고 간주한다. 우주는 바로 그 몇 개의 간단한 법칙으로 이루어져 있다. 아마도 그런 사고일 게다.♀♀ '아마도'를 덧붙인 이유는 이것은 하나의 세계관일 뿐, 원자나 분자에는 물리법칙을 적용할 수 있다 해도 인간이나 사회라는 현상에서 적절한 실마리가 될 수 있느냐는 다른 문제이기 때문이다. 실제로 인간이 볼 수 없는 곳에서 신이 우주를 움직이고 있을지도 모르고, 코끼리가 우리를 짊어지고 있을지도 모른다. 인간의 머리로는 전부

♀ 끝이 안 보이는 것을 모으는 즐거움을 이해할 수 있는지가 나와 남편의 큰 차이점인데 아직도 타협점을 찾지 못하고 있다. 나는 괴담이나 인터넷에 떠도는 도시 전설, 요괴 이야기나 UFO 목격담 따위를 모으는 게 좋아서 어쩔 줄 모르는데, 그런 내 모습을 보는 남편의 눈빛은 싸늘하다.

♀♀ 이런 사고방식이 아직도 이해가 안 된다. 애초에 이치가 밝혀진 것이 많지도 않다. 정확히는 모르지만 아마도 그러리라는 추측뿐이다. 이런 상황에서 그 이상의 것을 계속 생각하는 거야말로 무한한 시간이 필요하지 않을까?

이해할 수 없는 무수한 법칙의 짜임새로 구성돼 있을지도 모르고, 애초에 법칙 같은 것은 없고 현상만이 존재하는지도 모른다. 그저 모든 것이 범천의 꿈일지도 모른다.

이런 연유로 나는 무언가가 그저 끝없이 나열돼 있는 것에 무척이나 약하다. 단서를 잡을 수 없기에 흘러내리는 모래에 휩쓸린 듯 숨쉬기가 괴롭다. 식은땀마저 난다. 더욱이 개그는 특히 더 분류하기 어려운 대상이다. 개그로서 무언가를 말하기란 무척이나 어려울 뿐 아니라 말했다 하더라도 언제나 반론이 나오기 마련이다. 이런 것들을 계속 보고 있노라면 혼란스럽다. 심지어 취기가 돈다. 이 세상이 사리에 맞지 않고 어수선하며 혼돈으로 가득 차 있다는 사실을 깨달은 건 꽤나 최근 일이다(결혼하고 나서부터까). 이 세상은 전혀 제대로 되어 있지 않다. 물리법칙, 논리, 정합성. 힘 좀 내봐! 얼빠진 것을 완벽히 지적질할 수 있다고 생각해서는 안 된다. 우리는 도저히 제정신으로는 지적질할 수 없을 정도로 태생이 얼빠진 우주에 살고 있다. 그런데도 멀쩡한 얼굴로 살 수 있는 것은 지적질에 지쳐서 머리가 마비됐기 때문이 아닐까.

참고로 내가 간사이, 아니 오사카를 가장 절실히 느낀 곳은 샌프란시스코 주변이었다.° '오사카가 아니잖아, 아니 일본조차 아니잖아'라고 생각할지 모른다. 딱히 재팬타운이 아니더라도 그 도시가 주는 나른함과 뭐가 뭔지 알 수 없는 느낌이 상상을 초월할 때가 있었다. 실리콘밸리가 어쩌니저쩌니 하며 추켜세우지만 사실 오

° 이 내용은 졸저 『몰텐, 맛있어요』에도 실려 있다.

사카를 능가할 정도로 허술하다. 오사카에 뒤지지 않을 만큼 제멋대로인 데다 너무나도 자유롭다. 샌프란시스코에서 버스[*]를 탔을 때의 일이다. 고급 주택지에서 이탈리아인이 많은 지역, 일본인이 많은 지역, 아프리카계가 많은 지역, 스페인계가 많은 지역 순으로 도는 버스였다. 그런데 버스에 올라타는 사람 모두가 남녀노소 불문하고 '자신의 청춘 시대에 유행했던 패션'이었다. 엉망진창이었다. 지적질을 멈출 수가 없었다. 그 광경을 촬영한다면 분명 시대 설정을 제대로 하라고 혼날 것만 같았다.

실은 세계 대부분은 오사카와 비슷하고 그중에서 오사카는 꽤 정상적인 축에 드는 것은 아닐까. 도쿄와 뉴욕은 다르지만, 아마 그런 곳들이 예외일 게다. 로마도 그다지 제대로 되어 있지 않다. 아, 추운 지방은 다르다. 추운 곳은 '제대로 살지 않으면 죽으니까' 생각보다 정연한 생활을 한다. 정연하다는 것은 기묘하다. (추운) 매사추세츠 출신으로 보스턴에서 사는 지인도 말했다. "따뜻한 곳에 사는 사람은 어딘지 모르게 이상하다"고.[**] 이런 시점에서 이 간사이판 'VOW'를 보다 보면 오사카는 아직 갈 길이 멀다는 느낌이 든다. 오사카는 조금 더 제멋대로 굴어도 된다. 자신을 바보라고 말한다면 아직 바보가 아니다. 스스로 바보가 아니라고 진지한 얼굴로

---

[*] 22번 시영 버스. 마리나 지구에서 미션 지구로 간다. 서점(보더랜즈 북스)에 가기 위해 타곤 했다.

[**] 또 다른 지인은 이렇게 말했다. "일본에 올 때까지는 내가 제대로 살고 있다고 생각해. 그런데 막상 일본에 와보면 그렇지 않았음을 깨달아. 그런데 다시 돌아가면 또 잊어버리고 말지."

[*] 북쪽 지방 사람이 너무 고지식한 거겠지. 술 마시다가 일행을 놓쳐버리면 죽는다는 이야기를 아무렇지 않게 하는데 이 사람들 너무 무서워! 겨울이나 추위에 항상 대비하고 위기의식을 갖지 않으면 곧 죽음이라고 생각하는 세계 같다.

말할 정도가 돼야 한다. 안 그러면 세계의 얼간이들에게 질지도 모른다는 불안감이 든다. 이 책은 미국 서해안에 가기 전 마음의 준비를 위해 읽어두어도 좋을 듯하다.

그럼 다음 책 이야기를 해볼까. 아무래도 살육에 관한 이야기를 기대하는 것 같으니 그래, 제목만으로는 내용을 절대 상상할 수 없는 『피투성이 내장 하이스쿨』*은 어떨까. 아니다. 이건 좀 다르다. 조 힐의 「메뚜기 노랫소리를 듣게 되리라」♧ 정도가 좋으려나. 그래도 『20세기 유령들』에서 고르라면 역시 「바비 콘로이, 죽은 자의 세계에서 돌아오다」겠지? 일단 선혈이 낭자하기는 하니까.

★ 케이시 액커 저.
♧ 어느 날 아침에 눈을 뜨자 메뚜기가 돼버린 주인공이 살육을 시작하는 이야기. 누구나 예상할 법한 그런 내용은 아니다.

05.

우 다나베 세이아

「바비 콘로이, 죽은 자의 세계에서 돌아오다」

「바비 콘로이, 죽은 자의 세계에서 돌아오다ボビー·コンロイ、死者の国より帰る」, 『20세기 유령들20世紀の幽霊たち』, 조 힐Joe Hill(쇼가쿠칸小学館, 2008)

「Bobby Conroy Comes Back from the Dead」, 『20th century ghosts』(William Morrow, 2007)

「바비 콘로이, 죽은 자의 세계에서 돌아오다」, 『20세기 고스트』(비채, 2009)

『벽장의 모험おしいれのぼうけん』, 후루타 타루히古田足日
'인법첩忍法帖' 시리즈, 야마다 후타로山田風太郎
〈요괴대전쟁妖怪大戦争〉, 미이케 다카시三池崇史
〈12몽키즈12Monkeys〉, 테리 길리엄Terry Gilliam

나는 릴레이 형식으로 서평 쓰는 일이 처음인데 남편은 경험이 있는 모양이다. 수년 전 심지어 상대가 여고생이었단다.※ 고등학생들이 고른 책을 남편이 리뷰하고 남편이 고른 책은 고등학생들이 리뷰하는 신문 연재 기획으로, 남편 모교에 다니던 한 여고생은 『벽장의 모험』이라는 그림책을 골랐고 남편은 야마다 후타로의 '인법☆첩' 시리즈를 골랐다(시리즈를 골라도 되는 건가). 그 책을 읽고 여고생이 어떤 감상문을 썼는지 어떤 반응을 보였는지 나는 알지 못한다. 그도 그럴 것이 남편에게 연재 이야기를 들었을 뿐 실제로 본 적은 없다. 애초에 나는 남편이 쓴 글을 읽지 않는다.※※ 세상에는 서로 원고를 읽어주거나 조언해주는 작가 부부나 작가 동료도 있다지만, 우리 집에서 그렇게 하면 어떻게 될지 상상만 해도 무섭다. 서로의 글을 읽으면 "아, 나 오자 발견했어"라든가 "그 부분은 이렇게 하는 게 좋지 않을까?" 같은 말이 나올 게 뻔하다. 그럴 때 웃으면서 "어머, 그랬구나"라든가 "훌륭한 조언 고마워. 앞으로는 당신의 조언에 따라 쓸게. 오호호" 이렇게 될 리 만무하기 때문이다.

어쨌든 이 연재의 목적은 상호 이해다. 네 번째 연재 글을 쓰며 돌아보니 과연 서로 이해한 부분이 있는지 잘 모르겠다. 나와 남편은 도쿄와 오사카에 각각 살았고 그냥 한번 사귀어 볼까 싶은 상황에서 입적※※※하기까지 몇 번 만나지도 않았다. 그 사이가 두 달

※ 기억이 너무 어렴풋해서 사실과는 많이 다르지만 뭐, 됐다.
☆ 인법忍法은 닌자忍者의 진짜 기술이 아니라 둔갑술, 기공술 같은 초현실적인 기술을 말하며 야마다 후타로가 널리 알렸다.
※※ 나도 보통 아내가 쓴 글은 읽지 않는다.
※※※ 나는 '입적'이라는 표현은 사용하지 않는 편이 좋다고 생각하는 부류다.

정도밖에 안 됐다. 멀리 살던 여동생에게 알리는 일을 까먹는 바람에 입적한 지 몇 달이 지난 후에야 "아, 이 사람이 형부야"라고 말해주기도 했다. 딱히 크게 서두를 이유가 있지도 않았는데 왜 그렇게 빨리 교제에서 결혼으로 발전했는지는 지금도 모르겠다. 이 연재를 시작한 이유는 분명한 반면 남편이 왜 내 남편이 됐는지는 외계인이 기억을 바꿔치기라도 했나 가끔 의심할 정도로 막연하다. 글을 쓰기 시작한 계기도 예전부터 목표로 했던 게 아니라 즉흥적이었다. 또 외국에서 일하거나 창업할까 생각은 했어도 그리 깊은 뜻이 있지 않아 이 일을 시작한 이유도 기억나지 않는다. 이렇듯 나는 어설픈 인간이건만 소설가가 된 경위만큼은 그 무엇보다 제대로 기억하고 있다.

어느 날 지인이 지금은 없어진 온라인 서점 BK1이 주최하는 'BK1괴담대상'이라는 인터넷 공모전에 응모해 상을 받았다는 소식을 들었다. BK1괴담대상의 응모 규정이 800자 이내의 괴담 작품이었기에 '800자라면 원고지로 두 장 이내잖아? 상품이 도서상품권이라니 받으면 땡잡는 거네' 싶어 응모했다. 그런데 초심자의 행운-beginner's luck인지 그 작품이 가작으로 입선했다. 우쭐한 마음에 조금 더 긴 작품을 몇 개 써봤고 몇 개월 뒤 호러소설대상 단편 부문에 응모하면서 데뷔했다. 같은 시기에 두 군데쯤 다른 공모전에도 출품했지만 그쪽은 예심조차 통과하지 못했다. 만약 전부 다 떨어졌다면 지금쯤 나는 자고로 책은 쓰는 게 아니라 읽는 거라고 생각했을 가능성이 크다. 그랬다면 아마 남편도 만나지 못했겠지. 사람들에게 평생 결혼하지 않고 살 것 같다는 말을 듣기도 해서 지금

여우나 살쾡이 따위에게 속고 있거나 엄청난 농담이 아닐까 하는 의심을 계속 품고 있다. 아침에 눈을 뜨면 미혼인 채로 원룸 아파트에 나 혼자 있는 기분이 드는 건 왜일까.

어쨌든 이번 과제 도서는 『20세기 유령들』에 수록된 「바비 콘로이, 죽은 자의 세계에서 돌아오다」이다. 『20세기 유령들』은 히가시 마사오★ 씨의 요괴북 블로그에서 화제가 된 적이 있어 이미 읽었다. 책도 소장하고 있다. 그래서 이번에는 서점을 돌아다닐 필요도 없고 책을 새로 살 필요도 없이 그저 책장 앞에 서서 나란히 꽂힌 문고본 중 한 권을 쏙 빼내기만 하면 돼서 좋았다.✇ 남편은 예전에 괴담이나 호러, 오컬트 관련 서적이 빼곡한 책장을 보기만 해도 소름이 돋는다는 말을 했으니 내가 갖고 있다는 사실을 몰랐을지도 모른다. 『20세기 유령들』은 오랜만에 다시 읽어보니 느낌이 꽤 달랐다. 지금까지는 굳이 고르자면 이 책에 수록된 단편 가운데 평범한 부류에 속하는 「바비 콘로이, 죽은 자의 세계에서 돌아오다」보다 읽다 보면 절로 섬뜩해지는 「메뚜기 노랫소리를 듣게 되리라」 같은 작품이 더 좋았다. 그래도 나는 이 좀비를 연기하는, 성공하지 못한 주인공의 심정을 전보다 이해하게 될 걸까. 처음 읽었을 때보다 몇 배나 차분히 즐길 수 있었다.

주인공 바비 콘로이는 톰 새비니☆에게 죽은 사람 분장을 받고 영화 〈시체들의 새벽〉에 출연할 순서를 기다리고 있다. 그러다 자

★ 히가시 마사오東雅夫(1958~) 문예평론가이자 편집자.
✇ 갖고 있지 않은 책을 골라야 한다는 규칙은 없다.
☆ 영화감독이자 특수 분장 등을 겸하는 배우로 실존인물이다.

기처럼 엑스트라로 출연하는 여성 좀비에게 시선이 머문다. 그녀의 이름은 해리엇. 해리엇은 고등학생 시절 바비의 여자친구였다. 바비는 고등학교 졸업 후 코미디언이 되기 위해 뉴욕으로 갔지만, 프로 무대의 혹독함을 견디지 못한 채 꿈을 접고 고향으로 돌아와 현재는 부모님과 함께 살고 있다. 어린 시절 사랑했던 해리엇은 예전과 다름없이 매력적이고 자신과도 호흡이 딱 맞는 것 같다. 하지만 그녀는 결혼을 했고 아들도 있다. 엑스트라로 출연하는 기간 동안 바비는 해리엇의 아들이 자신의 아이일지도 모른다는 의심을 하거나 그녀의 남편에게 질투를 품는다. 대기하면서 근황이나 추억을 이야기하는 사이 시간이 과거로 되돌아간 듯한 착각에 빠지기도 하지만, 의견이 맞지 않는 대화가 가벼운 언쟁으로 발전하는 괴로운 경험도 한다. 그런 두 사람 앞에 감독인 조지 로메로☆가 찾아오는데…….

남편은 왜 서툰 인생에 익숙해지지 못하는 남자가 주인공인 작품만 고르는 걸까. 그런 작품을 내가 읽고서 뭔가 깨닫기를 바라는 부분이 있는 걸까. 지금으로선 남편의 의도조차 파악하지 못하고 있다. 상호 이해라는 것은 꽤 먼 곳에 있는 모양이다. 남편도 좀처럼 익숙해지지 못하는 현실이나 과거로 돌아가 어쩌면 있었을지도 모를 삶을 청춘의 추억과 함께 곱씹기도 하는 걸까.♀ 이 이야기는 마지막 대사 가운데 한마디가 절창이다. 그것을 여기에 써버리면

☆좀비 영화의 거장으로 대표작은 1978년 개봉한 〈시체들의 새벽Dawn Of The Dead〉.
♀참고로 나는 자주 그렇다. 남편과 결혼하지 않은 인생을 상상하면 등골이 오싹할 때가 많다. 술 좋아하는 방종한 인간이므로 어쩌면 이미 이 세상 사람이 아닐지도 모른다.

약간 촌스러울 것 같다. 그래서 참기로 했다. 조 힐은 그 한마디를 위해 이 단편을 쓴 게 아닐까 싶을 정도다. 나도 옛날에 엑스트라로 영화에 출연한 적이 있다. 역시 인간이 아닌 역할이었다. 〈요괴대전쟁〉*이라는 영화로 나는 뿔 하나 달린 도깨비 탈을 둘러쓰고 일본 전통 바지 차림이었다. 멀리서 본 개구리 탈이 더 나아보였다. '탈을 계속 쓰고 있으면 사우나 수트 같은 효과가 있어 얼굴 살은 빠지려나' 같은 생각을 하며 기나긴 대기 시간을 뭉갰다. 그때는 아직 20대 초반으로 뭐든 할 수 있을 것 같은 마음이었다.

어찌 됐든 다시 바비 콘로이 이야기로 의식을 되돌려야 한다. 지나간 즐거운 고등학교 시절의 충실한 추억과 좀비 영화. 비가 그친 후의 가을 하늘 같은, 어딘지 모르게 서글프면서도 청청한 기분이 드는 신기한 느낌의 단편이었다. 좀비 역을 맡은 사람들은 기다리는 것이 주된 일이다. 심심하다 보니 내장 모형으로 축구 같은 게임을 하거나 피투성이에 대한 묘사도 있지만, 해리엇의 아들이 그런 가운데서도 천진하게 노는 탓인지 음산한 느낌은 들지 않았다. 몇 년을 사이에 두고 다시 읽으면 더 좋은 작품인지도 모른다. 내가 좋아하는 영화 대사 중에 하나를 소개하겠다. "영화는 변하지 않는데 볼 때마다 다르게 보이는 것은 내가 변해서다."(〈12몽키즈〉**) 자신의 변화와 마주하려면 몇 번이고 다시 즐길 수 있는 소설이나 영화가 있는 편이 좋다. 조 힐이 왔으니 이번에는 아버지인 스티븐

★ 2005년 개봉한 일본 영화. 미이케 다카시 감독.
★★ 1995년 개봉한 미국 영화. 테리 길리엄 감독.

킹의 작품으로 되돌려줘야겠다. 이전 연재에서 남편은 표지가 무서운 책이 싫다고 폭로한 바 있다. 그렇다면 내가 아는 한 가장 무서운 표지의 책을 골라야지. 참고로 현재 남편은 아파서 이불 안에서 끙끙거리고 있다. 이런 상태에서 읽는 『쿠조』는 또 다른 맛이 있지 않을까.

06.　　　　　어금니를 드러낸 짐승들

♧ 엔조 도

『쿠조』

『쿠조クージョ』, 스티븐 킹Stephen Edwin King(신초분코新潮文庫, 1983)

『Cujo』(Viking Press, 1981)

『겐지 이야기源氏物語』, 무라사키 시키부紫式部
『스켈레톤 크루Skeleton Crew』, 스티븐 킹
『나이트 시프트Night Shift』, 스티븐 킹
『언더 더 돔Under the Dome』, 스티븐 킹
『괴담KWAIDAN』, 고이즈미 야쿠모小泉八雲
『영국 심령주의의 태두The other world: spiritualism and psychical research in England 1850~1914』,
재닛 오펜하임Janet Oppenheim
『아르크토스Arktos』, 조슬린 고드윈Joscelyn Godwin
『죠르다노 브루노와 헤르메스학의 전통Giordano Bruno and the Hermetic Tradition』, 예츠Frances
Amelia Yates

이번 과제 도서는 스티븐 킹의 『쿠조』. 이 책을 원작으로 영화도 제작됐다. 일본에서 책 제목은 '쿠-조'인데 영화 제목은 '쿠조-'다(영어는 둘 다 'Cujo'). 뭐가 이리 복잡해. 쿠조라는 말을 듣고 우선 머릿속에 떠오르는 것은 '쿠조노미야슨도코로', '아내는 쿠조'. "뭐야, 그냥 말장난이잖아!", "『겐지 이야기』에 나오는 로쿠조노미야슨도코로와 〈아내는 요술쟁이〉※ 갖고 만든 말장난☆이잖아!"라고 말할지도 모르겠다. 맞다. 말장난이다. 특히 후자는 오프닝곡이 거의 우리 집 테마송이나 다름없다. "차라~ 차라~"라는 그 경쾌한 오프닝을 흥얼거리다가 "멍멍" 하고 추임새를 넣는 게 예사다.♀ 이렇게 쓰고 생각해보니 노래를 부르는 건 나뿐인가? 그래서 『쿠조』라는 말을 들으면 꼭 대형견의 생령이 입술을 좌우로 움직이며 마법을 부리는 모습이 떠오른다. 그런 이야기가 아니라는 것쯤 이미 알고 있지만 말이다.

내가 스티븐 킹을 만난 건 중학생 때였다. 그때 처음으로 친구가 빌려준 『스켈레톤 크루』 하권을 읽었다. 어라, 그러고 보니 내가 『스켈레톤 크루』 상권은 읽었나? 기억에 없는데……♬♪ 이후 내가 꼽는 스티븐 킹 최고의 작품은 『스켈레톤 크루』(하권)에 수록된 「오

※ 원제는 'Bewitched'. 마녀인 아내와 일반인 남편(달링)을 중심으로 벌어지는 홈코미디. 달링은 애칭이 아니라 이름이다. 어렸을 때 TV로 더빙판 재방송을 자주 봤다. 제작 시기가 베트남 전쟁이 한창이던 것을 생각하면 감회가 새롭다.

☆ '쿠조노미야슨도코로九条御所'는 '로쿠조노미야슨도코로六条御息所'의 첫 한자 '로쿠六'를 '쿠九'로 바꿨으며, '아내는 쿠조'에서 '쿠조クージョ'는 '요술쟁이(마조魔女)'와의 발음 유사성을 이용했다.

♀ 정말로 자주 한다.

♬♪ 흠. 다시 생각해봐도 정말 기억에 없다.

토 삼촌의 트럭」으로 트럭이 조금씩 다가오는 단편이다. 아무렇지 않게 적고는 있지만 바로 얼마 전까지 이 이야기를 '잔디 깎는 기계가 조금씩 다가오는 이야기'로 기억하고 있었다. 이야기가 뒤죽박죽 됐다.「잔디깎이 사나이」와 섞여버린 건데, 이 단편은 분명 『나이트 시프트』 하권에서 읽었던 것 같다. 마찬가지로 『나이트 시프트』 상권을 읽은 기억이 없다.[۞] 왜 나는 하권만을 읽는 걸까. 아니, 왜 내 친구는 하권부터 빌려주는 걸까. 그러고 보니 친구가 처음으로 빌려준 서양음악 CD도 R.E.M과 펫샵보이즈였다. 얼터너티브와 일렉트로팝. 굵직한 목소리와 테크놀로지. 왜 굳이 그런 조합을. 위에 언급한 책 외에는 스티븐 킹의 다른 작품은 읽지 못했다.

예전에 미국인과 도쿄역에서 만날 일이 있어 "마루노우치 북쪽 출구에 있는 돔 아래에서"라고 위치를 지정했더니 "스티븐 킹(『언더 더 돔』)인가요? 역시 대단하시네요"^{۞۞}라는 말을 들은 적이 있어 역시 스티븐 킹 정도는 읽어야 된다고 생각하면서도 좀처럼 손이 가지 않는다. 스티븐 킹의 작품은 너무 유명하다고 해야 할까. 대략적인 줄거리를 이미 다 알고 있는 듯하여 왠지 내키지 않는다. 예를 들어 『쿠조』도 "대형견에게 습격당하는 이야기잖아. 차에 갇혀 나올 수 없게 되지. 그런데 개는 차 주변을 빙빙 돌고. 글로는 몰라도 그림으로 표현하기는 어렵겠네"라고 머리로 생각하지 않아도 자동으로 입부터 움직인다. 좋지 않다. 다 안다는 듯 말했지만 한편으론

[۞] 흠. 다시 생각해봐도 정말 기억에 없다.
^{۞۞} 미안, 읽은 적 없어.

신기하기는 하다. 개에게 공격당하는 내용만으로 어떻게 그렇게 길게 쓴 거지?

미국 메인 주 캐슬록이라는 시골 마을에 사는 두 가족이 있다. 도시에서 이사 온 지 얼마 되지 않는 트렌튼 가와 오랜 시간 이 마을에 정착해 살고 있는 캠버 가. 두 집 모두 가족 구성은 부부와 남자아이 한 명씩이지만, 캠버 가에는 세인트 버나드 종으로 쿠조라는 이름의 개가 있다. 어느 날, 트렌튼 가의 남편 빅이 출장을 떠나 아내인 도나와 아들 태드만 집에 남는다. 한편 캠버 가는 아내 채러티와 아들 브렛이 친척 집을 방문하러 가서 조가 혼자 집에 남아 있다. 도나 트렌튼이 상태가 좋지 않은 차의 수리를 부탁하기 위해 태드와 함께 캠버 가를 방문한다. 인적이 드문 마을 외곽에 있는 캠버 가에 도착했을 때 차는 완전히 움직이지 않는데, 그 순간 광견병에 걸린 쿠조가 모습을 드러낸다. 조는 이미 쿠조에게 물려 죽은 뒤였다.

이런 줄거리인데, 문고판으로 500쪽이 넘는 내용 대부분을 쿠조와의 육탄전으로 채우지는 않는다. 주변 인물에 대한 묘사가 주를 이룬다. 남편의 제안으로 어쩔 수 없이 시작한 시골 생활에 지쳐 바람을 피우고 다니는 도나, 난폭한 남편과 줄다리기를 반복하는 채러티 등 두 가족이 안고 있는 마음의 동요가 그려진다. 쓸데없이 이야기를 질질 끌려고 불필요하게 자세히 묘사했다고 생각할 수도 있지만 전혀 그렇지 않다. 꽤나 치밀한 톱니바퀴가 천천히 맞물려 나간다. 다만 모든 것을 정상적으로 굴리기 위한 톱니바퀴가 아니라 조금씩 어긋나게 해서 비극을 만들어내는 톱니바퀴다. 두

가족의 구성이나 외출하는 조합을 들여다보는 것만으로도 이 이야기의 구성이 얼마나 깔끔한지 알 수 있다. 딱히 누군가가 크게 잘못한 건 아니다. 우연이 꼬리에 꼬리를 물고 일어난다는 점이 중요하다. 광견병에 걸린 개에게 습격당하는 건 분명 무서운 일이다. 공포다. 하지만 여기에서 스티븐 킹이 보여주는 공포는 그런 직접적인 공포만이 아니다. 딱히 아무도 크게 잘못하지 않았는데도 믿을 수 없을 만치 심각한 일이 일어나기도 한다는 공포이기도 하다. 어째서 그런 일이 일어나느냐고 물었을 때 그는 그 세계가 사악하기 때문이라고 말하지 않는다. 그렇게 쉽게 흑백을 가릴 수 있는 일이 아니기 때문이다.

이 책을 읽고 여러 가지를 배웠다. 그런데 아내가 왜 '상호 이해'를 위해 '동물에게 습격당하는' 이야기를 연거푸 추천하는 지는 수수께끼다.♀ 아내는 나를 '괴담이나 공포, 오컬트 관련 서적이 빼곡한 책장을 보기만 해도 소름이 돋는' 사람으로 여기는 듯하지만, 꼭 그런 것은 아니다. 내 책장에는 고이즈미 야쿠모♠의 『괴담』이나 재닛 오펜하임의 『영국 심령주의의 태두』♠, 조슬린 고드윈의 『아르크토스』♠♠♠ 같은 책이 꽂혀 있다. 그러니 우선 오컬트에 대한 관념의 골을 메우기 위해 다음번에는 예츠♠♠♠♠의 『죠르다노 브루노

♀ 자기가 좋아하는 책을 골라 추천하면 아무래도 치우치게 되는 모양이다.
♠ 고이즈미 야쿠모(원래 이름은 라프카디오 헌Lafcadio Hearn)를 묘한 사람이라고 생각하며 살았는데, 어쩌다 보니 그의 『괴담』을 현대 일본어로 풀어 쓰기도 했다.
♠♠ 심령주의, 신지학神智學계의 전망을 알 수 있는 책이지만 읽다 보면 지친다.
♠♠♠ 아리아인의 기원은 북극에 있으며 하켄크로이츠는 아리아인의 상징이라는 내용이 담긴 책이다.
♠♠♠♠ 사상가. 역사 사건에 마술적 세계관을 겹치는 아비 바르부르크Aby Warburg류의 학풍.

와 헤르메스학의 전통』으로 하는 건 어떨까. 아, 맞다. 아내가 지난 번 글에 쓴 내가 예전에 한 적이 있는 '모교 도서부 고등학생과 책을 골라 서로 리뷰하는 기획'에 관한 이야기를 하자면, 야마다 후타로의 '인법첩' 시리즈를 후보에 넣기는 했지만 결국 고르지 않았다. 나는 그때 시리즈 중 「마무리 인법첩」을 추천하려고 했다. 야마다 후타로의 작품은 하나같이 대단하지만 이 작품은 정말 굉장하다. 다만 오산이었던 점은 상대 고등학생 대부분이 여성이었다는 사실이다. 후보로 타진했던 것 자체가 잘못이었다. 도대체 어떤 내용이기에 그런 생각을 하게 됐는지는 아내에게 설명을 부탁하기로 하자. 따라서 다음 과제는 「마무리 인법첩」으로 하겠다. 『야마다 후타로의 인법첩 단편전집』 5권에 실려 있으니 구하기 쉬울 게다. 분명 책장 왼쪽 상단 구석에 꽂혀 있었다.

07

힘들 땐 머릿속 요정과 대화해
기분을 '업'시키자

우 다나베 세이아

「마무리 인법첩」

「마무리 인법첩×の忍法帖」, 『야마다 후타로의 인법첩 단편전집山田風太郎 忍法帖 短篇
全集』 5, 야마다 후타로山田風太郎(지쿠마쇼보筑摩書房, 2004)

『인간 임종 도권人間臨終図巻』, 야마다 후타로
『닌자 슬레이어Ninja Slayer』, 브래들리 본드Bradley Bond·필립 N 모제즈Philip Ninj@ Morzez
『코우가 인법첩The Kouga Ninja Scrolls』, 야마다 후타로
'바질리스크Basilisk' 시리즈, 야마다 후타로

남편은 전업 작가지만 나는 직업이 따로 있는ᵛ 관계로 1년에 한 번은 외국에 나가야 한다. 그래서 지금 출장 준비에 쫓기는 참이니 다음 '요메 요메'ᵛᵛ 연재분은 미국에서 보내게 될 듯하다. 출장지는 샌프란시스코와 샌디에이고로 예정돼 있기에 남편이 주는 과제 도서를 어떻게 입수할지 생각해봤다. 샌프란시스코에는 기노쿠니야 서점이 있고 샌디에이고에도 일본계 서점이 있다. 기노쿠니야 서점 USA는 국내 배송 서비스도 하고 재고도 인터넷으로 볼 수 있다. 게다가 킨들을 이용하면 전자책ᵔ을 온라인으로 다운로드할 수 있다. 종이 책이라도 일본에서 EMS로 보내면 미국 주소까지 사오일이면 도착한다. 정말 편리하다. 미국에서도 '요메 요메' 연재는 전혀 문제없어 보인다.

아, 그리고 동물에게 공격당하는 이야기만 고르는 이유 말이지? 그건 바로 표지가 무서운 이야기는 동물 관련 내용이 많아서다. 설산에서 조난당하는 일은 무섭지만 설산 그 자체는 시각적으로 무섭지 않을 테니까. 지금 깨달았는데 내 책장은 조난, 사고, 맹수 습격, 실화 괴담 등의 장르로 분류돼 있다. 조난도 해난, 설산, 추락 따위로 나뉜다. 이 연재는 어쩌면 부부의 상호 이해가 아니라 자기 자신과 마주하며 스스로를 이해하는 방향으로 나아가고 있는지도 모른다. 참고로 남편은 요즘 비가 계속 내려 기운이 없다. 저기

ᵛ 무슨 일을 하느냐고 질문받는 일이 있는데 어학과 이벤트 기획에 관련한 일을 하고 있다. 동시에 여러 가지 일을 하는 셈이다.
ᵛᵛ 연재 당시 제목이 '요메 요메Yome Yome'였다.
ᵔ 전자책은 대상 외 아니었어?

압에 약한 건지 비가 오면 금세 기력을 잃어버린다. 나는 펜네임에 개구리를 넣은☆ 탓인지 어떤지 모르겠지만 비가 오는 날에 더 활기차고 상태가 좋다. 바깥은 겹벚꽃을 마구 떨어뜨리는 거센 빗줄기가 세차게 내리치고 있다. 활기차게 분위기 업! 업!✿ 오늘의 멋진 과제 도서는 뭐였더라? "안녀~엉! 난, 다나베 세이아 머릿속 요정이야! 야마다 후타로 선생님의 책 리뷰를 도와줄게. 과제 도서는 앗, 어머나! 야한 책이잖아!✿✿ 임신한 여자를 이불로 둘둘 싸서 밤이면 밤마다 영주님이 나체와 음부를 관찰하는 이야기며 397명과 자는 이야기 따위가 실려 있잖아? 야마모토 다쿠토 화백이 그린 표지 그림의 시선도 어딘지 모르게 섹시하게 느껴지네." "오, 머릿속 요정아, 오랜만이야. 오늘도 건강하지? 내가 사는 곳은 긴키라고.✦✦✦ 어라? 안 웃겼어? 너 괜찮아? 피곤한가 보네."

그럼 어서 감상문을 써버리도록 하자. 과제 도서는 『야마다 후타로의 인법첩 단편전집』 5권에 수록된 「마무리 인법첩」이다. 언제였는지 기억은 안 나지만 처음 읽었을 때 꽤 충격을 받은 작품이다. 아, 지금 생각났다. 그때도 남편이 권해서 읽었다.♀ 따라서 남편의 권유로 이 책을 읽는 것이 두 번째. 남편은 야마다 후타로 작품을 꽤 좋아하는데, 좋아하는 것만으로는 성이 안 차는지 이 사

☆ 다나베 세이아는 본명이 아닌 펜네임으로 '세이아青蛙'는 청개구리를 뜻하는 한자다.
✿ 괴로울 때는 무리하지 않는 게 좋다고 생각해.
✿✿ 소설이라면 있을 수 없는 대사 처리.
✦✦✦ 아마도 건강이란 뜻의 '겐키元気'와 교토, 오사카, 나라, 효고 일대를 가리키는 '긴키近畿' 발음이 비슷한 걸 살린 말장난 같다.
♀ 결혼한 지 얼마 지나지 않았을 무렵 추천받았다. 그러고 보니 남편이 SF 책을 권한 기억은 그다지 없다.

람 저 사람에게 포교 활동까지 한다. 뭐, 야마다 후타로의 작품을 모르는 인생보다 아는 인생이 훨씬 좋다고 생각하지만 말이다. 참고로 내가 처음으로 읽은 야마다 후타로의 작품은 『인간 임종 도권』*으로 맹장 수술로 입원했을 때 읽었다. 그 병원에서 가장 인기가 많은 책이어서 선 채로 읽는 사람이나 계산대로 가져가는 사람을 자주 목격했다. 그래서 저 책은 사야겠다고 결심했고 마침내 나도 사고 말았다. 아는 간호사에게 물어보니 생각보다 여러 병원의 문고 칸에 『인간 임종 도권』이 놓여 있단다.

에도 시대, 가신의 저택에 있는 유게노 미치베라는 남자에게 두 명의 아름다운 여자 닌자가 보내졌다. 중요한 인법 단련에 필요했기 때문이다. 그 인법은 바큐무*. 유게노 미치베는 가문을 망하게 하려고 다가오는 위기에 대비하고자 바큐무를 써서 가랑이에 있는 인봉☆☆으로 내일 할복을 명령받은 영주님으로부터 아기 씨를 받아 나라의 요시노에 있는 마님에게 전해야 했다. 자신이 아기 씨를 운반하는 도구인 셈이다. 그는 바큐무 수련을 위해 물을 끓고 가랑이에 있는 물건으로 물을 빨아들이는 수행을 한다. 피를 짜고 뼈를 깎는 노력과 고통을 견디며 육감적인 여인이 어떤 기술을 쓰더라도 결코 사정하지 않는 훈련을 한 끝에 이윽고 인법이 완성된다. 인법 바큐무로 그의 인봉은 영주님의 아기 씨를 넣은 통, 즉 어御인봉이

★ 야마다 후타로가 연령별로 각각의 죽는 방법을 정리한 책. 1986.
☆ '바큐무馬吸無'는 진공 또는 빨아들이다라는 뜻의 영어 단어 'vacuum'을 일본어 한자에 빗대어 만든 말장난.
☆☆ '인봉忍棒'은 남자의 성기를 뜻하는 은어인 '육봉肉棒'의 말장난.

되어 나라로 떠나는 긴 여행을 시작한다. 여섯 명의 자객과 수행에 이용된 후 버려진 두 명의 아름다운 여인에게 쫓기면서. 과연 유게노 미치베는 무사히 아기 씨를 전달할 수 있을까. 장렬한 복수와 추격전이 지금 펼쳐진다.

요의와 목마름, 성적 유혹, 가려움과 싸우면서 오직 수정을 위해 영주님의 정액 보관통이 된 닌자가 사명을 완수하려고 애쓰는 그 바보스러울 만치의 충직함을 내 상상력의 빈약함이 원망스러울 정도로 그 이상 또 그 이상을 보여주는 작품이다. 야마다 후타로의 작품이 지니는 묘한 설득력은 때론 이게 뭐지 싶은데, 하나같이 말이 안 되지만 왠지 읽다 보면 고개를 끄덕이는 자신을 발견한다. 설사 그것이 황당무계하고 마치 개그 만화 같은 줄거리라도 읽는 동안은 비통한 임무에 도전하는 자신에게 엄격한 닌자와 수상하고 요염한 여자 닌자 두 명의 관계에 숨을 죽인 채 그 세계로 들어가 주인공의 초조함과 고통의 편린을 맛본다. 이런 면이 후타로의 매력인 걸까. 생각해보면 다른 작가에게서는 느끼기 힘들다. 나와 남편은 나중에 몇 백 년 산다고 해도 이런 작품을 절대로 못 쓰겠지.

그러고 보니 미국에 가면 사람들이 닌자에 대해 묻곤 한다. "닌자 본 적 있나요? 닌자 되는 방법 아나요? 현대에도 실제 있나요?" 같은 질문이 많다. 문득 생각나서 아마존닷컴에 'Yamada Futaro'(로마자 표기는 위키피디아 영문판 참고)를 입력해봤다. 닌자 하면 연상되는 작품은 '인법첩' 시리즈 아니면 『닌자 슬레이어』라고

★ 브래들리 본드와 필립 N 모제즈가 쓴 소설.

생각했기에 영역본은 얼마나 있는지 궁금해서였다. 『The Kouga Ninja Scrolls』와 'Basilisk' 시리즈가 나왔다. 2년 전에 남편이 월 드콘(세계SF대회) 겸 사인회 겸 대학 강연 투어가 있어서 미국에 갈 때 덤으로 따라간 나는 현지에서 일본어를 공부하는 학생에게 좋 아하는 작가가 누구인지 물어봤다. 그랬더니 무라카미 하루키 같 은 현대 작가보다는 메이지 시대의 문호나 쇼와 초기의 작가가 좋 다는 학생이 많다는 사실을 알았다. 심지어 번역본이 아니라 모두 원서를 읽는다고 하니 미국의 대학에서 일본어를 공부하는 학생 은 수준이 참 높다.

왠지 이야기가 딴 데로 샌 것 같으니 되돌려야겠다. 그러니까 외국 사람은 '인법첩' 시리즈를 읽고 어떻게 느끼는지 조금 흥미가 생겼다. 이번에 미국에 갈 때 기회가 있으면 누군가에게 물어봐야 겠다. 음, 그러니까, 결말을 어떻게 맺어야 할지 잘 모르겠다. 예전에 에세이에서도 잠깐 썼지만 영어를 접하면 일본어가 이상해지거나 잘 안 읽힌다. 그래서 작가로 소설을 쓰면서 번역 작업도 하는 사람 은 정말 장인의 솜씨랄까, 대단하다고 생각한다. 나는 영어를 무척 싫어하는 데다 일본 토박이임에도 일본어 또한 별 볼 일 없기에 영 문을 살짝 접한 후 감상문을 쓰면 머릿속이 엉망진창이 된다. "유 는 드링크를 마시고 있네, 콜드하군." 마치 루 오시바☆의 말처럼 이 상해진다. 여러분은 안 그러세요? 아, 또 이야기가 딴 길로 새고 말 았네. 다시 되돌리자.

☆ 일본의 개그맨. 일본어를 바탕으로 단어만 영어로 바꾸어 말하는 말투로 유명하다.

다음 과제 도서를 정해야 한다. 요전번 건강진단을 받았는데 남편이 의사로부터 살을 10킬로그램 빼라는 말을 들었다. 인기 작가가 되고 싶으면 다이어트 책을 써야 한다고 평소에 주장하는 남편에게 이 책을 추천하고 싶다. 『이타야식 군것질 다이어트』. 살 빼서 건강해져야 해. 그리고 비, 그치면 좋겠네. 나는 요 며칠 머릿속에서 영어와 일본어가 뒤죽박죽 섞여버렸는데 야마다 후타로의 「마무리 인법첩」을 읽은 덕에 여러 가지가 좋은 느낌으로 정리된 것 같다. 이제 곧 해 뜰 시간이니 오늘은 이만 자야겠다. 잘 자요! 인법 이불 덮고! 쿨쿨.

08

다이어트하지 않는 다이어트

⚡ 엔조 도

『이타야식 군것질 다이어트』

『이타야식 군것질 다이어트 板谷式つまみ食いダイエット』, 겟쓰 이타야 ゲッツ板谷 (가도카와 쇼텐角川書店, 2011)

『행복의 책-길 잃은 탐정 요기 간디의 심령술 しあわせの書 - 迷探偵ヨギガンジーの心霊術』, 아와사카 쓰마오 泡坂妻夫

『유리 드레스 硝子のドレス』, 기타가와 아유미 北川歩実

『노자키 히로미쓰의 일본 반찬 결정판 野崎洋光 和のおかず決定版』, 노자키 히로미쓰 野崎洋光

『안칸엔의 식탁 安閑園の食卓』, 신 에이세이 辛永清

이 연재를 시작하고 나서 알게 된 사실이 있다. 아내에게는 완고한 자아상이 있는 듯하다. 아내는 자신을 '세련되고 귀여운 깨어 있는 아내'라고 생각한다. 그래서 내가 "아내는 옷을 벗어 아무렇게나 둔다"고 쓰면 기분 나빠한다. "사람들이 나를 칠칠치 못한 사람이라고 오해하면 어떡해. 흥!" 이런 식으로 반응한다. 아무리 그래도 내 눈에는 안 보인다고. 지난번 아내 편에 등장한 요정인가 뭔가 하는 녀석 말이다. 소설가는 자신이 봤다고 생각하는 것을 쓰는 직업이니까 이미지와 실제가 완전히 달라도 큰 문제는 안 된다. 하지만 미리 의논이라도 좀 해줬으면 좋겠다. 내 눈엔 안 보인다고! 그 요정.^우

다이어트 책으로 대박을 내보자고 말한 사람도 내가 아니라 아내다. 아내는 가끔 서점에 가면 "누가 따라했어, 또 따라했다고!"라고 말하며 돌아온다. 우리 집에서는 '○○만 하면 되는 다이어트'의 ○○에 적당한 말을 넣는 놀이가 1년 내내 유행하기 때문이다. '죽기만 하면 되는 다이어트', '살찌기만 하면 되는 다이어트', '마르기만 하면 되는 다이어트', '존재하기만 하면 되는 다이어트' 등등. 무엇이 됐든 즉흥적인 착상에서 책 한 권 분량을 뽑아내는 일은 무척 어려운 일이기에 그런 류의 책을 쓸 수 있는 사람을 존경한다. 음식, 수예, 여행, 다이어트 책에 도전해보고 싶다는 생각은 있지만 좀처럼 쉽지 않다. 예전에 유명했던 작가의 작품 가운데 지금도 서점에 남아 있는 것은 대부분 음식 에세이나 여행 책이다. 사람들은

우 정말 있다니까. 안 보이는 건 마음의 수행이 부족해서야!

58

소설을 그다지 안 읽는 것 같다.

나로 말할 것 같으면 요새 순조롭게 살이 찌고 있다. 시선을 아래로 내리면 시야에 볼살이 들어온다. "이야! 반가워" 하고 인사하는 듯하다. 고등학생 시절부터 결혼 전까지는 63킬로그램 정도를 유지했지만, 결혼하고 나서 68킬로그램까지 불었다. 여기까지는 그래도 괜찮다. 보통 사람의 식생활을 하게 됐다는 증거니까. 스트레스를 받으면 뭔가를 계속 먹는 사람과 아무것도 먹지 않는 사람이 있는데, 나는 후자다. 옛날에는 일하는 도중에 전혀 먹지 않아도 괜찮았건만 요새는 안 먹으면 집중력이 점점 떨어진다. 예전에는 음식이란 그저 입에 넣을 수만 있으면 족하다고 생각했다. 하지만 몸소 깨달아버렸다. 피곤할 때 맛있는 음식을 먹으면 회복된다는 사실을. 괴로운 인간관계 또한 맛있는 음식으로 잊을 수 있다는 사실도. 식사를 HP나 MP 의 회복에 이용할 수 있다는 사실을 알아버린 후로는 거의 식사 중독 상태가 됐다. 줄여서 식중. 딱히 나쁜 약이 들어 있지도 않은데 효과가 뛰어나다. 다소 돈이 들지만(좋은 쌀을 산다거나), 그만큼 돈을 벌 수 있는 발판이 된다면 괜찮다는 투자의 개념으로 바라보기로 했다. 평소 약을 먹지 않던 사람은 감기약만 먹어도 즉각 그 효과가 나타난다. 이렇게 식사가 군살을 번식시켰다. 이래저래 살이 찌더니 한때는 80킬로그램을 넘긴 적도

♀ 처음 만났을 무렵 남편은 피골이 상접할 정도로 말라 있었다. 새삼 서로의 모습을 떠올려보니 꽤 변했다, 우리.

♠ 이 연재라든가.

☆ HP는 Hit Points 혹은 Health Points, MP는 Mana Points 혹은 Magic Points의 약자로, 주로 게임에서 건강과 마력을 나타내는 말이다.

있다.º 그때는 조금만 걸어도 땀이 줄줄 흘러서 가쁜 숨을 내쉬며 연신 이마를 훔쳤다. 적어도 운동이라도 하자는 생각에 접이식 자전거를 샀지만 계속 비가 와서 자주 타지 못했다. 타고 나가더라도 도미 구이나 베이글 따위를 사게 되니 운동 효과가 있을 리 만무했다. 아, 이쯤에서 줄거리를 소개할까.

체중 100킬로그램이 넘는 거구가 된 데다 나이가 들어 건강이 염려되기 시작한 저자가 달마다 수단을 바꿔가며 다양한 다이어트에 도전한다. 목표는 1년 안에 20킬로그램을 줄이는 것. 도전하는 다이어트는 '두르기만 하면 되는 다이어트'로 시작해서 '귀 혈자리 다이어트', '핫요가'까지 다방면에 걸쳐 있다. 매달 늘었다 줄었다 하는 체중에 조마조마하지만 생각보다 감량은 순조롭게 진행된다. 그래도 목표에는 좀처럼 도달하지 못하는데…… 이런 클라이맥스도 있다.

먹지 않으면 살이 빠진다. 절대적인 진실이지만 계속 먹지 않으면 죽어버린다는 것이 딜레마다. 여러 가지 신경을 써야 한다는 점에서 다이어트는 굶어 죽는 것보다 귀찮다. 죽는 것보다 사는 것이 귀찮다는 말과 비슷하게 말이다. 다만 굶는 다이어트를 하면 대개는 요요현상이 온다. 식사량을 파악한다. 술을 삼간다. 운동한다. 체중 변화를 기록한다. 다른 방법은 없다. 이 정도는 누구나 알고 있을 테지만 무엇보다 중요한 건 지속하는 일이다. 이것도 모르는

우 남편과 결혼하고 나서 나도 살이 쪘다. 포동포동.

60

사람은 없다. 하지만 이 사실을 기억하지 못한다. '지속하는 것이 중요하다'는 진리를 지속적으로 의식하는 것은 어쩐 일인지 쉽지가 않다. 그래서 복근 운동 등을 꾸준히 하지 못한다. 어쩌면 인간은 잘못 설계된 것이 아닐까. 무엇이든 좋으니 꾸준히 지속하는 것. 이것이 가장 전하기 어려운 점이자 모두가 잊기 쉬운 점이다. 그러니 의외로 '달마다 방법을 바꾸는 다이어트'라면 좋은 효과를 볼 수 있지 않을까. 적어도 한 달에 한 번은 생각날 테니까. 그조차도 다시 잊어버릴지 모르지만.

이 책에 나오는 방법 중에 가장 해보고 싶은 다이어트는……. 단식, 이려나? 한번 시도해보고 싶다는 기분이 들지 않는 것도 아니다. 아와사카 쓰마오의 『행복의 책−길 잃은 탐정 요기 간디의 심령술』 같은 전개가 기대된다. 사실 대개는 이렇게 변명을 생각하는 동안 그럭저럭 만족해버리기에 살이 찐다. 이 연재도 슬슬 마음이 해이해지는 시기이므로 뭔가 부양책을 찾고 싶다. 너무 흔한 수법이긴 하지만 연재하는 글에 몸무게라도 기록해볼까. 우선 몸무게를 재봤다. 76.2킬로그램. 어라, 생각보다 별로 안 나간다. '다이어트하지 않는 다이어트'에 성공했다. 그래도 역시 68킬로그램까지는 줄이고 싶다. 무슨 다이어트를 해볼까. 우선 다음 달까지 '무엇을 할지 생각하는 다이어트'를 해보자. 안 빠질 것 같지만. 돌이켜 생각해보면 급속도로 살이 찌기 시작한 것은 샌프란시스코에서 아내

⚑ 단식 도장에서 일어나는 사건의 그늘에 존재하는 「행복의 책」…… 무엇을 쓰건 스포일러가 되지 싶다.

와 몇 달간 살던 무렵부터다. 살이 찌고 있다는 사실은 눈치채고 있었다. 하지만 나의 저항은 부질없었고 살은 점점 불었다. 지금 아내는 미국 서해안에 있고 나는 삿포로 본가에 와 있다. 아내도 역시 살이 쪄서 돌아오리라.

그런 아내에게 주는 과제 도서는 그렇다, 아는 사람은 다 아는 다이어트 미스터리인 기타가와 아유미의 『유리 드레스』♠가 어떨까. 아니면 요리책은? 우리 집에서는 『노자키 히로미쓰의 일본 반찬 결정판』이 활약하고 있다.♠♠ 아니면 신 에이세이의 『안칸엔의 식탁』♠♠♠도 좋지 싶은데. 아, 그래도 역시 고다 아야의 「부엌의 소리」로 해야겠다. 나는 『부엌 수첩』에 수록된 버전으로 읽었지만 이 작품을 표제작으로 삼은 문고판도 나와 있다. 미국에서는 손에 넣기 어려울 수 있으니 필요하다면 특별히 내가 손수 보내줘야지.

♠ 다이어트를 주제로 한 미스터리. 깜짝 놀랄 만한 다이어트 트릭이 있다.
♠♠ 지금도 활약하고 있다.
♠♠♠ 대만의 한 대가족의 식생활이 맛있게 그려져 있다.

09.

우 다나베 세이아

「부엌의 소리」

「부엌의 소리台所のおと」, 『부엌 수첩台所帖』, 고다 아야幸田文(헤이본사平凡社, 2009)

〈블레어 위치The Blair Witch Project〉, 에두아르도 산체스Eduardo Sanchez·다니엘 미릭Daniel Myrick

안녀~엉! 난! 다나베 세이아 머릿속 요정이야!⊛ 이번에는 캘리포
니아에서 인사하게 됐어. 우선 할 말이 있는데 다이어트 책으로 대
박 내자는 이야기는 엔조 도도 했다고. 일단 작가가 되고 나서 배
운 점이 하나 있다면 정신 건강을 위해서라도 에고서핑☆은 하지
말아야 한다는 거랄까. 그런데 그게 내 탓인가? 애초에 머릿속 요
정의 일이 아닌걸!

지금 묵는 호텔은 냉수나 온수 한쪽으로만 틀 수 있는 욕실과
침대에 큼큼한 먼지 냄새 나는 담요 한 장만 깔려 있는데 일본 엔
으로 환산하면 일박 숙박비가 만 엔이 넘는다. 뭐랄까, 완전히 발목
을 잡혔다고나 할까. 게다가 실리콘밸리는 하이테크랄까, 도회지 이
미지가 있지 않나. 그런데 실제로 가보니 스탠퍼드 대학은 영화 〈블
레어 위치〉처럼 숲으로 둘러싸인 곳에 있었고 밤에 간 탓인지 인적
이 없어서 무서워 죽는 줄 알았다. 그나마 하이테크랄까, 실리콘밸
리스러웠던 장면은 배 나온 아저씨가 세그웨이를 타고 피자를 먹
던 모습 정도이려나. 그러면 이번에도 즐거운 리뷰를 마구마구 쏟
아내볼까! 영업 일로 외국에 있으니 우선 과제 도서를 킨들에서 찾
아보자. 여기에다 무슨 일을 하는지 쓰면 본명부터 시작해 신상이
전부 밝혀질 테니 비밀에 부치는 걸로. 그럼, 검색 또 검색. 어머, 아
쉽게도 전자책으로는 안 나와 있네. 그렇다면 캘리포니아 주에 있
는 일본 서점에서 재고 검색을 해볼까. '⋯⋯.' 재고 없음이라. 일본

⊛ 힘들 때는 무리하지 않는 게 좋지 않을까?
☆ 인터넷 검색창에서 자신의 정보를 찾아보는 행위를 말한다.

64

에서 보내줄 수밖에 없겠네. 어쨌든 한마디 하자면 약간 센스가 없다고 해야 할지, 미리 전자책이 있는 작품을 알아보고 골라줬으면 얼마나 좋아. 어쩔 수 없으니 일본에서 우편으로 받는 절차를 밟아야겠다. 클릭. 7일 후. 음, 결론부터 말하자면 우편물이 행방불명됐다.♀ 우편물이 도착하지 않은 데다 송부를 부탁한 사람이 송장 번호를 잃어버렸기 때문이다. 음, 어쩌지. 뭐, 이건 사고 같은 거라 어쩔 수 없잖아요. 다음에 두 권 분의 감상문을 쓸게요. 괜찮죠? 불만 없죠? 하지만 당장 이번 원고 분량이 부족하다. 대신 내 마음대로 현지에서 산 책의 감상문을 쓸까도 생각했지만, 왠지 아닌 듯한 생각이 들었기에 이곳의 일상생활을 써볼까 한다. 앗, 딱히 예전 미국 생활을 담은 『몰텐, 맛있어요』를 광고하고 싶다든가 에세이 의뢰를 늘리고 싶다든가 하는 꿍꿍이가 있는 건 아니다. 단지 캘리포니아 바람을 맞고 있는 동안 그런 기분이 들었을 뿐이다.

8일째. 샌프란시스코에서 샌디에이고로 이동. 도착하자마자 아이폰을 잃어버려서 울음보가 터지기 일보 직전에 해병 대원이 위로해줬다.♨ 무려 토모다치 작전☆으로 일본에 가본 적이 있는 사람이었다. 아이폰은 호텔 프런트에 도착해 있었다(로비 옆 책상에 놔두고 온 모양이다). 정말 용케도 찾았다 싶어서 내 운을 모두 써버린 게 아닐까 하고 문득 불안해졌지만, 내일부터 영업 시작이다.

♀ 우편물을 아무렇지 않게 옆집 사람에게 맡기고 심지어 현관 옆에 두다니 너무 혈렁한 거 아니야? 미국의 배송 시스템!
♨ 해병 대원도 고생 참 많네.
☆ 2011년 도호쿠 지방의 지진으로 인해 발생한 일본의 재해 피해 복구 작업을 돕기 위한 미국 공군의 구호 활동 작전명.

9일째. 햇살이 타는 듯 뜨겁다. 기억이 별로 없다.

10일째. 샤워를 하면 햇볕에 그을린 부분에 물기가 쑥 스며든다. 신발에 까진 발이 너무 아프다. 만신창이지만, 내일도 힘내자.

11일째. 어라?

12일째. 빨리 가고 싶어.

13일째. 빨리 어디론가 가고 싶어.

14일째. 여기는 어디죠?

15일째. 엇! 내일이 마지막 날이다. 힘내야지! 우-오-오-오-오-오-오!

16일째. 영업 종료. 마지막 날에 방문한 사무실이 라호이아라는 고급 리조트 지역 근처라서 시간이 있으면 가보라기에 그곳으로 향했다. 무엇보다 바다가 아름다운 곳으로 '라호이아'는 스페인어로 보석이라는 뜻이다. 맑고 푸르른 바다. 좋다. 손으로 그린 지도를 들고 언덕을 내려가기를 10여 분, 바다가 보였다. 보석처럼 아름다운 라호이아의 사진을 마음껏 즐기길!

어떤가요? 처음 봤을 때는 겨울의 동해바다인가 했다. 파도가 거칠다. 심지어 사람도 몇 없었다. 하지만 우연히 만난 현지 여성이 무척이나 친절했다. 그녀는 내게 여러 가지를 알려줬다. 그녀가 말하기를 이 부근은 미국 전역에서 압도적 1위로 꼽히는 고급 주택가인데 한 채에 500만 달러 정도 되는 주택이 들어서 있다. 다만 지반이 나쁘고 물 빠짐이 좋지 않아서 산사태 등이 일어난다고. 경치

우 연재 당시에는 사진이 컬러로 게재됐다. 재색과 군청이 섞인 듯 어두운 색의 바다다.

66

는 훌륭하지만 살기에는 조금 나쁠지도 모른다. 라호이아에는 야생 바다표범이 보이는 지점이 있다고 해서 그녀에게 안내받았다. 이동 중에 야생 다람쥐를 만났는데 사람에게 익숙한지 내 다리를 타고 올라오려고 했다. 그러자 그녀가 서둘러 갖고 있던 핸드백을 휘두르며 다람쥐를 떼어놓았다. 다람쥐는 휘두르는 가방을 봐서인지 어딘가로 재빨리 도망쳤다. 나는 너무 갑자기 일어난 일이라 놀라서 얼빠진 얼굴로 서 있었다. 내 표정을 보고 그녀가 "레이비즈"라고 말했다. 나는 무슨 뜻인 줄 몰라서 철자를 물으니 "rabies"라고 가르쳐줬다. 그 자리에서 바로 사전을 찾아보니 'rabies: 광견병'이라고 나왔다. 아무래도 다람쥐가 광견병 바이러스를 보유했을 수도 있으니 조심하라는 말이었던 듯하다. 지난 남편의 연재에 나온 것처럼 '아내는 쿠조'고 선물은 광견병♀이라니 웃지 못할 일이다. 나

♀ 광견병은 발병 후 유효한 치료법이 없어서 거의 100퍼센트 사망에 이른다.

는 그녀에게 다람쥐를 떼어줘서 감사하다고 말하고 야생 바다표범을 함께 봤다. 그러고는 라호이아를 뒤로 하고 샌디에이고 공항을 통해 샌프란시스코로 돌아왔다.

　이제 남편에게 추천할 책을 골라야 하는데 딱 떠오르는 제목이 없으므로 여행 중에 읽은 작품으로 하겠다. 《야생시대》에 연재할 때부터 읽었고 단행본도 이미 있지만 문득 여행지에서 다시 읽고 싶어져서 킨들판을 구입했다. 데뷔한 지 꽤 흘렀는데도 발표한 작품 수가 적은 내가 추천하는 게 이상하지만, 어쨌든 다음 리뷰는 이 책으로 부탁해. 오사와 아리마사의 『소설 강좌 잘나가는 작가의 모든 기술』(킨들판).

10.

☝ 엔조 도

『소설 강좌 잘나가는 작가의 모든 기술』

『소설 강좌 잘나가는 작가의 모든 기술小説講座 売れる作家の全技術』, 오사와 아리마사大沢在昌(가도카와쇼텐, 2012)

『신주쿠 상어新宿鮫』, 오사와 아리마사
「문예의 철학적 기초文芸の哲学的基礎」, 나쓰메 소세키夏目漱石
「패사칠칙稗史七則」, 다키자와 바킨滝沢馬琴
『소설의 이해Aspects of the Novel』, E. M. 포스터E.M. Forster
『글쓰기에 지친 이들을 위한 창작 교실書きあぐねている人のための小説入門』, 호사카 가즈시保坂和志

69

글 쓰는 사람은 인터넷에서 자신에 대한 평판을 찾아보지 않는 편이 좋다는 것이 정설이다. 나도 거의 찾아보지 않는데, 가끔 아내가 검색해보고 굳이 알려준다. 그러면 안 보려고 노력하는 의미가 없잖아.⚐ 지난 연재에서 아내가 전자책을 골라줬으면 얼마나 좋았 겠느냐고 했지만, 앞에 나오는 세칙 그 두 번째는 '과제 도서는 종이책이어야 한다'였다. 나는 별로 상관없다. 킨들판밖에 없는 것이든 종이책으로는 구하기 어려워도 전자책으로는 구하기 쉬운 것이든. 지금이라면 예를 들어 고토 메이세이⭐의 작품은 전자책이 더 구하기 쉬울 테니까. 두 번째 세칙을 그렇게 정한 것은 "역시 종이책에 힘을 불어넣어야 되지 않을까?", "근데 어차피 웹 연재를 하는 에세이에서 그렇게 주장하는 것도 조금 이상한데", "뭐 적당히 정해둡시다" 이런 식으로 이어진 치밀한 사전 회의의 결과였다. 왠지 아내는 앞으로도 자기 멋대로 할 것만 같다.

자, 이번 과제 도서는 오사와 아리마사의 『소설 강좌 잘나가는 작가의 모든 기술』이다. 그러고 보니 등단한 지 얼마 지나지 않았을 무렵, 어느 출판사의 편집자가 엔조 씨는 엔터테인먼트 장편을 써야 한다는 말을 한 적이 있다. "그 말씀은"이라고 말하고 허공을 바라보며 "『신주쿠 상어』 같은 책 말인가요?"라고 묻자 편집자는 "맞아요"라고 대답했다. "아, 그렇군요." 이렇게 나는 한 출판사로부터 『신주쿠 상어』 같은 엔터테인먼트 장편을 쓰는 일을 제안받은 기억이 있다. 근데 그 후로 여섯 해 정도 연락이 없다. 연락, 기다리고 있

⚐ 정말 그만했으면 좋겠다.
⭐ 고토 메이세이後藤明生(1932~1999) 소설가.

습니다(물론 내가 먼저 하면 되긴 하지만). 이 책은 그 『신주쿠 상어』를 쓴 오사와 아리마사 씨가 자신이 갖고 있는 소설 기술의 모든 것을 아끼지 않고 공개한 강의록이다. 구태여 『신주쿠 상어』를 거론할 필요는 없다고 생각하는 사람도 있을 텐데, 작가가 누구인지 모르는 사람에게 책을 읽히는 것은 무척이나 어려운 일이라고 그도 이 책에서 썼다.

책이 강의록의 형태를 띠고 있는 만큼 그의 소설 강의를 실제로 듣는 사람도 있다. 강의를 듣고 실제로 소설을 써보고 다시 강의를 듣는 과정을 되풀이하다가 최종적으로 장편소설을 써서 출판사에 넘긴다. 강의용 노트가 공개되는 일은 흔하지만, 실제로 수강생이 있고 수강생과 나눈 대화 내용까지 책에 수록하는 경우는 흔치 않다. 강의 내용은 무척이나 구체적이다. 시점에 맞춘 묘사, 인물의 특징 잡는 법, 회화문의 사용법, 플롯 짜는 법 등을 순서대로 설명한다. 강의와 실습이 반복되는 형태다. 일단 나도 작가 비슷한 것을 하며 생활을 꾸려나가고 있기에 무릎을 탁 친 내용이 무척 많았다. 그중 가장 가슴에 와 닿았던 문장은 "이야기의 처음과 끝에 주인공이 변하지 않은 소설은 재미가 없다"였다. 과연 그렇군! 그러고 보면 내가 쓰는 이야기는 처음에서 끝까지 주인공에게 변화가 없다. 앞으로 장편 엔터테인먼트를 쓸 때 이 말을 꼭 기억해둬야지.

소설을 써서 먹고살고 싶다고 생각하는 사람에게는 분명 좋은 책이다. 덧붙이고 싶은 내용이 거의 없긴 하지만 딱 두 개만 적어보기로 하자. 첫 번째, 실제로 책을 만드는 한 사람 한 사람의 얼굴이 보일 때부터가 진짜 프로라 할 수 있고 누구와 함께라면 어떤 일이

가능할까를 생각할 수 있을 때부터가 진짜 소설가다. 소설 업계가 어떻고, 무슨 업계가 어떻고, 유행이 어떻고, 음모가 어떻고 등등 이런 커다란 이야기를 하고 있다면 아직 그 속으로 들어가지 못한 게다. 그렇다고 내부만 자세히 꿰고 있는 것은 더욱 좋지 않다. 이미 데뷔한 작가를 직접 만나러 가는 일도 별로 추천하고 싶지 않다. 이 책을 구해 읽는 정도의 거리감이 작가가 되고 싶지만 되는 법을 잘 모르는 경우에 최적이지 않을까. 두 번째, 나쓰메 소세키는 「문예의 철학적 기초」에서 이렇게 말했다.✧ "문법이란 어휘의 배열에 있어 서로의 관계를 법칙으로 정리해놓은 것이다. 그러나 아이들은 문법이 먼저 있고 문장이 있다고 생각한다. 문법은 문장이 있고, 어휘가 있고, 그 어휘의 관계를 나타내는 것에 지나지 않으므로 문법이야말로 문장 안에 포함돼 있다고 봐야 한다." 다시 말해 오자와 씨의 창작 비결은 그가 발견한 법칙일 뿐이다. 이것을 따르기만 할 것이 아니라 자기 나름대로 비결을 발견해나가야 한다. 다키자와 바킨의 「패사칠칙」✧✧이나 E. M. 포스터의 『소설의 이해』✧✧✧ 같은 책을 함께 읽기를 추천한다. 지금 생각났는데 나는 호사카 가즈시 씨에게 『글쓰기에 지친 이들을 위한 창작 교실』을 받은 적이 있다. 죄송해요, 아직 못 읽었어요. 읽을게요.✧✧✧✧

✧ 나쓰메 소세키의 문학관은 지금 보면 꽤나 특수한 편에 속한다. 문학의 형식화, 과학화를 목표로 하는 부분이 있다. 시대적인 면도 있지만 역시 개인의 성격 때문인 것 같다.
✧✧ 바킨이 쓴 이야기 작법책.
✧✧✧ 소설 이론서다.
✧✧✧✧ 죄송해요, 아직도 못 읽었어요.

나는 달리 할 수 있는 일이 없어 글을 써서 살아가고 있다. 그런 면에서 어딘지 모르게 조금 경박하다. 이런 책처럼 개개인의 창작에 관한 비결이 점점 더 공개돼 노하우가 축적된다면 좋지 않을까. 아예 기계적으로 생성되는 정도까지 가도 좋다. 이렇게 말은 했지만 사실 농담 반 진담 반이다. 상황에 따라 다르다. 무엇을 한자로 쓰고 무엇을 히라가나로 쓸지는 기계적으로 체크되면 좋겠다. 아니 오히려 그렇게 돼야 한다고 본다. 형용사의 사용 빈도도 스스로 총계를 내보면 된다. 전체에서 회화문이 차지하는 비율도 마찬가지다. 물론 '이야기의 처음과 끝에 주인공이 변화했는지'를 기계적으로 체크하는 일이 아직은 어려워 보이지만, 앞으로 전혀 불가능한 일은 아닐 수 있다. 실제로 실현될 수 있을지는 모르겠다. 다만 만약 그런 날이 왔을 때 '그런 일은 생각조차 못 했다'며 얼빠진 모습을 보이는 것만큼은 피하고 싶다. 공개한 노하우를 보고 압도될 거라면 빨리 압도되는 편이 좋다고 생각한다. 말로 쉽게 표현할 수 없기에 공개할 수 없는 노하우, 공개해도 왜인지 다른 사람들은 실행할 수 없는 노하우가 있다는 사실이 나는 신경 쓰인다.￮ 나로서는 아무리 노력해도 갈고닦을 수 없는 어떤 것, 그런 부분에서 인간의 인간다운 인간미를 느낀다. 기계가 할 수 있을 법한 일은 기계에게 시켜버리면 그만이다.

자, 그럼 어쩌다보니 연재 안에서 병행하는 1인 다이어트 기획. 이번 달 체중은 과연! 75.2킬로그램이었다. 흠. 지난번이 76.2킬로

￮ 요리에 관한 이야기인 것 같아서 귀가 따갑다.

그램이었으니 정확히 1킬로그램 줄었다. 만보기로 재어보니 평소에 하루 오천 보 정도는 걷고 있었다. 그다지 움직이지 않을 듯한 글쟁이를 직업으로 삼고 있는 것치고는 꽤 걷는 편일지도 모른다. 날씨가 너무 더워서 체력적으로 지지 않으려고 잘 먹어두려 의식한 탓에 살이 쪘겠구나 했는데, '다이어트하지 않는 다이어트' 치고는 성공을 거두었다고 볼 수 있다. 기뻐하기에는 아직 이르다. 다이어트 책의 초반부로서는 실패 쪽에 속할 법하니 이후의 전개에 기대를 걸어보자.

지난번에 '책을 손에 넣지 못해서 못 읽었다'는 어설픈 기술을 시도했던 아내에게 건넬 과제 도서를 고를 차례다. 앞서 인용했던 나쓰메 소세키의 「문예의 철학적 기초」로 할까 생각했지만, 지금 아내에게 가장 부족한 부분이자 보충이 시급한 부분은 (지난번에 출장 갔던) 미국의 산업 지식이 아닐까 싶어 엔리코 모레티의 『연봉은 '사는 장소'에 따라 정해진다』로 골랐다. 원제가 'The New Geography of Jobs'인데 왠지 모르게 일본에서는 이런 제목으로 번역·출간됐다. 내용은 북미 산업의 배치전환과 조직 변화에 대한 개관을 담았다. 실은 아내와 처음 샌프란시스코에 살 때 읽은 책이었건만 전혀 깨닫지 못하고 최근 일본어판을 사서 읽고 말았다. 읽는 도중에 이미 읽은 듯한 기분이 들지 않은 건 아닌데…… 내 영어 실력과 기억력은 결국 그 정도 수준이었던 셈이다.

우 다나베 세이아

『연봉은 '사는 장소'에 따라 정해진다』

『연봉은 '사는 장소'에 따라 정해진다年収は「住むところ」で決まる』, 엔리코 모레티Enrico

Moretti(프레지던트샤プレジデント社, 2014)

『The New Geography of Jobs』(Mariner Books, 2013)

『직업의 지리학』(김영사, 2014)

「부엌의 소리」

「부엌의 소리台所のおと」, 『부엌 수첩台所帖』, 고다 아야幸田文(헤이본샤, 2009)

『둥실둥실을 사서 집에 돌아가자ルンルンを買っておうちに帰ろう』, 하야시 마리코林真理子

부부가 동시에 지독한 감기에 걸려서 일이 꼬여버렸다. 남편은 입에서 폐를 토하지나 않을까 걱정될 만큼 기침을 하고 있다. "당신은 간병 잘 못하니까 하지 마!"라고 남편이 말했다.↑ 예전에 열을 내리려고 이불 속에 얼린 페트병을 넣은 이후로 남편은 아플 때 내 곁에 오지 않는다. 그렇게 둘 다 자리보전하고 누워 있다가 나는 얼마 전 기운을 차렸다. 건강이란 참 좋은 것이다. 건강한 것만으로도 땡땡이치고 싶어진다. 기분이 둥실둥실 떠 있다. 그럼 다음 과제 도서는 하야시 마리코*의 『둥실둥실을 사서 집에 돌아가자』로 하는 걸로. 자, 리뷰는 다음 회에! 이러면 안 되겠지. 으음, 죄송합니다. 사실을 고하자면 과제 도서는 아직 읽고 있다. 그나마 고다 아야의 「부엌의 소리」는 다 읽었으니 우선 그거라도 써야겠다. 아무튼 릴레이 연재를 시작하고 그리 많이 지나지도 않았건만 남편은 "애초에 하는 게 아니었어. 사람의 책 취향은 저마다 다르다는 건 다들 어느 정도 알고 있을 거야" 같은 소릴 하고 있다. 나로서는 아직 추천하고 싶은 책도 있고, 계속 이어가고 싶은 연재인데 남편은 그렇지 않은 걸까. 다음 연재 때 답변해줘(당신의 아내가).

일본 가정식 음식점을 운영하는 요리사 사키치는 병상에 누워 스무 살 연하의 아내 아키가 부엌에 서서 요리하는 소리를 듣고 있다. 사키치는 아키가 요리하는 소리를 들으면 자신도 주방에 서 있는 듯한 기분이 들어 마음의 위로를 받는다. 사키치는 아키가 요리

↑ 하지 말아 주세요.
★ 하야시 마리코(1954~) 소설가. 『둥실둥실을 사서 집에 돌아가자』는 그녀의 에세이 데뷔작이다.

하는 소리만 들어도 그녀가 무슨 식재료를 어떻게 다루는지, 어떤 마음인지 아주 세세한 부분까지 알 수 있다. 아키는 의사에게 사키치가 불치병에 걸렸는데 본인에게는 아직 알리지 말라는 말을 듣는다. 아키는 사키치가 이미 눈치채지는 않았을까 하는 예감과 이따금 말해버릴 것 같은 기분을 억누르며 칼질을 한다. 아키는 평소와 다름없이 행동하고 있다고 생각하지만, 부엌 소리에 변화가 나타나기 시작하는데……

저자인 고다 아야는 늘 빈틈없이 마음을 다잡고 주변에 경의를 표하며 하루하루를 살아온 사람인 걸까. 고다 아야의 손녀 아오키 나오☆가 쓴 후기에 실제로 집에서 "절단면이 고르지 못한 음식은 제대로 먹을 수 없다"는 소리를 들으며 자랐다고 쓰여 있다. 한 치의 난잡함 없이 잘 정돈된 고다 아야의 부엌과 그녀의 아버지인 고다 로한☆☆의 가르침을 따른 날 선 부엌칼을 기술한 대목도 나온다. 고다 일가는 무엇을 하든 바짝 정신을 가다듬고 도전한다는 사실을 잘 알 수 있었다. 그런 것이 면면히 이어져서 흔치 않게 4대를 잇는 문필가 가계의 초석이 됐는지도 모른다. 칠칠맞지 못하다는 글자를 오려내서 인간으로 만들었지 싶은 생물인 내 눈에는 그런 삶은 오히려 숨 막히는 느낌이다. 하지만 남편은 나에게 규칙적인 생활을 했으면 좋겠다고 입에 침이 마르도록 말하므로 이 책을 읽고 좀 더 정신 차리고 살라는 말을 전하고 싶었는지도 모른다.

☆ 아오키 나오青木奈緖(1963~) 일본의 수필가이자 번역가.
☆☆ 고다 로한幸田露伴(1867~1947) 일본의 소설가.

연재 규칙을 먼저 어긴 사람도 나였다. 남편은 한 번 정한 것은 당연히 지켜야 하는 성격이다. 그런 남편이 나랑 살면서 용케도 미치지 않는구나 하고 이따금 감탄이 나온다. 참는 일에 익숙해진 걸까. 아니면 처음 연재에서 썼듯 그냥 야생 곰과 산다고 생각하고 진작 포기한 걸까. 고다 아야의 아름답고 정돈된 문장을 처음 읽었을 때 마치 높은 산에서 솟아오르는 맑은 물 같다는 생각이 들었다. 언젠가 집에서 남편이 저자와 작품은 분리해 생각해야 한다는 말을 했지 싶은데, 나는 소설에는 쓰는 사람의 성격이나 생활이 반영된다고 생각하기에 아무래도 '저자=작품'이라고 받아들이고 만다. 실제로 내가 쓰는 글은 변덕스럽고 난잡하다. 보고 있으면 진절머리가 날 만치 나 그 자체를 반영한 문장이다. 매번 교열하는 분이 얼마나 힘들까 생각한다.

「부엌의 소리」의 등장인물인 사키치는 발소리나 수도꼭지를 비트는 소리로 모든 것을 알아챈다. 가령 물소리 하나로 저건 파드득나물도 경수채도 아닌 시금치고, 분량은 작은 다발 한 줌이 아니라 두 줌이라는 사실을 알아챈다. 그러고는 안심하면서 평온과 피곤을 동시에 느낀다. 이미 장인의 감이나 경험이 아니라 초능력의 경지라는 감탄이 절로 나온다. 곰곰이 생각해보면 우리 남편도 비슷하다. 내 발소리나 생활 소음으로 "일이 잘 안 풀렸나 보네", "밤에 몰래 뭐 먹었지?" 같은 소리를 하며 내 감정을 모두 맞춘다. 나도 아키처럼 남편에게 마음의 안정을 줄 정도로 조용하고 버릴 것 없는 소리를 내며 생활해야 하는 것일까. 아니, 해야 하겠지만 평소 우당탕탕 곰에 비유되는 발소리를 내는 내가 당장 내일부터 해보자고 결심한다 한들 분명 어림도 없을 게다. 우선 문을 열고 닫을 때 등 주의가 필요한 곳부터 고치기로 하자. 내가 내는 소리가 바뀌면 남편도 나를 짐승이 아니라 좀 더 뭐랄까, 요염한 유부녀로 봐주는 날이 올지 누가 알겠는가.

　그러면 남편에게 줄 과제 도서는 둥실둥실……이 아니라 뭘로 하지. 자리보전하고 누운 사람에게 추천하면 좋은 책, 읽기 쉬운 만화가 좋으려나. 해서 다음 책은 히로카네 겐시의 『황혼유성군』 27권에 수록된 「오리무의 성역」이다. 『황혼유성군』에는 좋아하는 에피소드가 많은데 그중 SF스러우면서도 약간 공포가 가미된 이야기를 골라봤다. 이유는 또 있다. 집에서 "이거 히로카네 겐시의 작품인 ○○ 같지 않아?"라는 말이 남편에게 전혀 통하지 않으니 한 작품쯤 읽어주기를 바랐기 때문이다. 그리고 다음 회에는 진짜 두 권 리뷰할게요. 죄송해요! 남편은 "결국 당신은 읽지도 않고 감상문을 쓸 게 틀림없어. 표지나 제목으로 내용을 예측해서 쓰겠지"라고 얘기했지만 그런 짓은 안 해요. 아마도.

12.   어림짐작 부부

♬ 엔조 도

「오리무의 성역」

「오리무의 성역五里霧の星域」, 『황혼유성군黄昏流星群』 27, 히로카네 겐시弘兼憲史(쇼가
쿠칸, 2006)

「오리무중의 성역」, 『황혼유성군』 27(서울문화사, 2007)

『고르고13ゴルゴ13』, 사이토 다카오斎藤隆夫
『맛의 달인美味しんぼ』, 가리야 데츠雁屋哲
'시마島耕作' 시리즈, 히로카네 겐시
『오니헤이 범과장鬼平犯科帳』, 이케나미 쇼타로池波正太郎,
'삼색 고양이 홈즈三毛猫ホームズ' 시리즈, 아카가와 지로赤川次郎
〈솔라리스Solaris〉, 안드레이 타르코프스키Andrei Tarkovsky

뭐랄까, 6월은 계속 감기에 걸려 있어 거의 아무것도 할 수 없었다. 사실은 중순에 중국에 갈 예정이었지만 그 무렵 너무 심한 기침이 계속돼 말을 할 수 있는 상태가 아니어서 단념했다. 하순 즈음에는 기침 말고 다른 증상은 일단 다 나았지만, 일주일 정도 괜찮다가 다시 감기에 걸려서 그대로 월말까지 뻗어 있는 상태다. 아무것도 할 수 없다. 물론 병원에 가봤다. 폐렴은 아니고 기관지염으로 기침과 천식이 생겼을 뿐이라는 소리를 들었다. 그렇다면 폐렴은 도대체 얼마나 괴로운 걸까. 거기, 쉴 새 없이 기침하는 대학생! 서둘러 병원에 가보는 것을 추천합니다. 가능하다면 호흡기과로 말이죠. 결국 기분상으로는 세 번 연달아 감기에 걸린 것 같다. 그런 상태였기에 생활이 엉망진창이 돼버렸다. 먹고 싶을 때 먹을 수 있는 것을 먹으며 지냈다. 아내는 간호를 자청했지만 에, 그게, 그 사람은 병구완에 썩 어울리는 사람이 아니다. 몸이 약해졌을 때 아내가 손수 만든 요리를 먹는 일은 때론 위험하다. 무엇보다 너무 기합이 들어간 나머지 본인도 몸져눕는다면 큰일이다.

지금 생각난 건데 나는 다이어트를 하면 대개 감기에 걸리고 그럴 때는 역시 뭔가 먹어야 한다며 이것저것 먹는다. 그렇게 원래 체중으로 돌아가서 다시 다이어트를 해볼라 치면 감기에 걸리고…… 이런 일의 반복이다. 이번에도 역시 체중이 원래대로 돌아갔겠군. 시야에 내 볼살이 들어온다. 슬쩍 체중계에 올라섰더니 75.9킬로그램. 흠, 늘긴 했지만 지지난달 수준까지는 돌아가지 않았다. 이쯤에서 안정됐다고 볼 수 있을까. 여전히 분위기가 살아나지 않는 기획 속의 기획, 다이어트 기획이다.

이번에 릴레이 연재 상대인 다나베 세이아 씨로부터 편지를 받았다. "아무튼 릴레이 연재를 시작하고 그리 많이 지나지도 않았건만 남편은 '애초에 하는 게 아니었어. 사람의 책 취향은 저마다 다르다는 건 다들 어느 정도 알고 있을 거야' 같은 소릴 하고 있다. 나로서는 아직 추천하고 싶은 책도 있고, 계속 이어가고 싶은 연재인데 남편은 그렇지 않은 걸까"라는 내용이었다. '사람의 책 취향은 저마다 다르다'는 것은 처음부터 알고 있었기에 이에 대해서는 별다른 의견이 없다. 그 말, 다른 사람이 한 게 아닐까. 혹은 당신의 상상 속 인물일지도.♀ 1년에 300여 권의 책을 읽는 사람들도 서로 읽는 책이 전혀 겹치지 않는 경우가 종종 있다. 다만 내 안에서 이 연재가 '계속하면 할수록 점점 더 부부 사이는 악화되는 연재'로 자리 잡아가는 사실만큼은 분명하다. 내가 쓴 글이 게재되는 날에는 아내의 기분이 눈에 띄게 안 좋아 보이기 때문이다. "읽었어." 한마디만 메시지로 보내고는 침묵으로 일관한다. "어차피 나는 ○○니까……"라거나 "그런 내용을 적으면 다른 사람에게 이런저런 말을 들어서 곤란해"라는 말을 꺼낼 때도 있다. 작가끼리의 관계야 어찌 되든 크게 상관은 없지만 내가 쓴 글 때문에 부부 관계가 어긋나는 일만큼은 싫다. 이렇게 될지 모른다는 예감이 있었기에 아홉 번째 세칙에 '집 안에서 감상문 내용을 이야기해서는 안 된다'는 항목을 넣은 건데 너무도 분명히 가정생활에 지장을 초래하고 말았

♀ 분명히 들은 것 같은데. 우리 집에 남편과 꼭 닮은 생물이 사는 걸로 이야기를 마무리 짓도록 하자.

다. 내 글이 게재되고 나면 아내는 일주일 정도는 기분이 가라앉아 있다. 묘하게 서늘한 기분이 든다. 일과 가정은 분리했으면 좋겠다. 저자와 작품을 분리하라는 이야기이기도 하다.

겨우 이번 회의 과제 도서에 다다랐다. 과제 도서는 『황혼유성군』 27권이다. 『황혼유성군』 자체는 어딘가에서 언뜻 본 적이 있는 정도랄까. '아, 그런 게 있었지' 같은 느낌이다. 결혼 당시 아내는 나보다 꽤 어렸지만 적어도 만화 취향만큼은 나보다 더 원숙미가 있었다. 둘 사이에 자주 화제에 오르던 만화가 『고르고13』, 『맛의 달인』, '시마' 시리즈♧니까 말이다. 아무래도 잡지에 연재되는 작품을 읽었지 싶다. 좋아하는 소설은 『오니헤이 범과장』★, 애독하는 주간지는 《주간 신초》. 이야기하다 보면 그저 아저씨를 상대하고 있다는 기분마저 든다. 이야기가 벗어났지만 그 『황혼유성군』 27권이다. 27권. 나는 연작이라면 1권부터 읽고 싶은 사람이다. 순번대로 안 읽으면 왠지 불안하다. 예를 들어 '삼색 고양이 홈즈' 시리즈♧♧를 읽는다면 1편부터 차례로 읽어나가고 싶다. '흠, 그런데 갑자기 27권은 좀……' 이렇게 생각하며 마루젠&준쿠도 서점 우메다점(근처에서는 이곳 외에 전권을 갖춘 서점이 없었다)의 만화 코너 앞에 팔짱을 끼고 서 있었다. 그러다 뭐, 괜찮겠지 싶어 27권만 사서 돌아왔다. 단편집인데다가 27권은 내용이 독립돼 있었다. 만화방에 가는 취미가

♧ 『고르고13』은 총 쏘는 만화. 『맛의 달인』은 먹는 만화. '시마' 시리즈는 어떤 일을 하는지 잘 모르겠지만 출세하는 만화.

★ 이케나미 쇼타로가 쓴 시대소설. 1967~1989.

♧♧ 아카가와 지로의 대표작(중 하나). 1편의 제목은 『삼색 고양이 홈즈의 추리』. 1978년에 출간됐기에 시대색이 진하지만, 미스터리가 제대로 구현돼 의외였던 기억이 있다.

없기도 하고.

고등학교 동창회에서 40년 만에 재회한 네 명의 중년 남성. 함께 지내던 시절을 떠올리며 의기투합하여 다 함께 골프를 치러 간다. 골프장에서 돌아오는 길, 짙은 안개 속을 헤매게 된 일행은 주변이 안개로 둘러싸인 마을에 들어선다. 인기척이 전혀 느껴지지 않는 그 마을은 인간의 생각이 그대로 실체화되는 곳이었다…….

전혀 몰랐는데 '오리무중五里霧中'이란 '오리무'의 안이라는 뜻이지 '오 리'의 사방이 '안개 속'이라는 뜻이 아니었다. '오리무'가 무엇인지는 이야기 속에 나와 있으니 궁금하신 분은 책을 읽어보시길. 이 책은 모든 생각이 실체화되는 장소가 있다면 과연 그곳에서 무엇을 할지를 묻는 이야기다. 다만 떠올리는 모든 것이 실체화되지 않는다. 자신이 실제로 경험한 적이 있는 일만 실체화되므로 분명 마시멜로맨을 만나는 일 따위는 불가능할 게다. 생각이 실체화되는 형태의 이야기로 흔치 않은 점이라면 작중에서 생각하는 사람이 네 명이고 서로가 아는 사람이라는 것이다. 그렇게 자신의 경험을 되살려 재현할 수 있는데 그 일이 네 명에게 공통된 경험이라고는 단언할 수 없다. 하지만 네 명이 함께 보내던 시기를 떠올리는 한 서로에게 모순되는 부분은 없다. 생각이 실체화되는 안개라고 하면 무척이나 SF적인 느낌이 들어도 네 명의 생각은 어디까지나 일상과 연결돼 있기에 엉뚱한 상상을 좋아하는 사람에게는 그다지 재미없을 수 있다. 이야기 도중에 화제로 나오는 〈솔라리스〉 에피소드도 나름 생생하지만 어찌 됐든 일상생활을 다룬다. 뭐, 사실 기본적으로 중년 남성이 일상에서 일으키는 마음의 동요를 그린 『황혼유성군』에서 갑자기 하드 SF를 전개시켜도 곤란할 테니까.♀ 이렇게 느슨하게, 미묘하지만 나름대로 현실을 그대로 펼쳐놓은 듯한 분위기는 역시 소설보다 만화에서, SF보다 무심한 이야기에서 더 잘 살아나는 것 같다. '지금 이런 SF 소설을 쓰는 사람은 없겠지?', '제대로 쓸 수 있는 방법은 없을까?' 하는 생각이 들어 꽤나 재미있는 이야깃거리로 느껴졌다.

자, 이제 다음 과제 도서를 고를 차례다. 기본으로 돌아가 생각해보면 이 기획은 서로를 더욱 깊이 이해하기 위해 시작했지만 생각보다 성과가 없는 듯하다. 지지난번의 「부엌의 소리」는 아무래도 너무 극단적인 상황이니까 그저 어렴풋한 동감이라도 해주면 좋겠다고 생각했을 뿐인데, 어쩌다 보니 나의 요구를 강요하는 형태가 되고 말았다. 뭐, 여기저기에 켜놓은 불을 끄고 문을 닫고 뚜껑을 닫고 스스로 서 있을 수 있도록 만들어진 주걱을 뉘어놓지 말고 씻은 그릇은 크기별로 쌓아주는 정도로 충분한데 말이다.♂ 아, 맞다. 이쯤해서 그저 단순히 내가 좋아하는 책을 꺼내놓는 편이 좋을지도 모르겠다. 나 자신도 왜 좋아하는지 모를 뿐더러 딱히 다른 사람에게 추천할 만한 책은 아닐지도 모르지만, 계속 신경이 쓰이는 작품으로 「수영장 이야기」가 있다. 렘 쿨하스의 『착란의 뉴욕』에 수록돼 있다.

<hr>

♀ 『황혼유성군』은 비교적 SF물도 있는 편이야.
♂ 다 먹은 그릇은 물에 담가두고 골판지 상자는 접어두는 일도 덧붙인다.

13.　정신 착란 기미를 보이는 현장에서

우 다나베 세이아

「수영장 이야기」

「수영장 이야기プールの物語」, 『착란의 뉴욕錯乱のニューヨーク』, 렘 쿨하스Rem Koolhaas
(지쿠마쇼보, 1999)

『The Story of the Pool』, 『Delirious New York』(Monacelli Press, 1997)

「수영장 이야기」, 『정신착란증의 뉴욕』(태림문화사, 1999)

『연봉은 '사는 장소'에 따라 정해진다』

『연봉은 '사는 장소'에 따라 정해진다年収は「住むところ」で決まる』, 엔리코 모레티Enrico
Moretti(프레지던트샤, 2014)

『The New Geography of Jobs』(Mariner Books, 2013)

『직업의 지리학』(김영사, 2014)

「우게쓰 이야기雨月物語」, 우에다 아키나리上田秋成

지난번에 만난 SF 작가가 "가슴 졸이면서 연재를 지켜보고 있어요. 부부 사이는 괜찮죠?"라고 물었다. 우리 괜찮지? 아닌가, 아닌가요? 어떤가요? 산은 죽나요, 바다는요? 아, 하늘이 파랗다. 어쩐지 남편과는 부부라기보다는 동거인 같은 기분으로 살고 있다. 『황혼유성군』 4권에 「유성 미인 극장」이라는 작품이 있는데 큰 마담과 작은 마담이 서로 불평을 늘어놓으면서 20년 동안 함께 사는 내용이다.⟡ 사실 그런 사이가 오히려 이상적인 관계일 때도 있다. 곧잘 등장하는 예가 동성끼리 같이 사는 형태다. 계속 함께 있으면 성차도 없어져서 뭐랄까, 정신 차려보니 이성에게 인기 없는 두 사람이 마치 악연처럼 서로에게 "저기 말이야, 너" 따위의 가벼운 말을 해가며 어쩔 수 없이 한 지붕 아래에 사는 그런 상태. 좋지 않은가. 여러분은 어때요?

아니 그보다 남편을 얼마나 알고 있는지 자신이 없어졌다. 그런 관계라고 생각한 건 나뿐인가. 결혼식 피로연 때 한 편집자⟡⟡의 "엔조 씨 하면 닭똥집을 좋아하는 분으로……"라는 말을 듣고서야 남편이 닭똥집을 좋아한다는 사실을 처음 알았으니, 어쩌면 남편에 대해 아무것도 모를지도. 이 연재로 부부 사이가 나빠졌다는 것도 전혀 눈치채지 못했다. 때때로 남편은 아무 말 없이 기분이 나빠져 있는데, 그것도 분명 원인이 있겠지. 아무튼 되도록 빠른 시일 내에 사과해야겠다. 미안해. 남편은 왠지 모르게 어느 날 갑자기 "내 마

⟡ 부부가 아니잖아.
⟡⟡ 내 기억에 의하면 오모리 노조미 씨다(오모리 노조미는 번역가─옮긴이).

음도 몰라주고"라는 말이 달랑 쓰인 메모를 남기고 여행을 떠나 버릴 듯한 예감이 들어서 불안하니까. 요전에도 몸 상태가 좋아졌나보다 했더니 「우게쓰 이야기」의 무대가 된 지역을 다녀와서는[주1] "고야 산 다녀왔어", "나라의 절은 참 좋아", "암자라……" 같은 말을 하질 않나, 오랫동안 걸어도 발이 안 아픈 신발을 찾아보질 않나. 예전부터 순례를 떠나고 싶다는 둥 도카이도[주2]를 걷고 싶다는 둥 망상이 아닌 본인이 직접 말하는 모습을 몇 번이고 '똑똑히' 두 눈으로 봤기에 연기처럼 어딘가로 사라지지는 않을까 걱정이다. 여하튼 정신 착란 기미를 보이는 나지만 원고를 쓰겠어요. 얏!

『연봉은 '사는 장소'에 따라 달라진다』의 원제는 'The New Geography of Jobs'. 저자는 이탈리아 출신으로 현재 캘리포니아 대학 버클리캠퍼스에서 교편을 잡고 있다. 평소 비즈니스서는 읽지 않지만, 이 책은 흥미로운 주제가 많은 데다 예로 제시되는 도시 이야기도 재미있기에 읽어서 손해는 안 보는, 읽기를 잘했다고 생각했다. 참고로 인터넷으로 다이제스트판을 읽을 수 있으니 읽어보고 재미있다고 느낀 사람은 단행본을 사서 보길 바란다. 출퇴근할 때 읽기 좋다. 나는 업무 관계로 미국과 일본을 정기적으로 오간다. 왠지 뉴욕 맨해튼보다도 비싼 샌프란시스코의 집값(심지어 매년 5퍼센트씩 오르고 있다)이나 도저히 이해할 수 없는 교통 사정에 갈 때

[주1] 우에다 아키나리가 쓴 괴담집. 가와데쇼보신샤의 『일본문학전집』에 수록되는 「우게쓰 이야기」의 현대어 번역을 했다. 고야 산에 다녀온 이유는 동 전집에 수록된 후기 참조.
[주2] 에도 시대에 에도(도쿄)로 이어지는 다섯 주요 도로 중 하나로 도카이도는 에도와 교토를 잇는 길.

마다 농락당하는데, 그런 불평을 하면서도 왜 캘리포니아 주, 그것도 샌프란시스코에 집착하느냐는 말을 자주 듣는다. 답은 바로 비즈니스 기회가 있기 때문이다. 하지만 요새는 거듭되는 물 부족 문제, 유석 그리고 살인적인 집값이나 물가 상승으로 인해 기업도 실리콘밸리에서 텍사스 주 등지로 옮기고 있는 모양이다. 미국의 기업 분포도도 장차 몇 년 안에 완전히 모습이 바뀔지도 모르겠다.

이 책은 제조업의 하청으로 인구가 300배 늘어난 지역을 소개하고 있다. 시애틀에 마이크로소프트사가 들어와서 큰 변화를 가져온 일화도 나온다. 소셜미디어, 이민 문제, 일본이나 미국이 안고 있는 고용 문제, 지역에 사는 지식인층과 부자의 존재 및 역할 등을 구체적인 예를 들어 설명한다. 이런 교수에게 배울 수 있는 학생들은 행운이리라. 나는 개인적으로 부업을 여러 개 하고 있고 미국에서도 창업을 한 적이 있기에 고개를 끄덕이며 읽었다. 실로 깨닫는 부분이 많았다. 미국은 팁 제도가 있으며 부유층의 개인 기부나 부자가 쓰는 돈이 주변에 사는 중간층이나 노동자층에까지 영향을 미친다는 의견에는 납득했다. 일본판 띠지에 쓰여 있듯 '이노베이션 도시'의 고졸자는 '구래 제조업 도시'의 대졸자보다 돈을 더 많이 번다. '학력이 꽤 중시되는 미국에서 과연?' 하고 처음에는 놀랐다가 어떤 사람들이 모여드는 도시에 사느냐에 따라 개인의 수입이 결정된다는 사실을 예를 들어 설명해주니 쉽게 납득할 수 있었다. 일본의 경우 도시 구조가 다르다 보니 해당되지 않는 부분도 있지만, 외국에서 살고 싶거나 일하고 싶다고 생각하는 사람은 알아두어 나쁠 것 없는 정보다. 예전에 미국에 갔을 때 재팬타운에서 이런 이야기를 들었다.

"최근에는 미국에서 새 출발하려고 오는 일본인이 거의 없어. 예전에는 디자이너며 일본 식당 경영자며 음악가 등이 꽤 있어 저마다 테이블을 둘러싸고 자신의 꿈을 이야기했지. 하지만 요즘에는 그런 모습을 거의 볼 수 없어. 들리는 소리는 실리콘밸리 근처에서 무슨 애플리케이션을 만들며 스폰서를 찾는다든가 하는 것뿐이야. 완전히 없어지지는 않았지만 확실히 숫자는 줄었어. 아메리칸 드림은 이제 낡은 것이 돼버린 걸까. 근데 영어를 배우고 싶어하는 사람은 늘어난 듯하고, 예전과 비교하면 꽤나 영어를 잘하는 일본인도 많다고 하던데. 뭔가 꿈을 가지는 것보다도 영어를 이용해 그저 평범하게 사는 편이 더 행복한 걸까?"

이 이야기를 듣고 생각한 건 같은 수입을 얻을 수 있다면 확실히 미국보다 일본이 더 풍요롭게 생활할 수 있지 않을까였다. 베이 에어리어 지역의 경우, 물가나 집값은 일본 대부분의 도시보다 비싸고 오락 시설이나 물건은 적다. 서비스 면에서도 일본은 귀찮은 팁이 없다. 내가 일본인이라 일본어가 통하니까 그렇게 느끼는지도 모르지만 미국보다 일본이 더 살기 좋다. 다만 베이 에어리어 지역만 그렇고 교외로 나가면 또 다르지만(베이 에어리어에서는 집값을 월 30만 엔 정도 지불한다고 해도 그리 좋은 환경의 집에서 산다는 보장은 없다). 영어와 일본어를 다 한다는 점도 미국 내에서는 강한 매력이 아니다. 취직할 때 어학을 내세우고 싶다면 미국 기업보다는 단연 일본 기업이 더 유리할 게다.

얼마 전 텍사스 주에서 온 사람과 이야기할 기회가 있어서 일본에서 뭘 하고 싶으냐고 물었더니 우선은 쇼핑이라고 대답했다. "미국에서는 심플한 흰 머그컵을 사려면 평균 6달러가량을 내야 하지만 일본이라면 백엔숍이 있으니 다양한 물건을 싸게 살 수 있잖아요. 미국에서는 좋은 물건이 비싼 게 당연하지만 일본은 싸면서도 좋은 물건이 있죠"라고 말했다. 방금 환율을 알아보니 1US달러=123.808345엔(2015년 7월 16일)이었다. 귀찮으니 120엔으로 쳐서 120X6=720엔. 베이 에어리어 지역이라면 일본에서 진출한 다이소가 있어서 3달러로 살 수 있는 식기가 있지만, 뭐 어디를 봐도 전체적으로 물가는 일본보다 높다. 미국에서 온 유학생을 받는 하숙집 주인이 유학생에게 일본에서 뭐가 하고 싶은지, 어디를 보고 싶은지 물었더니 돈키호테나 북오프라고 대답하는 학생이 있어 데려다 줬는데 종일 돌아오지 않았다는 일화를 몇 번이나 들은 적이 있다. 미국은 받는 돈도 많지만 나가는 돈도 많다. 그것이 미국 이노베이션 도시의 생활이 아닐까?♀ 미국에서는 사는 곳에 따라 계급의식도 다르고 평균 수명조차 크게 차이난다. 평균적인 삶의 차이가 그다지 없는 일본이 중류층에게는 오히려 편할지도 모르겠다.

왠지 이야기가 딴 길로 새어버렸다. 이게 대체 몇 번째지? 이런 부분이 남편과의 거리감이랄까, 어긋나는 원인인 걸까? 여하튼 도시 경제학을 자세히 다룬 책은 잘 이해했으므로 다음에는 남편의

♀부동산 리서치 전문회사인 점퍼의 2015년 9월 미국 월세 랭킹을 보면 월세 높은 도시로 샌프란시스코가 1위였다. 1베드룸(일본에서 말하는 1LDK)의 평균 월세가 3,530달러(약 424,000엔), 2위인 뉴욕이 3,160달러(약 380,000엔), 3위인 보스턴이 2,270달러(약 273,000엔)로 2위와 3위를 큰 격차로 앞지르고 있다(자세한 내용은 sfbitebite.com/sf-rent-house-market으로).

마음을 이해할 수 있는 책을 알고 싶다. 아니 그보다 일기라든가, 개인적인 책을 서로 추천해도 되나? 거기에 "아내와 헤어지고 싶다" 같은 말이 적혀 있어도 어쩔 도리가 없지만. 규칙을 다시 읽으니 그런 책은 고르지 못하네. 미안해요. 왠지 이번 회에서는 사과만 하는 듯하다. 그럼 다음으로 넘어가보자. 렘 쿨하스의 「수영장 이야기」. 이 이야기의 줄거리를 어떻게 쓰면 좋을까.

공산주의 소비에트 모스크바에서 자본주의 미국 뉴욕에 수영 선수들과 표류 수영장이 통째로 도착했다. 야아! 야아! 야아!

남편이 쓰는 소설도 이런 작품으로 분류되려나. 어떻게 표현하면 좋을까. 머나먼 우주에서 일어나는 일 같은 소설이라고 비유하면 될까. 솔직히 말해 괜찮은 감상이 머릿속에 떠오르지 않는다. 그러면 프로 자격이 없다는 소리를 듣겠지만, 안 되는 건 안 되는 거다. 이야기는 짧다. 장면 하나하나가 아름답고 왠지 수영장 가의 붉은 녹이나 메달에서 떨어지는 물방울, 험상궂은 표정의 구소련 남자 수영선수들이 그야말로 예리한 칼로 이제 막 잘라낸 각이 살아 있는 치즈처럼 떠 있는 느낌이다. 이런 작품을 대체 무슨 이야기냐고 묻는다면 당황할 수밖에 없다. 얕은 잠을 자면서 꾼 엷고 아름다운 꿈이라고 하면 진부한 표현이겠지만 내용이 잘 생각나지 않아도 보고 있으면 마음이 편안해진다. "무슨 소리인지 당최 알 수가 없네" 하시는 분은 이 단편을 직접 읽어보세요.♧♀ 부탁입니다.

♧ '직접 읽어보세요'라는 말이 너무 자주 나오는 거 같아.
♀ 헉…….

음, 과제 도서를 생각해야 한다. 아, 맞다. 이번에는 다양한 의미에서 계속 신경 쓰인 작가 구라사카 기이치로의 작품을 남편의 과제 도서로 정해야겠다. 교열자를 울리는 작품을 쓰는 남편이 한번쯤 읽을 필요가 있는 책이다(이미 읽었다면 미안). 지금 위키피디아로 검색해서 알았는데 구라사카 기이치로의 남동생은 환경경제학자다. 그런 이유로 기괴와 환상과 경제가 뒤섞인 감상문을 이번에…… 도 쓰지 못했다.

⚓ 이미 읽은 책을 고르면 안 된다는 규칙은 없으니까 괜찮아.

14.　생활의 품질을 관리하다

♔ 엔조 도

『활자 광상곡』

『활자 광상곡活字狂想曲』, 구라사카 기이치로倉阪鬼一郎(겐토샤幻冬舎, 2002)

『헬시 프로그래머The Healthy Programmer』, 조 커트너Joe Kutner

나는 원래 커피를 못 마신다. 커피를 마시면 어쩐지 속이 부대 낀다. 조금이나마 마실 수 있게 된 것이 1년 남짓 회사 생활을 하던 시절이니까 30대 중반부터다. 커피를 못 마신다고 일을 못하지는 않았지만, 마시는 쪽이 더 편리했기에 조금씩 마셨다. 그전에도 일 과 관련한 미팅이 있을 때는 블렌드 커피를 주문했으니 아예 못 마 셨던 건 아니다. 그래도 여전히 커피를 잘 못 마시기에 적극적으로 마시고 싶다는 생각이 들지는 않는다. 요즘 들어 아내가 자기 전에 "커피 마실래?"라고 물을 때가 있다. (별로 좋아하지는 않지만 오늘은 몸 상태도 괜찮고 모처럼 커피를 내려준다고 하니까) "좋아"라고 답하곤 하는데, 그만 깜빡하고 괄호 속 내용을 전하지 않았다. 해서 내가 커피를 좋아한다고 생각해도 할 말이 없다. 뭔가 비극으로 이어질 듯한 인식의 어긋남이네.

나는 표지에서 괴담 느낌이 나는 책이 거북하다. 아, 이건 1회 차에도 썼던가. '어째서 아내는 방 안에 기분 나쁜 그림이 그려진 책을 굳이 표지가 보이도록 놓아두는 걸까, 일부러 나를 괴롭히는 걸까' 생각했는데, 아내는 애초에 내가 기분 나쁘다고 느낀다는 사 실을 몰랐던 게다. 함께 산다고 해서 이심전심이 되거나 같이 지낸 다고 상대를 전부 알 수는 없다. 안다고 해도 그저 지식으로서 아 는 것과 실감하는 것은 역시 전혀 다르다. 내 입장에서 보면 요즘 우리 생활은 지난 회에서 아내가 자신의 이상향이라고 쓴 바 있는 '큰 마담과 작은 마담이 서로 불평을 늘어놓으면서 20년 동안 함께 사는' 상태에 이미 가까운 것 같다. 얼마 전 문득 식탁에 낯선 빵 (유통 기간이 거의 다 되어가는)이 계속 놓여 있기에 신경 쓰여 아내에게 뭐냐고 물어보니 혹시 먹고 싶어 할까 해서 올려놨단다. 서투른 큰 마담의 '마음 씀씀이'였다.

"잠깐, 그러면 그렇다고 얘기를 해줘야지. 또 뭔가의 묘한 의식에 올릴 공양물인줄 알았잖아."(작은 마담 역인 남편이)

"뭐야, 자주 배고프다고 하니까 사둔 건데."

이런 식인데, 뭐 사이좋게 지내고 있으니 그걸로 된 게 아닐까. 뭐라고 할까, 같이 사는 여성 친구라기보다 여성 말투를 쓰는 남성 친구일지도 모르겠다. 남편으로서는 그렇다. 아미타불의 본원이랄까, 염피관음력이랄까, 관음의 대자대비랄까, 외도조신영파광선☆ 따위에 매달리고 싶다는 생각이 들 때가 있다. 참고로 '오랫동안 걸어도 발이 아프지 않은 신발'은 신사이바시에 있는 맞춤 신발 전문 가게에서 구입해 벌써 두 켤레째를 신고 있다. 신은 지 이미 두 해에 접어들었고 지난번에는 트래킹용 폴대도 샀다.

이번 과제 도서는 구라사카 기이치로 씨의 『활자 광상곡』이다. 작가로 살아가는 한편 11년 동안 인쇄회사에서 교정하는 일을 해온 저자의 주변에서 1989년부터 1996년까지 일어난 사건을 기록한 책이다. 일기도 아니고 이따금 동인지에 실리는 에세이라고 하기에도 너무 생생하다. 그렇다고 단순한 일상의 기록이라 하기도 어렵다. 제대로 정리·편집돼 있으며 픽션으로도 읽히고 논픽션으로도 읽힌다. 그의 생각을 즐길 수 있고 업계의 뒷이야기를 엿볼 수 있어

☆ 다이아몬드 아이가 쏘는 광선으로 레인보우맨의 기술이 아니다(《다이아몬드 아이》, 〈레인보우맨〉은 모두 가와우치 고한이 감독을 맡은 1970년대의 TV 히어로물―옮긴이).

인간관계의 긴장감마저 느껴지는 책이다. 교정이라는 일에 대해 잘 모르는 사람도 많겠지만, 문장을 취급하는 사람이라면 누구나 신세를 지고 있다. 교정이란 잘못된 문자를 지적하는 일이다. 이렇게 쓰면 그런 일은 아무나 할 수 있는 일 아닌가 생각하기 쉬운데 결코 누구나 할 수 있는 일이 아니다. 예를 들어 이 책에 나오는 예로 '2월 12일 OPEN!'과 '2일 12일 OPEN!'이 쉽게 구별되는가. 나는 이 차이를 한동안 눈치채지 못했다. 몇 번을 봐도 똑같이 보여서 혹시 오타가 있어도 똑같이 보이는 색다른 반전이 있는 건 아닐까 생각했다. 나는 교정에는 전혀 어울리지 않는 사람이다. 소설을 쓰다가도 조금 멋을 부리려고 무언가를 인용하다 보면 그 양이 아무리 적어도 오타가 나온다. 그렇게 되리라는 사실을 알아도 꼭 실수를 저지른다. 알고 있다는 사실만으로는 소용없다. 분명 잘못된 부분이 있는 줄 알면서도 그 부분을 찾아내지 못한다. 별달리 방법이 없기에 미리 교정을 보는 분께 분명 잘못된 부분이 있을 테니 찾아달라는 식으로 부탁할 뿐이다.

그런 교정 업계의 뒷이야기도 물론 재미있지만, 회사가 연이어 내세우는 QC(퀼리티 컨트롤, 품질 관리) 방침과의 엇갈림 역시 흥미진진하다. 일본의 QC는 어쩐 일인지 사원 여행을 간다거나 체조를 한다거나 체험을 서로 털어놓는 것처럼 동료 의식을 향상시키는 쪽으로 흘러가기 쉽다. 그런 것은 자칫 공포스러운 전개로 이어질 수 있다. 잘못된 글자를 놓치는 일보다 이런 쪽이 훨씬 공포스럽다. 글자보다 역시 인간이 무섭다. 하지만 다른 면, 즉 경영자의 시점(나는 한낱 자영업자이지만)에서 보면 어디에서 온 누군지 배경을 모르는 사람들을 모아 일을 할 때는 우선 세뇌를 통해 결속을 강화해야겠다는 생각이 드는지도 모른다. 채용되는 쪽은 QC 따위는 소용없다고 생각하고, 채용하는 쪽은 QC를 생각하지 않을 수 없다고 여긴다. 이런 서로 다른 마음이 특별한 모순 없이 양립하고 있다는 점이 무엇보다도 무섭다.

21세기 전자화 물결을 타고 인쇄업계의 구조는 이 책에 나오는 모습과는 꽤 달라졌다. 다만 인간관계는 그다지 변할 리 없으므로 이 책이 구식이라고 단언할 수는 없다. 전자책이 등장하기 시작했고(라고 쓰는 이 연재 자체가 원래 웹에 쓰던 것이지만), 컴퓨터와 네트워크의 이용으로 출판·인쇄업계의 작업이 조금 편해졌지 싶다. 아니, 분명 편해진 부분이 많다. 우선 전자메일로 일을 처리할 수 있다는 점이 크다. 거의 시간차 없이 일을 진행할 수 있다. 과거 데이터를 검색할 수도 있고 광학 문자 판독기 같은 장치를 이용해 아날로그 데이터를 디지털 데이터로 변환할 수도 있다. 하지만 과연 개개인의 작업이 편해졌을까. 시간이 남으면 남는 만큼 일이 늘어나서 오히려 바빠지기도 한다. 주변이 기계화되면서 사람이 직접 일하는 부서는 부담이 커질 수 있다. 나는 전자화도, 기계화도, 효율화도 이루어질 수 있는 만큼 이루어지면 좋겠다고 여기는 쪽인데, 프로그래밍을 하는 사람이 노동 환경 면에서 축복 받았는지를 생각하면 그렇지도 않을 뿐더러 여러 가지 어려운 점이 있는 듯하다.

그런 점에서 프로그래머의 건강을 위한 『헬시 프로그래머』*를

---

* 프로그래머가 건강 관리를 위해 할 수 있는 일을 나열한 책. 인간이 무엇을 할 수 있는지는 시간 관리에 크게 좌우되며 그중에서도 병에 걸리는 일은 효율이 좋지 않다. 조 커트너 저.

다음 과제 도서로 할까 했지만, 안타깝게도 다른 일로 바빠서 아직 나도 완독하지 못했다. 흠, 그래도 진지하게 생활의 질을 생각하지 않으면 괴로운 나이가 됐기에 무심코 '마음이 평안한 생활' 같은 말을 중얼거리는 나를 발견하는 요즘. 조금 길긴 해도 괜찮겠지, 세키 요코의 『일본의 꾀꼬리 호리구치 다이가쿠의 기록』으로 하겠다. 자, 그럼 이번 달 체중은…… 딱 75.0킬로그램이었다. 오사카의 말도 안 되는 더위에 지지 않으려고 먹고 싶을 때 먹고 마시며 아이스크림까지 탐하고 있음에도 (조금이나마) 몸무게가 줄었다. 크게 줄지도 늘지도 않는 가장 재미없는 모양새로 진행 중인 다이어트 기획. 앞으로 얼마간은 이 몸무게로 살아갈 것 같다.

15.

우 다나베 세이아

『일본의 꾀꼬리 호리구치 다이가쿠의 기록』

『일본의 꾀꼬리 호리구치 다이가쿠의 기록日本の鶯 堀口大學聞書き』, 세키 요코関容子(이와나미쇼텐岩波書店, 2010)

『진 괴기심령 사건 파일真·怪奇心霊事件FILE』, 나미키 신이치로並木伸一郎
『요시다 루이의 술집 방랑기 아홉 잔째吉田類の酒場放浪記 9杯目』, 요시다 루이吉田類
『쇼와 어린이 괴기화보-우리가 알지 못하는 세계 1960s~70s昭和ちびっこ怪奇画報 - ぼくらの知らない 世界1960s~70s』, 하쓰미 겐이치初見健一
『치하야후루ちはやふる』, 스에쓰구 유키末次由紀
『절대 따라하지 마세요決してマネしないでください』, 헤비조蛇蔵

남편이 커피를 싫어했다니……. 전혀 몰랐다. 커피메이커를 사고 커피 내리는 법에 대한 책을 읽고 필터 뜸 들이는 방법에 한동안 빠져 있고 카페에 가면 메뉴도 안 보고 "블렌드 주세요"라고 주문하지 않았던가. 외국에서도 곧잘 커피 마시는 모습을 봤다. 나는 녹차나 우유를 주문하는 일도 있지만 남편이 커피 이외의 음료를 주문한 기억은…… 거의 없다.♧ 연재가 진행되다 보니 다양한 사실을 알게 된다. 아무리 그래도 함께 산 지 벌써 몇 년이 지났는데. 이렇게 다 아는 듯 모르는 면이 앞으로 얼마나 더 나오게 될까.

아무튼 과제 도서로 옮겨가자. 지금껏 호리구치 다이가쿠라는 시인을 몰랐다. 죄송합니다. 나는 예전에 보르헤스를 러시아 요릿집 이름♧♧, 핀·천♧♧♧은 중동의 향신료(빨갛고 매콤한), 슈보브♧♧♧♧는 터키 언저리 마을 이름이라고 무척이나 실례되는 착각을 해서 면박을 당한 적이 있다. 남편이 독서가니 아내도 그러리라고 오해하는 사람이 있는데, 내가 최근 읽은 책은 『진 괴기심령 사건 파일』, 『요시다 루이의 술집 방랑기 아홉 잔째』, 『쇼와 어린이 괴기 화보-우리가 알지 못하는 세계 1960s~70s』, 『치하야후루』★ 28권, 『절대 따라하지 마세요』 2권으로 소설이나 문예 관련 책이 없다. 이건 좋지 않네요. 나는 작가가 되기 위해서는 소설을 읽어야 한다고 생각하기에 슬슬 문예지나 소설을 읽지 않으면 위험하다고 자각은 하

♧ 혼자 갈 때는 주로 아이스티를 마신다.
♧♧ 아르헨티나 요리, 도 아니다.
♧♧♧ 그 가운뎃점은 뭐야?
♧♧♧♧ 슈보브는 나도 히브리 문자인가, 하고 생각했다.
★ 스에쓰구 유키가 그린 소녀 만화. 28권은 2015년 8월 발간.

지만, 방심하면 곧잘 다른 장르의 서적이나 만화로 눈이 간다. 이건 정말 한심하네요. 그래서 네가 삼류보다 못한 작가인 거라고 하늘의 목소리가 들릴 듯한 이 대목에서 책 감상으로 돌아가자.

이 책 속의 호리구치 다이가쿠는 여든일곱 살임에도 전혀 노인이라 생각할 수 없는 존재감을 과시하고 있다. 그는 관능적인 추억에 잠겨서 요사노 아키코*의 아름다운 보라색을 이야기한다. 지금은 잃어버린 장소나 사람에 대해 부드럽게 손가락을 움직이며 시라도 읊조리는 듯 말하는 호리구치의 모습이 선명히 떠오른다. 이런 대화를 담은 책을 뭐라고 부르면 좋을까. 그 자리에서 호리구치의 발언에 고개를 끄덕이게 되는 생생한 대화다. 가장 신경 쓰였던 것은 호리구치 다이가쿠의 말투다. 조금만 인용해보겠다.

"그럼, 찍어볼까요. 종이라면 좋은 걸 많이 갖고 있지요. 당신 뒤쪽에서 종이를 꺼내서. 그래요, 위에서 세 번째 상자일 거예요. 하나, 둘, 셋 꺼내세요. 거봐요, 안 봐도 다 안다니까요."

남편도 이따금 이 말투로 이야기한다. 왜 여성스러운 말투를 쓰지 싶었는데, 여성스러운 게 아니라 호리구치 다이가쿠의 문체에서 전염된 거였구나. "오늘은 장을 보러 갔더니 배가 나와 있기에 샀지 뭐야. 배에 파마산 치즈 그리고 잣을 올려 먹으면 맛있을 거야. 그건 정말 좋은 조합이라니까." 그 후에 "폐인이⋯⋯." 어쩌고 하기에 '아아, 이 사람 드디어 머리가 어딘가 이상해져서 폐인이 됐구나'

★ 요사노 아키코与謝野晶子(1878~1942) 시인.

왼쪽부터 딸기와 민트 / 순무와 청포도와 무화과와 치킨 /
호박과 자두 / 치즈와 구운 감 / 사과와 감자 그라탕

생각하다가 '하이진'☆을 말하고 있음을 깨달았다. 소설을 쓰고 여
행을 하고 질도장을 사랑하고 책을 읽고 맛있는 술을 음미하고 수
식이나 물리 같은 세계에 빠지는 삶이 남편의 이상적인 삶이었을
까. 아마도 아닌 듯하다. 일단 지금의 생활도 남편이 바라는 아름답
고 안정된 생활과는 거리가 있다. 문득 나 자신도 어떤 생활을 바
라고 있느냐고 누가 물어본다면 곧바로 대답할 수 없다는 사실을

☆ '하이진俳人'은 하이쿠를 짓는 사람을 뜻하며 폐인이란 뜻의 '하이진廢人'과 발음이 같다.

깨달았다. 우선 요새 잠이 부족해 마음껏 자보고 싶다. 하루라도 좋으니 이불 속에서 푹 잠들고 싶다. 내 바람은 이 정도다.

우리 집에는 과일 요리가 넘쳐난다. 사실은 더 많지만 사진을 촬영하기 전에 먹어치워서 게재할 수 있는 사진은 지금으로서는 이게 전부다. 과일을 이용한 요리, 그중에서도 특히 복숭아, 모차렐라치즈, 레몬을 좋아해서 사진을 다 찍기까지 기다리지 못하고 먹어치우는 바람에 사진이 없다. 수박, 복숭아, 무화과 모두 나는 정말 좋아하는데, 남편은 별로 안 좋아한다며 좀처럼 젓가락을 대지 않는다. 남편은 좋아하지도 않는 요리를 왜 계속 만드는 걸까? 그게 가장 신경 쓰인다. 뭐, 아마도 변덕 아니면 심술 같은 실없는 이유겠지만. 자, 그러면 다음 과제 도서는 뭘로 할까. 과일 요리 이야기가 나왔으니 여름 과일 수박을 주제로 한 책으로 해야겠다. 이케야 가즈노부의 『인간에게 있어 수박이란 무엇인가』. 수박! 아, 나는 호불호가 확실하다고요.♠

♠ 너무 확실해서 싫어하는 음식에는 손도 대지 않는다.

16.　수박에 있어 인간이란 무엇인가

♌ 엔조 도

『인간에게 있어 수박이란 무엇인가』

『인간에게 있어 수박이란 무엇인가人間にとってスイカとは何か』, 이케야 가즈노부池谷
和信(린센쇼텐臨川書店, 2014)

『서양식 요리 나의 규칙洋風料理 私のルール』, 우치다 마미内田真美
『과일 밥, 과일 반찬果物のごはん、果物のおかず』, 후루타 요코フルタヨウコ
『과일 요리果物料理』, 와타나베 야스히로渡辺康啓
『마션The Martian』, 앤디 위어Andy Weir
『수수께끼의 독립국가 소말릴란드謎の独立国家ソマリランド』, 다카노 히데유키高野秀行
『아내가 표고버섯이었을 때妻が椎茸だったころ』, 나카지마 교코中島京子

싫어하는 일이라도 하다 보면 좋아지기도 하는 법이다. 나는 결혼할 때까지 음식이란 그저 입에 넣을 수만 있으면 족하다고 여겼다. 아니, 오히려 하나만 먹고도 살 수 있는 식품은 없을지 진지하게 생각했다. 지금도 가끔 그런데 소이렌트는 과연 어떨까. 소이렌트가 뭔지 궁금한 사람은 검색해보기 바란다. 이런 부분에 링크를 거는 것이 요즘 인터넷페이지이긴 하지만 나는 넣지 않을 테다.⚜ 아니면 담당자분이 어딘가에 링크를 걸어줄지도. 여하튼 지금은 맛있는 음식을 좋아한다. 그렇다고 손으로 만든 요리가 아니면 입에 대지 않는다거나 일주일도 안 되어 똑같은 반찬이 나오는 일을 용서 못한다거나 하지는 않는다. 편의점 도시락을 계속 먹어도 딱히 불만은 없다. 바쁠 때는 간단한 식사, 시간이 있을 때는 여유로운 식사를 하면 충분하다. 요리의 맛에 눈을 뜬 것은 아내가 직접 만든 음식 덕분이다. 이렇게 말하면 좋은 이야기로 들리겠지만, 결과적으로는 내 손으로 계속 요리를 만들다가 깨달았다. 아마 나이 탓도 있지 싶다. 솔직히 말해 이제 맛없는 음식을 먹는 일이 힘들다.

나의 요리는 공작에 가깝다. 요리책을 사서 거기에 쓰인 대로 만들어내는 방식이다. 지난 편에 나온 과일 요리도 어딘가에서 본 레시피다. 우치다 마미의 『서양식 요리 나의 규칙』, 후루타 요코의 『과일 밥, 과일 반찬』, 와타나베 야스히로의 『과일 요리』⚜⚜ 같은 책

⚜ 종이책으로 나왔으니 주석을 달아볼까. 소이렌트는 그것만 먹으면 생활에 필요한 영양소를 충분히 섭취할 수 있는 영양 기능 식품이다. 수요는 많다고 하나 실제로 어떨지는 앞으로 추이를 지켜봐야 알 수 있다.

⚜⚜ 『서양식 요리 나의 규칙』은 '복숭아와 모차렐라'를 소개한 책으로 유명하다. 『과일 밥, 과일 반찬』에서는 사과와 감자 그라탱을, 『과일 요리』에서는 배와 파마산 치즈와 잣을.

이었지 싶다. 나는 거의 레시피 그대로 만든다. 책 이름에 링크를
걸면 편하겠지만 딱히 없어도 된다.♧ '일단 그냥 다 때려넣는' 식의
아내 요리와는 방향성과 목표가 다르다는 말이다. 식재료나 조미
료를 넣을 때마다 '될 대로 되라'고 각오하는 일은 요리에서 그다
지 필요치 않다. 되는 대로 만들면 그 음식을 나중에 재현할 수 없
다는 점도 신경 쓰인다.♧♧ 요리에 재현성을 추구하는 일이 필요할
까 싶지만, 너무 일기일회一期一會를 추구하는 것도 좋아 보이지는 않
는다. 이걸 두고 일기일회라고 말해도 되나. 그리고 어째서 그다지
좋아하지도 않는 과일을 이용해 요리를 하는가 하면, 만들다 보면
좋아질 지도 모르기 때문이다. 실제로 어느 정도 좋아졌다. 거기에
"당신이 맛있다고 했으니까 오늘은 과일 기념일"☆ 같은 요소도 있
으려나. 이에 대해 아내의 반응은 '좋아하지도 않으면서 왜 계속 만
드는 걸까' 하는 다소 쓰레기남♀ 같은 느낌이 강하기도 하니 우리
집을 둘러싼 어둠은 상상 이상으로 크고 깊은 듯하다.

내가 집에서 가끔 여성스러운 말을 하는 것은 호리구치 다이가
쿠에게서 전염된 게 아니다…… 라고 쓰고 생각해보니 호리구치
다이가쿠에게 여성스러운 말이 전염되지는 않겠지, 보통. 호리구치
다이가쿠를 그런 식으로 쓰는 사람이 어디 있겠는가. 누군가 여성
스러운 말투를 썼으면 하는 상대에게 『일본의 꾀꼬리 호리구치 다

♧ 스스로 찾아봐주길.
♧♧ 과학의 대상은 재현성이 있는 것이므로 재현성이 없는 것에 대해 어떻게 생각하느냐는
　물음은 성립하지 않는다. 이에 대한 취향은 사람마다 다르다.
☆ 다와라 마치俵万智가 쓴 『샐러드 기념일』에 나오는 문구를 패러디했다.
♀ 여동생이 언니랑 형부는 사차원녀와 쓰레기남 같은 관계라고 했다. 그런가?

이가쿠의 기록』을 건네는 방법이 통할 리 없다, 아마도. 그 정도까지 저주받은 시인은 아닐 테니까. "그럼 어째서야"라고 물으면 역시 아내의 '쓰레기남' 요소와 균형을 맞추기 위해서랄까. 두 명 다 '쓰레기남'이라면 어떻게 가정생활을 꾸려가겠는가.

이번 과제 도서는 이케야 가즈노부의 『인간에게 있어 수박이란 무엇인가』이다. 연재가 시작되고 나서 처음으로 한번 읽어볼까 생각했던 책이 선정됐다. 물론 『불곰 태풍』도 한번 읽어볼까 생각한 적은 있지만 조금은 더 현실적인 의미에서 말이다. 그런데 나는 이 책을 어디에서 보고 읽어보려 했을까. 준쿠도 서점 오사카 본점 3층에 있는 책장에서였을까, 아니다. 이 책이 꽂혀 있는 책장 풍경이 머릿속에 떠오르지 않는다. 필드워크에 관해 평소 관심이 있지도 않았고······. 인터넷을 검색해보니 아, 그거였다. '제7회 일본타이틀만 대상'★의 대상 수상작이다. 여기에도 링크가 필요하다.☝ 제7회에는 아내가 쓴 『몰텐, 맛있어요』가 후보로 올랐기에 왠지 모르게 신경이 쓰였다. 아, 여기에는 딱히 링크를 걸지 않아도 된다. '타이틀만 대상'은 조금 오해를 불러일으킬 수 있는 명칭이다. '타이틀만'을 심사하는 상이다. 타이틀만 그럴듯할 뿐 내용이 별로라는 의미가 아니다. 『인간에게 있어 수박이란 무엇인가』는 제목뿐만 아니라 도입부부터 뛰어나다. 감명을 받았기에 일부를 인용해보겠다.

"이 책은 지구상에서 최후가 될 것으로 생각되는, 1년에 8개월

★ 일본 국내서적 중에 뛰어난 타이틀을 뽑아 표창하는 이벤트. 판단은 타이틀만 보고 이루어진다. 내용의 우열은 일체 가리지 않는다.
☝ 스스로 찾아봐주길.

108

은 지표수를 이용할 수 없는 시골에서 겪은 생활 체험을 다루고 있다. 인간에게 있어 수박이란 무엇인가라는 문제의식을 가지고 나는 현지로 나섰다. 그들은 수박이 있으면 사람은 살아갈 수 있다고 한다. 한때는 폐촌이었지만 현재 사람들은 수박과의 새로운 인연을 만들어 삶을 꾸려나가고 있다."

특히 '인간에게 있어 수박이란 무엇인가라는 문제의식을 가지고'의 부분과 '수박과의 새로운 인연' 부분이 마음에 든다. 이런 표현은 좀처럼 쓰기 어려운 법이다. 시에 가깝다고 해도 과언이 아니다. 직접 내용을 보기 전에는 전 세계에서 수박을 이용해온 다양한 역사를 쓴 책이라고 생각했다. 실제로는 앞에서 소개한 인용 부분에서도 알 수 있듯 수박에 의존해 살아가는 사람들의 마을을 열두 해 동안 방문해온 저자의 기록이 담겨 있다. 칼라하리 사막에 있는 이 지역은 강수량이 극단적으로 적지만 야생 수박이 자란다. 사람들은 그 수박을 채집하여 일상생활에 필요한 수분을 얻는다. 수박은 소이렌트처럼 하나만을 먹어도 살아갈 수 있는 (혹은 그럴지도 모르는) 수준까지는 아니더라도 생활의 꽤나 많은 부분을 지탱해준다. 사막이라는 가혹한 공간을 수박과 함께 이겨내는 모습은 언뜻 우주 공간을 헤매는 사람들처럼 보인다. 극한의 상황에 놓인 커뮤니티(서바이벌) 계열을 좋아하는 사람, 기술 발전이 가능하게 만든 사회의 모습에 흥미가 있는 사람에게도 추천한다.♀ 역시 아내는 르

♀ 『마션』을 좋아하는 사람도 어쩌면 이 책을 즐길 수 있을지도 모른다.

포르타주나 체험기 같은 실록과 실화를 좋아하는 듯하다. 나도 딱히 싫어하지는 않지만 뭐랄까 읽다 보면 일을 하는 것만 같다. 어떤 것을 조사할 때의 기분과도 약간 닮아 있다. 내가 마음속에 품고 있는 '독서'의 이미지와는 차이가 있다. 나는 현실에 관한 것은 (적어도 재미 삼아 책을 읽고 있을 때는) 다른 사람에게 맡기고 싶다.

다음번 과제 도서는 필드워크와 관련된 부분이 있는 『수수께끼의 독립국가 소말릴란드』*로 할까. 아니야, 현실에 굴복해서는 안 되니 선수권 쟁탈전 느낌이 나는 「아내가 표고버섯이었을 때」(『아내가 표고버섯이었을 때』** 수록)로 할까. 하지만 역시 음식 얘기만 계속 나오는 것도 조금 이상한 듯해 마음을 고쳐먹었다. 앨리슨 베이커의 「내가 서부로 와서 그곳의 주민이 된 이유」로 골랐다. 마지막으로 기다려 마지않는 다이어트 기획인데…… 이번 달은 75.5킬로그램으로 거의 변화가 없다. 오히려 이건 새로운 측면에서 혁신이라 할 수 있지 않을까.

★ 다카노 히데유키 저. 논픽션. 2013.
★★ 나카지마 교코 저. 단편소설. 2013.

17.

우 다나베 세이아

「내가 서부로 와서 그곳의 주민이 된 이유」

「내가 서부로 와서 그곳의 주민이 된 이유私が西部にやって来て、そこの住人になったわけ」,
『변애소설집Ⅱ変愛小説集Ⅱ』, 앨리슨 베이커Alison Baker(고단샤講談社, 2010)
「How I Came West, and Why I Stayed」, 『How I Came West, and Why I
Stayed: Stories』(Chronicle Books, 1993)

『기적의 시Miracles Still Happen』, 윌리엄 벰William Behm

오늘은 남편의 생일(이 원고를 쓰는 것은 9월 15일)이다. 마흔 넘은 남자에게 무슨 선물을 해야 할지 무척이나 고민했지만 이거다 싶은 것이 떠오르지 않아 술을 선물하기로 했다. 왠지 매년 술을 선물하는 듯지만 좋아할 테니 그걸로 됐겠지. 실제로 마흔 넘은 남자는 무슨 선물을 받으면 좋아하나요? 남편의 취미라 해봤자 독서고, 연재를 보면 알겠지만 나는 남편의 취향을 전혀 파악하지 못하고 있다. 이번 과제 도서는 앨리슨 베이커의 「내가 서부로 와서 그곳의 주민이 된 이유」이다. 남편이 좋아하는 작품으로 집에서도 곧잘 비유할 때 등장한다. 예를 들어 "이건 황야에서 치어리더를 찾는 것 같은 작품이네."

환상의 존재라는 설인보다 희소한 존재인 치어리더를 찾기 위해 살아가는 이야기. 가혹한 산, 얼음, 눈에 둘러싸인 대지에서 이따금 치어리더의 흔적인 발자국과 응원 수술 조각이 발견되기는 하지만 그녀들이 모습을 드러내는 일은 없다. 그래도 포기하지 않고 그녀들의 모습을 좇는 여행을 계속하는데…….

남편은 아무래도 영문을 잘 모르겠는 초현실적인 이야기를 좋아하는 모양이다. 예전에 소개받은 곰이 불을 발견하는 이야기와 통하는 무언가를 느꼈다. 미국 지방 도시의 가혹한 자연, 쇠퇴한 느낌, 생활 등이 절묘하게 그려진 작품으로 사이사이 사랑에 애태우듯 치어리더에 대한 간절한 마음이 그려진다. 미국을 여행하다 보면 지방에 사는 사람의 지역에 대한 속박감이랄까, 뿌리 깊은 포기와도 같은 분위기에 대응하며 살아가는 모습이 일본에 없는 독특한 느낌을 자아낸다. 다른 나라의 지방도시도 독특한 폐쇄감이 있지만 미국의 경우에는 뭐랄까, 슈퍼마켓의 진열장 구석에 오랜 시간 쌓인 먼지 같은 쓸쓸함과 어디로도 갈 수 없는 답답함이 서려 있다. 이런 장소에서 자라 꿈을 좇거나 자신이 처한 상황을 고민하는 일이 과연 어떤 기분일지 가늠하게 된다. 비슷한 일을 하는 비슷한 분위기의 성인들, 1970년대부터 빛바래기만 하는 거리, 혹독한 자연의 대지……. 이따금 디스커버리 채널 등에서 그런 지역에서 상상의 동물이나 황금, 전설을 찾아다니는 다 큰 어른이 나오는데 일본은 어떨까. 뭐, 도쿠가와의 매장금이나 갓파☆를 찾는 일과는 약간 다르지 싶다.

남편은 영문을 모르는 존재를 찾아 헤매거나 조우하는 이야기를 좋아하는 모양이지만, 솔직히 말하자면 나는 조금 꺼려진다.♀ 가끔 읽는 거라면 괜찮지만 개인적으로는 다큐멘터리나 공포물이나 괴담이 더 좋다.♌ 왜냐하면 다큐멘터리나 공포는 읽다 보면 뭔가 도움이 되니까. 안 그런가. 여러분은 그런 적 없어요? 가령 나는 공포물을 쓰는 지인과 이따금 "좀비 대군이 쳐들어오면 어떻게 해야 하는가?", "어딘가에서 조난당한다면?", "귀신이 공격해온다면?", "작가끼리 배틀로얄을 해야 한다면 어떤 수단을 취할 것인가" 등에 대해 서로 이야기하고 대책을 강구한다. 나도 남편에게 이

☆ 일본 민담에 나오는 전설적인 동물로 물의 요정이다.
♀ 그래도 이 책은 재미있었다. 남편이 추천해주지 않았다면 거부감이 가로막아서 읽지 않았을 게다. 이 책을 계기로 기시모토 사치코 씨가 번역한 책에 흥미가 생겨 다른 책들도 읽었는데, 하나같이 기묘하고 신비로운 독특한 세계관에 둘러싸인 이야기가 많으니 추천하고 싶다!
♌ 이 연재의 존재 의식을 근본부터 뒤집어엎는 발언이네.

런 사건에 휘말렸을 때 어떤 대책을 취하면 살 확률이 높아지는지, 야생 동물과 맞닥뜨렸을 때 우선 어떻게 할지 생각해보자고 넌지시 화제를 꺼낸 적이 있다. 그다지 진지하게 받아들여 주지 않았다. 슈퍼마켓에서 장을 보고 돌아올 때도 "지금 엘리베이터 안에 갇히면?" 같은 생각을 늘 한다(실제로 외국에서 두 시간쯤 갇힌 경험 있음). 나는 집에서 조난한 사람들의 수기를 곧잘 읽는데 남편은 딱히 흥미가 없는 듯하다. 사람이란 게 어디서 어떻게 될지 모른다고요. 둘이서 외국에 갈 기회가 있으니 비행기가 추락하는 바람에 딱 혼자만 정글에서 살아남은 소녀의 이야기 『기적의 시』를 추천할까 했지만 또 다큐멘터리냐는 소리를 듣기 싫어 이번에는 소설로 해야겠다. 지난번에 남편이 〈오에도 수사망〉♪ 주제곡을 흥얼거렸던 것이 지금 떠올랐다. 역사소설이 좋을지도 모르겠다. 그래서 다음 과제 도서는 『바보 까마귀』에 수록된 「남색 무사도」.

남편은 오늘 부로 한 살을 더 먹었다. 나는 최근 남편에게 늙었다는 소리를 자주 듣는다. "그거야 나도 이제 서른이 넘었으니 어쩔 수 없잖아!"라고 응수했지만 이번에는 약간 양이 부족하므로 공간을 채우기 위해서라도 옛날 사진을 소개해보련다. 첫 번째는 어린 시절(언제였지, 이거?). 두 번째는 남편과 처음 만났을 무렵(아마도 등단 직후 무렵?). 처음 만났을 때는 이 사람(엔조 도)보다 내가 더 잘나갈 거라고 믿었다. 아마도 스물일곱 살 무렵이려나. 왠지 최근

♪ 1970~80년대에 방송된 시대극. "죽어도 시체를 거둬줄 사람은 없다"는 내레이션이 유명하지만 지금이라면 공중파에서 방송되지 못할 것 같은 내용.

나이를 자꾸만 까먹는다. 일주일이 너무 빠르다. 그리고 세 번째는 현재…… (지금 약간 컨디션이 안 좋아서 저 모양이다). 일어난 직후(촬영자는 남편). 뭐, 그래도 인생 아직 길다. 내가 앞으로 쓰는 모든 작품이 인기 없으리란 법도 없잖아. 목표가 엔조 도보다 잘나가는 거라고 했다고 왠지 한소리 들을 듯하지만 앞으로 오랜 시간에 걸쳐 조금씩 천천히 쓰면 되겠지. 그리고 나도 집에서 요리를 안 하는 게 아니다. 크레이지솔트[§]로 볶은 요리나 느억맘과 고추와 설탕으로 대충 볶아본 요리, 코코넛밀크로 졸인 카레 같은 일단 냄비로 졸인 후 폰즈를 곁들여 먹는 요리는 잘한다. 개인적으로는 맛있는 것 같다.[§§] 그래서 '오늘은 내가 손수 만든 요리와 맛있는 술로 건배를 해야지!' 하고 부엌을 보니 이미 손질을 마친 식재료가 놓여 있다. 아무래도 남편이 선수를 친 것 같다. 참고로 『변애소설집Ⅱ』의 번

[§] 요리를 처음 시작한 남자들이 일단 사보는 조미료.
[§§] 생각보다 맛있다.

역자인 기시모토 사치코 씨는 몇 번인가 만난 적이 있는데 흡혈귀
가 아닌지 의심이 갈 정도로 젊은 미녀다. 참, 내가 원하는 과제 도
서를 말해도 돼? 혹시 '요염함'과 '젊음'을 손에 넣을 수 있는 책이
어디 없을까. (남편에게) 있으면 알려줘. 결혼하면 자연스레 여성스
러움이나 유부녀의 요염함이 배어나리라고 믿었건만 아무래도 그
렇지 않은 모양이니…… 잘 부탁해.

18.

색색 독서도

§ 엔조 도

「남색 무사도」

「남색 무사도男色武士道」, 『바보 까마귀あほうがらす』, 이케나미 쇼타로池波正太郎(신초
샤, 1985)

『명량홍범明良洪範』, 조요增誉
『일본 일화 대사전日本逸話大事典』, 시라이 교지白井喬二·다카야나기 미쓰토시高柳光寿 편
「앞머리의 소자부로前髪の惣三郎」, 『신센구미 혈풍록新選組血風録』, 시바 료타로司馬遼太郎

확실치 않지만 아마도 에도 중기, 『명량홍범』이라는 전국 도쿠가와 시대(도쿠가와 쓰나요시까지)의 여담집이 있다. 25권 더하기 속편 15권 총 40권으로 구성돼 있고, 그 가운데 9권에 "이케다번 이즈모노카미 나가쓰네의 호종隷從으로 센본 구로타로와 스미 사몬이 있어 센본은 십구 세 스미는 십사 세, 타인은 양인을 단금斷金으로 불렀고 그중 스미사몬이 용안미려하여 호색의 자는 마음이 동하는 일이 적지 않았다"로 시작하는 이야기가 있다. 국회도서관의 근대디지털라이브러리에서도 읽을 수 있다. 1912년 간행된 국서간행회판의 122쪽 하단 중앙 부근, 구두점도 없이 줄줄 문자가 나열된 까만 종이는 조금 위압감이 있어도 내용은 평이하니 한가할 때 도전해보는 것도 좋다. 도요토미 히데요시의 아들 히데요리가 2미터에 가까운 장신이었다는 기사가 실려 있는 책이다. 원래는 각 이야기에 제목도 없고 신문기사처럼 각각의 화제가 나열되는 형태였지만, 아무래도 알아보기 어려워서인지 국서간행회판에는 목차를 붙였다. 이 이야기는 '센본 구로타로의 일'이라는 제목이 붙어 있다. 흠. 여전히 내용을 파악하기 어렵다. 『일본 일화 대사전』 5권을 보면 『명량홍범』에서 베껴 쓴 형태로 이 이야기가 수록돼 있다. 제목은 '센본 구로타로의 재치 넘치는 아름다운 조력'이다. 대략 이런 방식으로 조사하다가 드문드문 수록본을 발견했다. 나름 유명한 이야기인 것 같다. 나는 잘 몰랐기에 알아보는 데 조금 시간이 걸렸지만. 현대어로 옮겨 적을 필요까지는 없을지 몰라도 이해하기 힘들 수 있으니 옮겨 적어보겠다.

"이케다번 이즈모 지방의 수장 나가쓰네를 모시는 사람 중에

센본 구로타로와 스미 사몬이란 자가 있다. 센본은 열아홉 살, 스미
는 열네 살로 둘은 '단금의 사이'라고 불릴 정도로 사이가 무척이
나 좋았다. 그중 스미 사몬은 무척이나 얼굴이 아름다웠기에 색을
밝히는 자는 그에게 마음이 흔들리는 일이 많았다."

정도일까. 그다음 내용을 조금 더 적어보면,

"어느 날 스미는 나가쓰네가 외출하기 위해 나서자 현관까지 배
웅을 나갔다. 나가쓰네가 문을 나선 뒤 한 명의 무사가 스미에게
말을 걸었지만 스미가 아무 말 없이 안으로 들어가려 했기에 무사
는 화를 내며 욕을 했다. 스미는 뒤돌아서 한두 마디 말싸움을 했
지만 아직 어렸던 탓에 말싸움에서 지고 말았다. 분하다."

이렇게 도입부가 끝난다. 현대로 바꿔 생각해보면 모든 이에게
사랑받는 인기 많은 남자 중학생이 아르바이트하는 곳에서 뭔가
욕을 얻어먹고 말싸움에 지고 말았다, 분하다, 정도일까. 참고로 스
미 군은 같이 아르바이트를 하는 대학생 센본 군과 사이가 좋다.
『명량홍범』에는 욕의 내용이 적혀 있지 않지만 이 이야기를 변형
한 이케나미는 욕을 구체적으로 적었다. "흥, 고봉공尻奉公이라 참 편
히 살겠군." 좀처럼 '고봉공'이라는 말이 이해되지 않을 텐데 풀이
하자면 엉덩이로 봉사한다는 뜻이다. 현대어로 바꿔보면 "(남성) 점
장이랑 그렇고 그런 관계인 주제에 뭐가 그리 잘났다고" 정도일까.
스미의 입장에서는 반론하지 않으면 남자의 면이 서지 않는 일이
다. 안타깝게도 그는 중학생이기에 말발이 서지 않는다. 분한 마음
을 선배인 센본에게 털어놓는다. 센본은 대학생이니 그런 면에서는
야무진 부분이 있다. 아무리 어리다고 해도 스미도 무사다. 다른 사

람에게 욕을 얻어먹고 치욕을 당한 이상 상대방을 그대로 둘 수는 없다. 그리하여 "그 자를 토討하라." 그 남자를 쳐 죽여라. 즉 베라는 말이다. 자신이 도와주겠다며. 대학생치고는 꽤나 과격한 사람이다. 교사범이다. 뭐, '고봉공'이라는 말을 듣는다면 지금 시대라도 꽤 큰 싸움이 벌어지겠지만. 결국 훌륭히 상대방을 베어버린 스미는 사람을 베어놓고 그대로 있을 수 없으니 도망을 치고, '아름다운 조력자' 역할을 해낸 센본은 공을 스미 혼자의 것으로 돌린 채 자신은 전혀 모르는 일이라고 계속 오리발을 내민다. 이 이야기의 백미는 자신은 모르는 일이라고 계속 시치미를 떼는 부분이다. 사실 이렇게 전개되리라고는 생각지도 못했다.

이야기의 큰 줄기는 '센본 구로타로의 일'이건 「남색 무사도」건 둘 다 같은 내용이다. 어느 쪽을 읽어도 다르지 않은데 둘 모두를 읽고 논픽션(이라는 선전)과 픽션의 차이를 생각해보는 일도 즐거울 것 같다. 이렇게 원전을 찾아보고 나서 신경이 쓰인 부분은 「남색 무사도」의 본문에 "…… 둘은 '단금의 사이라고 불릴 정도'라고 어떤 책에도 쓰여 있다"는 구절이었다.웃 과연 이케나미는 그 '어떤 책'까지 창작한 것일까 아니면 실존하는 '어떤 책'을 참조한 것일까. 실존하는 '어떤 책'을 참조하지 않고 이야기의 세부를 설정했다면 실로 대단한 일이라고 생각한다. 다만 적어도 이 이야기에서는 자료에 준해서 쓴 것이라고 봐야 한다. 찾을 수는 없었지만 주요 참조

웃 나도 신경 쓰였지만 기원이 되는 기록을 한 개도 찾을 수 없었다. 남편의 자료 찾기 능력에는 평소 종종 놀라곤 한다.

자료가 적게 잡아 두세 개는 더 있는 듯하다. 내 안에서는 오랜 기간 수수께끼인 것이 있다. 역사소설에서 예를 들어 등장인물이 "그 자를 토하라라고 말했다"라고 써 있다고 치자. 이 '그 자를 토하라'는 완전한 가공의 등장인물이 말하는 '그 자를 토하라'와는 무엇이 다른 건지 신경이 쓰인다. 역사소설이라면 등장인물은 과거 실제로 존재했던 사람일 가능성이 크다. 그 사람이 말하는 것과 완전히 창작된 등장인물이 말하는 것은 무엇이 다를까. 이 책에서 선택한 '고봉공'이라는 말은 역사상 스미가 실제로 그렇게 들었는지와 상관없이 효과 면에서 너무 뛰어나서 훌륭하다고밖에 달리 할 말이 없다.

　아참 뭐였더라. 지난 회 마지막 부분에 뭔가 질문이 있었다. 아, 다나베 세이아 씨가 보낸 편지다. "혹시 '요염함'과 '젊음'을 손에 넣을 수 있는 책이 어디 없을까. 있으면 알려줘." 실제로 '늙었다'라는 말을 하긴 했지만 '우리 둘 모두 나이를 먹었군' 정도의 어감이었다. 답을 하자면 그런 전략병기 같은 책은 없다. 있더라도 군사적으로 이용돼 민간에는 공개되지 않겠지. 알고 있는 자는 살해당할 게다. 있다면 사기다. 음. 이런 내용을 고려해 다음번에는 무엇으로 할까. 시바 료타로의 『신센구미 혈풍록』에 수록된 「앞머리의 소자부로」⬧로 할까 하다가 그만뒀다. 이 연재는 연상 게임이나 끝말잇기가 아니니까. 요염함, 젊음. 그렇다. 요염함이나 젊음이 사라지고 난

⬧ 신센구미(에도 말기 만들어진 무사 조직)에 미소년이 입대하여 모두 안절부절못한다. 1번대 조장인 오키다 소지는 이 상황이 마음에 들지 않는다. ……어라? 이런 이야기가 아니었던 것 같은데.

뒤에야 보이는 기품이 있다. 「남색 무사도」의 센본 구로타로는 엄격하지만 그 안에 따뜻함이 남아 있다. 하지만 그런 예는 행운이겠지. 다음 과제 도서는 롤랑 바르트의 『우연한 풍경』에 수록된 「파리의 밤」으로 골랐다.

자, 그럼 이번 달의 체중을 공개해볼까. 이번 달에는 자신 있다. 여름 더위도 끝났고 알게 모르게 먹고 마시는 양도 줄었다. 몸이 가볍다. 여기저기에서 "살 빠졌어?"라는 말을 듣는다. 허리띠 구멍도 한 칸 앞으로 되돌아갔다. 체중계에 올라서 보니…… 75.2킬로그램. 어라, 딱히 크게 달라지지 않았다. 이번 달에는 정말 2킬로그램 정도는 빠지지 않았을까 싶어 "다이어트 따위 마음만 먹으면 간단합니다, 비결은 먹지 않는 것"이라고 쓰려 했는데. 다이어트 책에 자주 나오는 "아, 자신 있었는데, 자신 있었는데!" 하는 상황이 이런 걸까. 그냥 재미있으라고 쓴 내용인 줄 알았다. 흠, 조금 진지하게 생각해봐야겠다.

19.

낯선 거리를 걸어보자

우 다나베 세이아

「파리의 밤」

「파리의 밤パリの夜」, 『우연한 풍경偶景』, 롤랑 바르트Roland Barthes(미스즈쇼보みすず書房, 2001)

「Soirées de Paris」, 『Incidents』(Editions du Seuil, 1998)

「파리의 저녁들」, 『소소한 사건들』(포토넷, 2014)

갑자기 '뎅' 하고 뒤에서 얻어맞은 듯 갑작스레 건강이 나빠졌을 때 읽었다.[우] 그때 만난 책이 이 작품인 건 행운이었다. 열이 나고 현기증에 붕 뜬 기분으로 읽어서 애매한 곳도 있지만 에세이라고도 일기라고도 혹은 시라고도 할 수 없는 문장에서 보이는 풍경이 머릿속에서 세피아색이 덧입혀진 영상으로 뭉게뭉게 피어올랐다. 한 번도 본 적 없는 파리의 뒷골목이나 혼잡함, 냄새까지 상상됐다. 작중에 나온 '위에 꽤 날카로운 통증을 느끼는 배 술'은 뭘까? "배로 담근 과실주인가?" 아니면 "리큐어인가?" 하고 살짝 궁금해져서 인터넷으로 검색해보니 배 과즙을 발효시킨 페리라는 술이 있었다. 알코올도수는 4퍼센트 정도의 발포주란다. 일본에서도 찾으면 마실 수 있으려나. 어떤 맛인지 궁금하니 몸 상태가 완전히 돌아오면 확인해보고 싶다. 그리고 책장을 조금 더 넘기면 비네그레트소스라는 것이 등장하는데 무슨 뜻일까. 찾아보니 아무래도 프렌치드레싱을 이야기하는 것 같다. 왜 프랑스의 드레싱이라는 말이 붙었을까 궁금했지만 영영 드레싱만 찾아볼 듯한 예감이 들기에 이쯤에서 책으로 돌아가기로 하자.

파리 거리를 걷다가 왠지 서걱거리는 초조함과 불만, 불평을 주체 못하여 어둠을 바라보니 남창이 서성이기에 슬쩍 시선을 교환했다. 이제 어떻게 할까.

이런 식으로 파리 길거리를 걷는 남자의 시선으로 읽을 수도

[우] 다시 읽어보니 둘 다 자주 아픈 것 같다. 남편은 그 상황에서도 마감을 지켰지만, 나는 늦기 일쑤였다. 정말 이 연재를 하면서 여러 분께 폐를 끼치는 것 같다. 이 자리를 빌려 사과드립니다.

있고, 이런 삶의 방식이나 시각을 가진 남자가 있구나 생각하며 문장을 음미할 수도 있다. 읽을 때마다 나오는 다른 인생을 사는 남자의 인생을 추체험하는 신기한 묘미가 있는 작품이다. 뭐랄까, 달라붙어 떨어지지 않는 고독을 당연히 여기며 하루하루를 보내는 애달픔이 여기저기에 파고들어 있다. 작중 시기가 8월 말부터 9월 초에 걸쳐 있음에도 왜인지 머릿속에 떠오르는 파리 풍경은 세피아색이 덧입혀진 겨울 정경이다. 책을 덮자 표지 안쪽에 저자인 롤랑 바르트가 미간에 주름을 잡고 담배에 불을 붙이는 멋스러운 사진이 보였다. 이런 사람이 파리 거리를 걸어 다녔다니 모델 같았겠지. 마치 영화배우처럼 멋있다. 하지만 작중 인물은 남창에게 미리 돈을 지불했다가 결국 상대가 오지 않아 주변 사람들에게 비웃음을 사기도 하고 예전처럼 젊지 않은 자신이 인기를 끌지 못하는 사실을 한탄하기도 한다.⚓

　뭐, 내 실제 체험을 이야기하면 작품 속에서 자기는 인기가 없다는 말을 입버릇처럼 하는 작가를 어떤 이벤트에서 만나보니 본드 걸 같은 미녀들에게 둘러싸여 있었다. 그것도 모자랐는지 심지어 미녀가 근처를 지나갈 때마다 추파를 던져댔다. 미녀들도 아주 싫지는 않은지 같이 사진을 찍거나 연락처를 쓴 메모를 전했다. 게다가 그 모습을 멀리서 '아이고 참, 우리 남편은 여자라면 사족을 못 써서 큰일이라니까' 하는 느낌으로 사모님이 보고 있었다. 뭐랄

⚓ 정확하게는 남창에게 돈을 건넨다, 주변에서 다들 올 리가 없다고 한다, 바르트도 그건 이미 알고 있다, 이런 흐름이다. 그렇지 않다면 슬프지 않잖아.

까, 저자가 말하는 일상과 실제 일상은 다르구나 하고 실감한 날이었다. 그 외에도 자칭 인기 없다는 모 만화가가 엄청 인기를 끄는 모습을 목격한 적도 있다. 아무튼 그런 말은 이제 믿지 않는다. 아니면 그들의 인기 기준이 나와 다를 뿐인 건가.

외국의 글쓰기 강좌나 일본 소설가의 소설 쓰는 법 강좌 같은 이벤트에 참가하면 반드시 "내 반생을 소설로 쓰고 싶다"고 말하는 사람을 만난다. 이유를 물으면 "내 인생이 소설이나 드라마, 영화 같아서"라는 대답이 돌아오는 일이 많다. 실제로 소설이나 영화의 주인공 같은 인생이나 반생을 보내는 사람이 꽤 있다. 예전 어느 이벤트에서 만난 분은 사진으로만 본 미국인 남성과 결혼하기로 결정한 그야말로 사진 신부였는데 전쟁이 터져서 파란만장한 인생을 보냈단다. 또 어떤 재해에서 단 한 명의 생존자였다거나 고고한 등산가였다거나 곰 사냥꾼을 업으로 삼았다거나 소설로 쓰고 싶다고 생각하는 만큼 이야기를 들어보면 하나같이 책으로 읽거나 영화로 보고 싶어질 정도로 무척 재미있다. 다만 그런 사람의 소설이 들은 이야기 만큼 재미있느냐 하면 반드시 그렇지 않다. 괴담도 그렇지만 이야기와 글은 아무래도 다르다. 들을 때는 등골이 얼어붙을 정도로 무서운 이야기라도 들은 그대로 글로 옮겨보면 전혀 무섭지 않은 경우가 있다. 체험을 제대로 이야기하는 것과 문장으로 쓰는 것. 둘 다 어렵고 각기 다른 기술이 필요하다.

지인인 괴담 작가한테 들은 이야기를 떠올렸다. "이벤트에서 이야기했더니 객석에서 비명이 들려올 만치 철판에 관한 무서운 이야기가 있는데 말이야. 그걸 문장으로 써서 편집자에게 보여주면

왠지 몰라도 웃어버린다니까. 웃긴 얘기라면서 거절당한 적이 있
어. 이야기를 문장으로 쓰면 인상이 180도 바뀌어버린다나." 같은
내용의 이야기라도 들을 때, 읽을 때, 볼 때의 감상은 전혀 다르다.
나는 수년 전부터 취재도 하고 관계자에게 이야기도 들으며 어떤
사람의 전기를 쓰려고 마음먹고 있는데 좀처럼 잘 쓰이지가 않는
다. 단지 그 사람 됨됨이를 알거나 파란만장한 인생 이야기를 나열
하기만 해서는 소설이 될 수 없다. 이 소설이라고도, 일기라고도, 에
세이라고도 할 수 없는 「파리의 밤」은 분류하면 어떤 장르라 할 수
있을까.

체험한 사건을 어떤 형태로든 작품으로 승화시키기란 어려운
법이다. 내가 미숙한 작가라서 그렇게 느끼는지도 모른다. 자신의
체험이든 타인의 체험이든 누군가가 읽고 무언가를 느끼는 이야기
를 조금 더 잘 풀어낼 수 있는 날은 언제일까. 컴퓨터 화면에 떠 있
는 문자열을 보며 자주 한숨을 쉰다. 「파리의 밤」을 다 읽고 이불
속에서 그런 생각을 계속하는 사이 머릿속에 떠오른 제목이 하나
있다. 그 책을 다음번 남편에게 주는 과제 도서로 정해야겠다. 자신
에게는 없는 누군가의 체험이나 인생을 이야기로 승화하여 그 인
물의 공적을 다른 누군가에게 전달할 수 있다면……. 그런 생각을
하며 요 몇 년 동안 어떤 사람의 자료를 계속 모으고 있는데 아직
갈 길이 멀다. 참, 남편에게 추천하는 책은 와타나베 준이치의 『꽃
에 묻히다』이다.

20.　　　　　　　　　　　　낙원까지 몇 마일

♠ 엔조 도

『꽃에 묻히다』

『꽃에 묻히다花埋み』, 와타나베 준이치渡辺淳一(신초샤, 1975)

『실낙원失樂園』, 와타나베 준이치
『실낙원Paradise Lost』, 존 밀턴John Milton

이렇게 계절이 바뀌는 시점에 안타깝게도 나는 또다시 살이 쪘다. 체중계에 올라갈 필요가 없을 정도다. 그렇게 덥지도 않은데 연신 땀을 닦아내며 길을 걷는다. 가을이 밥맛이 좋아지는 계절이라서 살이 쪘다면 크게 문제될 일은 아니다. 나는 그저 감기에 걸렸을 뿐이다. 다이어트→감기→먹음→살찜의 반복이다. 이 악순환의 고리를 어디부터 끊으면 좋을지 매일같이 고민하고 있다. 다이어트에 앞서 건강을 우선해야 하는 나이가 됐는지도 모른다. 앞서 말한 사이클에 건강이 망가짐→건강하지 못하게 마름이라는 과정을 조합하면 어떻게 될까. '살찜'과 '마름'이 서로를 상쇄시킬 수도 있다는 생각이 들지만, 그보다 먼저 수명이 단축될 것만 같다. 초봄에 산 자전거를 봄에는 비, 여름에는 더위 그리고 가을에는 다시 오랫동안 비가 와서 타지 못하다가 드디어 날씨가 좋아지나 싶었는데 감기에 걸려 거의 타지 못하고 있다. 요 몇 년간은 더위를 먹는 병(처럼 느껴지는 것) 때문에 고민이다. 체온이 조금 오르면 금방 녹초가 되는 데다 속이 울렁거려 방에 드러눕는다. 역시 체력 저하를 느낀다. 요즘엔 동년배들과 만나면 건강 이야기가 주를 이룬다. 심지어 이야기에 끝이 안 보인다.

이건 그거다. 취직난이 화제이던 무렵에는 일복 없는 젊은이가 혼잣말을 계속 중얼거리는 식의 소설이 세상에 넘쳐났던 것처럼 앞으로 고령화가 더욱 진행되면 은퇴한 사람이 혼자서 몸 상태를 주절주절 떠들어대기만 하는 소설이 판을 칠 게다. 나는 가만히 생각한다. 사실 모두 과학에는 그다지 흥미가 없으며 기술 혁신 따위 되건 말건 상관이 없다고 느끼는 건 아닐까. 그뿐 아니라 과학이란 귀찮은 일을 늘릴 뿐이라고 생각하는 건 아닐까.● 물론 실제로는 그렇지 않다. 과학 덕분에 인간은 다양한 종류의 귀찮은 가사에서 해방돼 여유가 생겼고 안전한 물과 신선한 음식을 손에 넣었다. 따라서 그런 의견은 설득력이 없다. 식료품 생산이 늘어난 것도 과학 덕분이다. '자연으로 돌아간다'는 것은 반대로 나머지 에너지를 낭비하게 되기에 자원 부족으로 고민하는 지구 입장에서는 최고의 사치다. 아무도 그렇게 말하지 않지만 말이다. 모두가 유기농 무농약 농업을 시작하여 자급자족으로 생활한다면 지구의 모든 인구를 지탱하는 일은 불가능할 게다.

그나마 자신의 건강 이야기가 나오면 꽤나 많은 사람들이 과학을 중요하게 여긴다.●● 예를 들어 항생 물질의 효과를 한 번이라도 체험하면 세계가 바뀐 것 같은 놀라움을 얻는다. 적어도 통계적으로는 과학적인 치료법이 민간요법보다 높은 치료율을 보인다. 병원에 가는 것은 죽으러 가는 거라든가, 항암제는 의료계의 음모라든가, 병원에서 하는 분만은 필요 없고 자연분만이 최고라든가, 비타민C는 만능약이며 할머니의 지혜 주머니가 최고라는 말은 잘못된 생각이다. 이렇게 말하면 화를 내는 사람도 있겠지만 잘못된 것은 잘못된 것이다. '통계적으로는' 하고 단서를 단 것은 세상에는 혹시라도 기적과 같은 일이 있어날지도 모르기 때문이다. 기적은 과학

● 최근 점점 더 그렇게 생각하고 있다.
●● 최근에는 이것을 의심하고 있다. 모두 자신의 건강 따원 어찌 되든 상관없다고 생각하는 것은
아닐까.

의 범주에서 벗어나 있으니 전혀 다른 성질을 띤다. 그것은 통계 밖의 이야기다. 적어도 자신에게는 기적이 찾아오리라고 믿는 사람에게 아무리 과학 이야기를 해도 소용없는 법이다. 자신에게는, 다른 사람이 아니라 자신에게만은 기적이 찾아오리라고 믿을 수 있는 이유를 나는 도무지 알 수 없지만.

이번 과제 도서는 와타나베 준이치 선생님의 작품이다. 같은 홋카이도에서 태어났기에 마음속으로 선생님이라고 부르고 있다. 와타나베 준이치 선생님 하면 『실낙원』, 『실낙원』 하면 와타나베 준이치 선생님이 공식화돼 있다. 이전까지는 『실낙원』 하면 존 밀턴이었지만 밀턴에게서 멋지게 제목을 빼앗아왔다. 그건 좀처럼 쉬운 일이 아니다. 몇 번인가 파티에서 뵌 적이 있지만 말씀을 나눌 기회는 갖지 못하다가 작년 2014년에 돌아가시고 말았다. 인간의 기억이란 제멋대로인 데다가 한 번에 많은 양을 기억할 수 없으므로 와타나베 준이치 선생님은 '『실낙원』을 쓴 사람'으로만 기억되는 감이 있다. 원래는 삿포로 의과대학에서 강사를 하던 분이다. 당시 일본 최초의 심장 이식 수술에 참가했다. 이 수술은 다양한 문제를 불러일으켰고 와타나베 준이치 선생님은 수술에 의문을 제기하며 대학을 떠났다. 그리고 얼마 되지 않은 1970년에 나오키상을 수상했고 그 이후로 연달아 베스트셀러를 썼다. 누군가 선생님께 이런저런 이야기를 들어뒀어야 했다는 생각이 든다.

이렇게 드디어 『꽃에 묻히다』의 줄거리에 도착했다. 시대는 에도 말기에서 다이쇼 시대. 주인공은 일본에서 처음으로 국가자격을 딴 여성 의사인 오기노 긴코다. 국가 자격을 땄다는 점이 중요하다. 메이지 시대에는 애초에 여성이 국가 자격 시험을 볼 수 있다는 발상조차 하지 못했다. 남편에게 성병이 옮아 아이를 낳기 어려워진 오기노는 스스로 의사가 되기로 결심한다. 의대에는 남학생뿐이었다. 그들에게 집요한 괴롭힘과 바보 취급을 당해가며 겨우 공부를 마친 오기노의 앞을 이번에는 메이지 정부의 국가 시험 제도가 가로막는다. 그저 시험을 보고 합격하는 일이 아니라 여성도 시험을 볼 수 있도록 하는 일부터 시작해야 했다. 의사이면서 사회운동가가 돼야만 하고 싶은 일을 할 수 있는, 사람의 몸과 함께 사회의 왜곡도 치료해야만 하는 상황이었다. 다양한 장애를 뛰어넘어 드디어 의사가 되어 병원 문을 연 오기노 앞에 나타난 한 청년이 다시 오기노의 운명을 바꾸며 무대는 홋카이도로 바뀐다. 그렇게 이상적인 코뮌으로 향한다.

나는 이 책을 슈에이샤 문고판 선집으로 읽었다. 이 '선집을 위한 후기'에 의하면 와타나베 준이치 선생님이 의학부 강사를 하던 시절 강사실을 정리하던 와중에 『홋카이도 의보』 175호에 '오기노 긴코 소사小史'라는 연재를 발견한 것이 이 소설을 쓰는 계기가 됐다. 각색은 했어도 사실을 바탕에 둔 이야기인 셈이다. 거의 100년 전에 일어난 일이지만 이야기 속에서 여성들이 겪는 차별은 무시무시할 정도다. 지금의 상상을 뛰어넘는 부분이 많이 있다. 와타나베 준이치 선생님은 이것을 담담하게 써내려간다. 차별이 존재하는 현실을 최대한 감정을 싣지 않고 그려낸다. 지금 보면 그 표현이 과연 옳은가 싶기도 한데, 이런 부분이 있는 것은 어찌 보면 당연하다. 그도 그럴 것이 우리는 지금도 남녀평등이 실현된 세상에 도달하지 못했기 때문이다. 1970년에 간행된 이 책에 지금 보면 차별적으로 보이는 표현이 포함돼 있다는 것은 100년 전의 메이지·다이쇼 시대보다는 40년 전인 70년대가, 40년 전의 70년대보다는 현재가 남녀평등이 이루어졌다는 증거이리라. 2050년쯤 지금 쓰고 있는 문장에 남녀(에 한하지 않고) 차별적인 부분이 있다는 소리를 듣는 편이 '과거에는 참 자유롭게 글을 썼구나' 하고 여겨지는 것보다 낫다. 옛날에는 심각했다고 말하는 것에 그치지 않고 지금도 심각한 상태라는 것을 깨닫는 일이 중요하다. 흠, 역시 누군가 선생님께 이야기를 들어뒀어야만 했다.

그럼 이제 다음 책을 골라야 한다. 책을 읽는데 계속 이 작품이 머릿속에 떠올랐다. 에밀리 오스터의 『의사는 알려주지 않는 임신·출산 상식 거짓과 진실』. 저자는 경제학자로 제목에서 예상되는 내용과는 조금 다르게 합리적인 의사 결정에 관한 책이다. 전문지식을 자신의 출산에 적용해본 결과 과연 어땠을까. 마지막으로 이번 달의 체중을 발표하겠다. 76킬로그램. …… 역시.

21. 지금, 남국에 있습니다

우 다나베 세이아

『의사는 알려주지 않는 임신·출산 상식 거짓과 진실』

『의사는 알려주지 않는 임신·출산 상식 거짓과 진실お医者さんは教えてくれない 妊娠·出産の常識ウソ·ホント』, 에밀리 오스터Emily Oster(도요게이자이신보사社東洋経済新報社, 2014)

『Expecting Better』(Penguin Books, 2014)

『산부인과 의사에게 속지 않는 25가지 방법』(부키, 2014)

『따끈따끈 베이커리 焼きたて!! ジャぱん』, 하시구치 다카시橋口たかし

『흑박물관 고스트 앤 레이디黒博物館 ゴースト アンド レディ』, 후지타 가즈히로藤田和日郎

멘소-레!☆⚲ 지금 이 글은 오키나와 국제 거리에 있는 인터넷 카페에서 쓰고 있다. 오키나와에서 개최되는 이벤트에 참석하기 위해 왔기 때문이다. 일하는 짬짬이 휴식 시간에 원고를 썼고 드디어 다 썼다! 그럼 커피라도 한 잔 하면서 편집자에게 보낼까 싶어 일단 노트북 전원을 끄고 캔커피를 사러 갔다. 커피를 한 모금 마시고 나서 노트북을 켜려는데 안 켜지는 거다. 전원에 불은 들어와 있다. 이건 대체 무슨 상황인가 싶어 휴대전화로 이래저래 검색해봤지만 원인을 알 수 없었다. 어쩔 수 없이 고객지원센터에 전화를 걸었다.⚲⚲ 그래서 이것저것 시도해본 결과 아무래도 노트북에 전기는 공급되고 있지만 어딘가 내부에서 접속 불량이 발생해 전원이 들어오지 않는다는 것이 판명됐다. 이것만큼은 수리해야만 나아지는 모양이었다. 다행히 보증 기한 내라서 수리 비용이 그리 많이 들지 않는 것이 불행 중 다행이랄까. 일단 여행지였고 인터넷 카페가 숙소 근처에 있었기에 이미 쓴 원고는 잊어버리고 처음부터 다시 원고를 쓰기로 했다. 그렇다 치더라도 아이폰이 없었다면 어떻게 됐을지 생각하기조차 싫다. 인터넷 카페의 위치도, 고객지원센터 연락처도 알지 못한 채 지금쯤 "나는 지금 남국에 있는데 심지어 노트북이 고장나버렸는데…… 아핫, 밤바다는 먹물을 흘려보낸 듯 검구나" 따위의 말을 늘어놓으며 눈물을 흘리고 있었을지도 모른다.

☆ 오키나와 방언으로 '어서 오세요', '안녕하세요' 등을 의미하는 말이다.
⚲ 힘들 때는 무리하지 않는 게 좋아.
⚲⚲ 나한테도 전화했었다.

이번 과제 도서는 『의사는 알려주지 않는 임신·출산 상식 거짓과 진실』이다. 제목을 보고 임신·출산과 관련해 '나는 의사보다 나은 육아를 하고 있다고!' 같은 착각에 빠진 아이 엄마가 쓴 에세이려니 생각했는데 경제학자가 쓴 통계학에 근거한 내용이었다. 통계학에 대한 재미있는 이야깃거리도 들어 있으므로 남성에게도 추천한다(애초에 남편이 추천한 책이기도 하고). 임신하면 임부는 의사에게 이건 하면 안 된다, 저건 하면 좋다는 말을 무수히 듣는다. 하지만 그 말에 얼마만큼 근거가 있을까. 가령 커피 한 잔을 마시면 구체적으로 뱃속 아이에게 얼마나 영향을 주는지, 저자는 의사가 아닌 경제학자의 입장에서 조사하려는 의욕을 보인다. 의사가 하는 말은 몇 명 정도의 환자 체험에 의거하며 어떤 근거로 산출했는지, 왜 술한 잔쯤은 괜찮다는 의사가 있는가 하면 절대 안 된다고 하는 의사가 있는지 하는 의문을 토대로 저자인 에밀리는 본업인 통계학을 이용해 조사를 진행한다. 얼마 전만 해도 임신했다고 하면 "어머나 두 사람분 먹어야겠네"라는 말을 들었지만 요새는 체중 증가를 엄격하게 제한받는다(『따끈따끈 베이커리』*라는 작품에서도 피에로가 타임슬립을 해서 과거로 돌아가 자신을 낳아준 왕비가 "임신했으니 많이 먹어야지!" 하는 모습을 보고 당시에는 그런 의식이 일반적이었지만 지금은 임신중독증 등의 리스크가 있으므로 살찌는 것은 추천하지 않는다는 이야기가 나온다).

★ 하시구치 다카시가 그린 전 26권의 만화. 2002-2007.

아기에게 모유가 좋은지 분유가 좋은지에 대한 의견도 개인적인 인상이지만 수십 년 단위로 바뀌는 듯하다. 참고로 나는 모유가 아닌 분유를 먹고 자랐는데 비교적 건강한 편이다. 여동생은 모유를 먹었다. 그 친구도 비교적 건강하다. 친척들은 모유와 분유 혼합 수유로 자랐다. 그들은 우리 자매와 키가 크게 다르지 않고 비슷하게 건강하다. 이따금 감기에 걸리기도 하지만 그건 평소에 건강을 챙기지 않아서다. 남편의 친척 가운데 분유도 모유도 아닌 토마토 주스만 마시며 성장한 사람이 있으니✿ 인간의 몸이란 어떻게든 되는 건지도 모른다. 토마토 주스만 마시며 자란 사람도 비교적 건강한 편이다. 내 주변에는 왠지 극단적인 편식가가 많은데(채소는 절대 안 먹어, 어패류는 전부 안 돼, 날 것은 전혀 안 먹어 등등) 모두 건강하게 잘 산다. 그래도 내 주변 사람만으로 판단하면 안 되겠지. 이 책을 읽고 얻은 교훈이 살지 않으니까. 육아도 혼내지 않고 키우는 게 좋다든가 나쁘다든가. 지금은 혼내지 않는 육아 책이 눈에 띠지만 아이에게는 어릴 때부터 강하게 말하는 편이 좋다는 의견도 있다.

저자는 책에서 "데이터를 무조건 믿어서는 안 된다. 참고만 해야 한다"고 썼다. 서른다섯 살 이상과 이하일 때 임신 확률이 얼마나 달라지는지, 임신 전 비만은 임신과 태아에게 얼마큼 부담을 주는지는 본문에서 제시된 숫자를 보니 예상했던 것과 달라서 저자만큼이나 나도 놀랐다. 다만 미국인과 일본인은 체격도 다르고 의

✿ 실화. 하지만 토마토 주스'만' 마신 것은 아니다.

료 사정도 다르므로 일본인의 임신에 어느 정도 들어맞는지는 모르겠다(해외에 살 때 고열이 나서 병원에 갔더니 찬물에 몸을 담그라는 소리를 들은 적도 있고 약으로 코카콜라를 처방해준 적도 있으니 의료나 출산 사정도 장소가 다르면 크게 달라지는 것은 분명하다). 하지만 읽을거리로서 이 책은 재미있다. 경제학이란 무엇인가라는 입문서로 골라도 좋을 듯하다. 인터넷에서 다양한 정보가 넘쳐나는 지금이야말로 원래의 숫자는 어디의 무엇을 보고 나왔는지, 어느 정도 신뢰할 수 있는지 항상 생각하며 계속 답을 쫓는 저자의 자세는 배울 점이 많다. 임신·출산 정보는 일본도 다양하게 넘치는데 나도 이 책을 읽거나 그런 기사를 보고 놀라기만 할 것이 아니라 정보를 제공하는 사람이 어떤 인물이고 무엇에 근거하는지를 조사한 후 믿을지 말지 결정해야겠다고 생각했다. 이것은 임신·출산 정보에만 국한된 문제가 아니다. 당연한 소리 아니냐고 할 수도 있지만, 유독 수박 겉핥기식으로 얻은 정보로 뭐든 다 안 듯한 기분이 드는 나는 이 책을 읽고 나서 마음가짐을 고쳐먹었다. 나는 작은 회사의 경영자로 시장 조사를 정기적으로 한다. 그때 아무래도 인터넷으로 대충 검색만 해놓고 왠지 다 이룬 것 같을 때가 있기에 앞으로 조금 더 제대로 하자는 생각이 들었다. 남편도 어쩌면 이 책을 통해 그런 뜻을 나에게 전하고 싶었을지도 모른다.

다음 과제 도서인데 통계학과 의료가 나왔으니 나이팅게일을 그린 『흑박물관 고스트 앤 레이디』★로 할까 생각했지만 상·하권으

★ 후지타 가즈히로가 그린 만화. 2015.

로 나뉘어 있어서 고민스럽다. 으음, 어쩌지. 모처럼 오키나와에 있으니 오키나와를 무대로 한 작품이 좋겠다. 그럼 피스☆의 멤버가 아닌 마타요시 씨의 『돼지의 보은』♀으로.

☆ 일본의 만담 콤비명. 그중 한 명인 마타요시 나오키는 소설 『불꽃』으로 2015년에 아쿠타가와 상을 받았다.
♀ 오키나와의 키오스크에서 보고 샀다. 여행지에서 만난 책은 왠지 특별한 느낌이 들어 좋다. 짐은 늘지만 무심코 사게 된다.

22.

♙ 엔조 도

『돼지의 보은』

『돼지의 보은豚の報い』, 마타요시 에이키又吉栄喜(분게이슌주文藝春秋, 1999)

자꾸 잊어버리는데 이 연재는 당초 상호 이해를 목적으로 했다. 그중에서도 부부간에 상호 이해를 할 수 있기를 바랐다. 이래저래 각각 열 권 이상씩 읽어온 결과 뭔가 이해가 깊어졌느냐 하면……. 역시 아내는 실제로 있던 일로 현실적이면서 신비로운 구체적으로 존재하는 것을 좋아한다는 사실을 확실히 알았다. 나는 아무런 근거도 없는 허풍스러운 이야기를 즐기며 현실을 무시하는 이상한 일이나 추상적이면서 형식적인 것을 좋아한다. 따라서 방향이 완전히 다르다. 이런 사고방식 자체가 추상적이긴 하지만, 그저 길에서 만나는 개들처럼 느낌만으로 짝을 이룬다고 해도 그걸로 충분할지도 모른다. 그게 과연 부부인지는 잘 알 수 없지만.

이번 과제 도서는 마타요시 에이키의 『돼지의 보은』으로 1996년에 아쿠타가와상을 받은 작품이다. 아쿠타가와상이라고 하면 세간에서는 '나라가 정하는 가장 재미있는 소설상'이라고 생각하기도 하는데 아니다. 분게이슌주가 수여하는 상이다. 정확하게는 일본문학진흥회가 주는 상이지만 뭐 대충 같다고 보면 된다. 아쿠타가와상을 받으면 옛날 유명한 문호 같은 생활을 하고 책이 불티나게 팔려서 언젠가는 전집까지 나오느냐 하면 그렇지도 않다.º 나는 『돼지의 보은』 문고판을 인터넷에서 중고로 구입했다. 신간은 손에 넣을 수 없었다. 아쿠타가와상 수상작 대부분은 그러한 취급을 받

º 나도 그런 마음 들뜨는 체험해보고 싶어라. 간사이에 아쿠타가와상 수상 작가들이 자주 가는 술집이 있는데 그들이 이야기하는 것은 고상한 문학론이 아니라 돈 벌기 참 쉽지가 않아 같은 내용이다. 하지만 개인적인 인상으로 말하자면 순문학보다 SF가 금전적으로 곤란한 작가가 많지 싶다. 호러도 SF와 마찬가지일까?

는다. 수상자 가운데는 붓을 꺾은 사람도 있다. 아쿠타가와상은 수상 이후에 계속 작품을 쓰는 사람이 많지 않은 상으로도 유명하다. 소설과 판매 부수의 관계는 상당히 까다로운 법이다.

『돼지의 보은』은 오키나와와 그곳에 사는 사람들의 모습을 담담히 그려낸 소설이다. 과도한 설명 없이 현지에서 쓰는 단어를 그대로 사용하는 기법을 통해 지극히 일상적인 풍경을 그리면서도 이국적인 느낌을 낸다. 그리고 이국적인 느낌이 나기에 어딘가 상식에 어긋나는 듯한 감각을 동반하면서도 이야기가 매끄럽게 진행된다. 마치 마술을 부리는 것만 같다. 나는 홋카이도에서 태어났다. 오키나와가 지리적으로 먼 곳이란 사실은 당연히 머리로는 알지만 마음속으로는 꽤 가깝다고 느낀다. 일본 열도의 양 끝 동지이기에 가까이 있는 곳보다 더욱 가깝게 생각되고 일본 본토와 기후도 다르고 식생활이나 예법도 다르다는 점에서 묘한 동료 의식까지 생긴다. 일본 지방자치단체 중에서는 빈곤한 편에 속한다거나 그다지 일거리가 없다거나 둘 다 개발청이 있다거나 사람의 목숨 값이 싸다거나 하면서. 예전에 종종 고교야구에서 홋카이도 대표 고등학교와 오키나와 수산 고등학교가 겨루기도 했는데, 나는 그때 아니 굳이 북쪽 끝과 남쪽 끝끼리 맞다뜨릴 필요가 있나 생각했다.

11월에 눈이 내리기 시작해 12월부터 2월까지 눈이 계속 쌓이는 홋카이도에서는 겨울이면 고드름을 따러 간 초등학생이 지붕에서 떨어진 낙설에 깔려 죽는 일도 있다. 또 회식 모임 뒤 누군가 모습이 보이지 않으면 다들 심각하게 찾으러 다닌다. 취해서 어딘가에 쓰러져 잠들면 죽을지도 모르니까. 계란찜에는 설탕이 들어 있고 팥밥에는 아마낫토☆가 들어 있다. 다른 지역 사람들이 생각하는 만큼 결핍하지 않다. 초등학교에 난로 주위로 코크스(석탄과 비슷한 것)를 나르는 당번이 있고 난로 위에 물을 채운 '증발 접시'에 이것저것 넣어 녹이며 놀거나 난로를 둘러싼 가림망에 장갑이나 양말을 걸어 말리기도 한다. 삶을 묘사하는 것만으로도 소설을 하나 쓸 수 있겠다. 만약 그렇다면 소설이란 중심에서 조금 벗어난 곳에 살고 있는 사람이 더욱 쓰기 편한 게 아닌가 하는 의문이 샘솟는다. 조금 다른 면이 있는 것이 소설의 가치인지는 잘 모르겠지만 말이다. 나는 딱히 고생의 가치를 고생을 했다는 점만으로 인정하지 않는다. 예를 들어 미국의 중산층 백인이 웬만한 도회지에서 그다지 불편함을 느끼지 않으며 자랐다고 할 때, 그는 소설을 쓸 수 있을까 없을까. '그다지 불편함이 없는 생활'을 하는 와중에도 파란만장한 사건을 겪을 수 있다. 무엇을 쓸지, 나아가 쓸 수 있는지는 사람에 따라 다른 게 당연하다. 이쯤에서 줄거리를 살펴보기로 하자.

주인공 청년(대학생)이 다니는 술집에 어느 날 돼지가 뛰어 들어온다. 이에 깜짝 놀란 술집의 여성 종업원 세 명에게 자신이 태어난 섬에 액막이를 하러 가자고 주인공이 제안한다. 섬에서 모시는 신이 이야기를 들어줄 것이라며. 주인공에게는 마침 12년 전에 세상을 떠난 부친의 유골을 다시 매장해야 한다는 볼일이 있었다. 다만

☆ 콩을 삶아 졸인 후 설탕에 버무린 과자.

어째서 자신이 그녀들에게 그런 제안을 했는지는 스스로도 알 수 없었다. 그렇게 섬에 가기로 한 일행은 다양한 사건과 만나는데 모두 어딘가 애매한 느낌을 풍긴다. 자신이 무슨 문제를 안고 있는지, 해결할 방법은 있는지, 누구에게 무엇을 의논하면 좋을지 알지 못한 채로 이야기를 계속하다가 다시 입을 닫는다. 모든 것이 하나로 연결돼 있다는 생각이 든다. 자신들이 섬에 온 것은 주인공이 섬에 가자고 말했기 때문이다. 하지만 그 계기는 가게에 돼지가 뛰어 들어와서다. 아니, 주인공이 그 가게에 자주 다녔기 때문일지도 모른다. 이렇게 인과의 끈이 풀릴 기색 없이 얽히고설켜 있다. 각 인물의 내력, 감싸 안은 문제나 불안, 회한과 되돌릴 수 없는 추억 또한 마찬가지다. 이 세 여성의 문제를 해결해줄 수 있는 신에게로 데려가려 하는 주인공은……. 이런 웃음과 눈물이 있는 이야기가 유유히 흘러가다가 문득 깨닫고 보니 그곳에는…….

나는 본래 소설이란 이름도, 특징도 없는 사람들이 이름 없는 마을에서 무언가를 한다는 내용만 담아도 어떤 효과든 발휘할 수 있다고 믿는 편이었다. 하지만 요즘에는 많은 것들을 잘 알 수 없게 됐다. 특히 이 『돼지의 보은』 같은 소설을 읽으면 더욱 알 수 없다. 역시 인간은 자신이 알고 있는 것밖에 쓸 수 없기에 자신의 경험을 무시하고 백지 상태에서 글을 쓸 수 있다는 생각은 무모한 것이 아닐까. 가끔 인터뷰를 하면서 "홋카이도를 무대로 한 소설을 쓸 생각은 없으신가요?"라는 질문을 들을 때가 있다. 그럴 때면 "아아, 이 사람은 내가 쓴 소설을 읽은 적이 없구나"라는 생각이 든다. 뭐랄까, 홋카이도 태생인 내가 갑자기 미국인 주인공이 전혀 모르는 나라나 우주에 가는 이야기를 쓰면 이상하겠지. 혹은 갑자기 오키나와에 대한 이야기를 쓰거나. 일본에서 자란 사람만이 쓸 수 있는 일본인, 홋카이도에서 자란 사람만이 쓸 수 있는 홋카이도 주민, 나만이 쓸 수 있는 나 같은 인물이 있지 않을까. 무슨 당연한 소리를 하느냐고 생각할지 모르지만 잘 모르겠다. 이상적인 소설가는 무엇이든 쓸 수 있는 소설가가 아닐까. 그런 점에서 최근에 주변에서 벌어지는 일에 대해서도 조금씩 흥미가 생기고 있다. 해바라기, 밀짚모자, 하얀 원피스, 여름방학 같은 단어의 세트를 이용하면 누구나가 바로 자동적으로 소설을 쓸 수 있다. 겨울방학, 동그란 난로, 교정의 눈사람 등도 마찬가지겠지만 완전히 같지는 않다.° 아이템이 자신과 깊게 연결돼 있다면, 단지 하나의 아이템을 넘어서 힘을 발휘하여 이야기에 고유한 힘을 부여할 수 있다. 또 무슨 당연한 소리를 하느냐고 생각할지 모르지만, 그래도 자신의 경험을 다른 이에게 전하는 힘은 쉬이 알기는 어렵다. 나는 그런 알기 어려운 힘을 보면 그 성질이 궁금해진다. 알지 못하는 것을 알고 싶어 하는 성격이다.

그런 점을 고려해 다음은 무슨 책으로 할까. 아, 그 전에 몸무게를 재보니 77.1킬로그램으로 상승했다. 아, 역시 요즘 춥다고 살갗 밑에 지방을 축적했나 보다. 으음, 못 본 걸로 쳐야지. 마음을 새롭게 먹고 다음 책은…… 나를 이해해줬으면 하는 마음에서 슬슬 물

° 언젠가 서로 이런 단어를 제시하며 우리 둘이서 부부 관능 릴레이 소설 안 써볼래?

리나 수학이나 컴퓨터와 관련된 책을 골라도 되지 않을까. 하지만 안타깝게도 그런 책 가운데 원래 강한 흥미가 없는 사람에게 추천할 만한 책이 딱 떠오르지 않는다. 조지 가모브나 더글라스 호프스태터♣ 같은 사람을 고르면 되지 않느냐고? 틀린 말은 아니긴 한데 아쉽게도 현실에서 벗어나 있다. 수리数理 같은 느낌이 나면서 그다지 용어도 필요 없고 그것 자체와 그것을 둘러싼 딱 맞는 어떤 감각이 전해질 듯한 책. 그래, 미타니 준의 『입체 종이접기 아트』가 좋겠다.

♣ 조지 가모브George Gamow의 '톰킨스' 시리즈를 통해 과학에 눈이 뜨였다고 말하는 이가 많다. 빅뱅을 제창한 사람이다. 더글라스 호프스태터Douglas Hofstadter는 이른바 GEB, 『괴델, 에셔, 바흐』를 통해 괴델 붐을 일으켰다.

23.

우 다나베 세이아

『입체 종이접기 아트』

『입체 종이접기 아트立体折り紙アート』, 미타니 준三谷純(니혼효론샤日本評論社, 2015)

「도리카에바야 이야기とりかえばや物語」, 작자 미상

연말이라서인지 정신없이 보내고 있다. 아무래도 남편도 바쁜 모양이다. 이번 달에는 출장이 많아서 절반 가까이 밖으로 나가는 일정이 달력에 적혀 있다. 최근 달력의 날짜를 볼 때마다 '꺅' 하고 소리를 지른다. 바쁜 이유는 하루하루를 무계획적으로 보내기 때문이다. 나 자신을 원망해야 할지, 타임머신이 눈앞에 나타나길 빌어야 할지, 일하면 될지, 뭘 하면 될지 점점 알 수 없다. 우히히!

그럼 어서 과제 도서로 화제를 돌려보자. 이번에는 미타니 준의 『입체 종이접기 아트』. 사실을 고하자면 내 손재주는 스스로도 이해의 범위를 넘어선 곳에 있다. 심지어 종이학도 못 접는다. 그래서 표지에도 나오는 종이로 만들어졌다고는 상상할 수 없는 수많은 아름다운 조형물을 접는 방법과 전개도를 봐도 '엄청 예쁘다. 누가 이걸 종이로 만들었다고 하겠어. 뭐지 이 곡선! 살아 있는 생물과도 같은 선. 나는 도저히 못 만들겠네!' 같은 느낌이다. 하지만 이 책이 지루하냐 하면 그렇지도 않다. 이해는 안 돼도 보고 있으면 재미있다. 어쩌면 남편은 자신이 좋아하는 장르인, 잘 모르고 이해가 안 되더라도 즐기는 기분을 체험하기를 바라는 마음으로 이 책을 추천했는지도 모르겠다. 번데기가 나비로 변하듯 평면이 입체로 아름답게 변화하는 모습을 내 손에서 재현할 수 있다면 정말 훌륭한 일이겠지. 학도 못 접는 나에게 좀 무리지만. 입체 종이접기 아트에 도전할 마음조차 생기지 않는다.

남편은 어렴풋이 알고 있지 싶다. 조립식 가구를 조립할 때 당신의 아내는 설계도를 보지 않고 감으로 조립하려고 함을……. 무언가 만들어야 하는 장면에 맞닥뜨렸을 때 이미 완성돼 있는 비슷한 물건을 인터넷에서 팔지 않는지 검색부터 해본다는 사실을……. 남편은 설계도를 보면 제대로 조립할 수 있고 레시피대로 요리를 만들 수 있는 사람이다.☆ 나는 요리책을 봐도 금세 변형하고 싶어 하고 순서를 약간 바꾸면 지름길이 있지 않을까 생각한다. 그 결과 일기일회의 신기한 요리가 완성된다. 레시피대로 재고 순서대로 밑 준비를 하고 쓰인 조리법 그대로 가열하고 양념하는 남편. 내가 잘 못하는 요리, 수예, 공작을 잘한다. 뭐랄까 집에서는 오히려 남편을 아내처럼 느낄 때가 많다. 평소에도 나는 성차란 무엇인지 생각 하니 다음 과제 도서는 「도리카에바야 이야기」★로 할까. 그런데 이 렇게 끝내면 글자 수가 너무 모자라는구나. 게다가 남편은 이미 읽 었을 것 같다. 과거에 상대방이 읽었다고 생각되는 책은 고르지 말 라는 연재 규칙은 없지만 왠지 독서가로 유명한 남편이 모르는 책 을 고르고 싶다. 과제 도서 선정을 조금만 더 미루기로 하자.☆☆

　　남은 글자 수만큼 무슨 이야기를 할까. 아, 참고로 나는 아직 구 두점을 어느 위치에 쓸지 잘 몰라서 입으로 소리 내어 말하며 문장 을 쓴다. 남편은 원고 집필은 집 안에서 불가능한지 밖으로 나가 카 페 같은 곳을 가는 모양이다. 나는 중얼중얼 말하면서 쓰는 스타일 이라서 가끔 밖으로 나갈 때 이상한 사람으로 보이고 싶지 않아 되 도록 집에서 쓴다.☆☆☆ 만약 어딘가에서 PC를 향해 뭔가 중얼거리

　☆ 보지 않으면 똑같은 것을 만들 수 없다.
　★ 작자 미상. 헤이안 시대 후기에 쓰여진 소설.
　☆☆ 뒤로 미루는 느낌으로 가득 찬 문장.
☆☆☆ 거실에서 중얼거리면서 글을 쓴다. 시끄러운데.

고 있는 나를 봐도 '저, 저 사람 이상한 사람이구나'라고는 생각하지 말아주시길. 아, 맞다. 추억담을 살짝 소개해볼까. 나는 적당주의자다. 정해진 일을 지키는 것도 매우 힘든 인간이다. 일상생활에서도 그것 때문에 온갖 상황에 빠지고 적당주의 성격 때문에 트러블을 일으키기도 해서 자주 골머리를 썩는다. 그런 내가 '적당히 살아도 되는구나' 하고 생각하게 된 건 해외에 갔을 때였다. 두세 시간 지각은 예사인 나라, 나를 까다롭고 신경질적이라고까지 평가해준 느긋한 남국의 사람들……. '아, 세상은 넓구나.' 얼마나 안심이 됐는지 모른다. 은행 계좌를 개설하는데 입금할 금액을 한 자릿수 잘못 기입하고도 그냥 처리해버리는 은행원, 내 요구를 깡그리 무시한 채 가위 든 손을 전혀 보지 않고 식사를 하며 머리를 싹둑싹둑 자르는 미용사, 주인이 열고 싶을 때가 개점 시간이라는 상점, 물을 때마다 요리 가격이 다른 레스토랑(메뉴에 쓰여 있는 가격대로 청구된 적은 없다)을 체험하고서 '뭐야 내 적당주의는 세계 기준으로 보면 발끝에도 못 따라가겠어'라고 가슴을 쓸어내렸다. 다만 남편은 그게 익숙해지지 않는단다. 늦는 것이 당연한 전철, 지도를 전혀 못 읽는 데다 지역 지리를 파악조차 못하는 택시 운전사, 왜 있는지 알 수 없는 시각표나 계산을 잘 못하는 은행원 덕에 꽤나 고생한 모양이었다. 하지만 말이 통하지 않아도 남편은 어떤 일과 맞닥뜨리든 문제를 해결하기에 매번 대단하다고 생각한다. 그런 남편과의 상호 이해, 과연 잘 진행되고 있는지 어떤지.

남편과 내 사고방식이 다르다고 처음으로 느낀 것은 살고 싶은 곳에 대해 이야기할 때였다. 남편은 도회지의 혼잡함을 좋아한다.

되도록 천만 명 이상의 인구가 사는 도시에 커다란 서점이 있고 교통편이 좋은 곳에서 살고 싶단다. 사람이 북적이면 더 좋겠단다. 나도 그런 장소가 싫지는 않지만 되도록 아늑한 시골에서 아니면 바다 가까운 따뜻한 곳에서 살면 좋겠다는 바람이 있다. 마을에는 상점이 드문드문 있고 과일이 매달린 나무가 있고…… 여기까지 쓰고 나니 어린 시절을 보낸 와카야마의 이미지임을 지금 깨달았다. 와카야마의 바다 가까이에 있는 오래된 민가에서 툇마루 너머로 정원을 보며 남편은 소설을 쓰고 나는 가까운 상점에 차로 가서 장을 보고…… 그런 그림이 내 이상이다. 이렇게 이야기는 또 산으로 가고 말았군. 이런 느낌으로 나는 적당주의의 신 같은 인간이다. 슬슬 글자 수도 얼마 남지 않았으니 올해 마지막 남편에게 줄 과제 도서를 발표해야지! 두구두구두구두구두구두구(드럼 소리) 쓰노다 지로의 『공포신문』 1권으로 결정! 이유는 최근 다시 읽고 개인적으로 여러 가지를 발견할 수 있던 데다 아무래도 남편이 읽지 않은 것 같아서다. 종이접기→신문, 이렇게 종이로 이어져 있는 건가. 그러면 내년에 이 연재에서 또 뵙겠습니다.

추신: 남편에게. 당신의 힘을 빌린다면 어쩌면 『입체 종이접기 아트』를 따라 만들 수 있을지도 모르겠네. 그러니 다음에 같이 만들어보는 건 어때?

♔ 엔조 도

『공포신문』①

『공포신문恐怖新聞』①, 쓰노다 지로つのだじろう(신노키키카쿠泰企画/CWF, 1973)

『기하적인 접기 알고리즘Geometric Folding Algorithms』, 에릭 드메인Erik Demaine·조셉 오루크Joseph O'Rourke
『종이접기의 수리How to fold it』, 조셉 오루크
『닥터 헐의 종이접기 수학 교실Project Origami』, 토마스 헐Thomas Hull

새해 복 많이 받으세요. 올해도 잘 부탁드립니다. 2016년 새해가 밝기라도 한 것처럼 인사를 드렸지만, 이 글을 쓰고 있는 지금은 아직 2015년이다. '조금 살이 찐 사람이 정월에 더욱 살이 찔 사람에게 보내는 별고는 없는지 같은 편지' 느낌이다. 현재의 체중은 77.3킬로그램이다. 어라. 작년 말에는 어쩌다 네 주 연속으로 도쿄에 볼일이 있어서 일단 감기에 걸리지 않기를 목표로 삼았다. 이렇게까지 바쁠 때는 어딘가에서 순간 삐끗하면 다시 일어설 수 없게 된다. 바쁜 것을 자랑하는 삶은 하급 가운데 하급이라 생각하지만, 매일같이 정해진 양을 채우려면 어쩔 수 없다. 그렇지만 네 주 연속으로 도쿄에 가다 보니 교통비만으로도 이미 적자다. 고생하는 의미가 없다. 그건 그렇다고 치고, 감기에 걸릴 가능성을 최대한 줄이기 위해 먹고 자는 것을 챙길 수밖에 없다. 신칸센 플랫폼에서 도시락을 사면서 돈가스샌드위치도 사고 그러는 김에 콜라도 사는 식으로 살 찐 사람의 생활 의식이 몸에 배어버렸다. 거기다 조금이라도 몸이 피곤하다고 느껴지면 곧장 잠을 잔다. 이러니 살이 빠질 리가 있나. 내 입으로 말하기도 뭣하지만 살은 안 빠질 것 같다. 이제 거의 철학적인 물음일지도 모른다. 아무래도 이 살을 뺀다는 행위는 생활 전반과 깊은 관계를 맺고 있고 이 물음에 답하려면 사람이 바뀔 정도의 각오가 필요한 게 아닐까.

연재 횟수가 늘어갈수록 부부 사이의 거리가 조금씩 멀어져가는 느낌이 들기는 해도 역시 알게 되는 것도 있다. 나는 아내의 성격을 조금씩 파악하고 있다. 진짜다. 왠지 그렇지 않을까 하고 머릿속으로만 생각했었는데, 아내는 정말로 수작업을 귀찮아하고 설계도를 좀처럼 보려 하지 않는다. 지난번의 『입체 종이접기 아트』 편에서 직접 만들기를 깔끔하게 무시하는 모습을 보고 감회가 새로웠다. 뭐, 그런 성격임은 일상에서 보고 알고는 있지만 그건 그저 어깨의 힘을 뺀 모습일 뿐 실은 ○○의 달인일지도 모른다는 생각이 들지 않는 것도 아니었다. 내색하지는 않더라도 에릭 드메인과 조셉 오루크⬧의 『기학적인 접기 알고리즘』이나 조셉 오루크의 『종이접기의 수리』, 토마스 헐의 『닥터 헐의 종이접기 수학 교실』 등은 이미 숙지했고 더 나아가 공예에 가까운 폴 잭슨⬧⬧의 일련의 작품을 살펴보거나 묘하게 종이접기의 역사를 상세히 알 수도 있다고 생각했다. 하지만 역시 그런 일은 없었다.

나는 『입체 종이접기 아트』에 나오는 곡면의 구성에서 무척 큰 감명을 받았다. 종이접기란 직선만으로 구성되지 않아도 된다는 점에서 정말 놀랐다. 물론 조금만 생각해보면 알 수 있지만 어떤 곡선이나 곡면을 마음먹는다고 다 접을 수 있는 건 아니다. '그 균형을 어떻게 잡아 나가야 하지?', '어디까지 무엇을 어떻게 정리하면 좋을까?', '과연 정리할 수 있을까?' 하는 의문이 뭉게뭉게 피어오르는 느낌을 좋아한다. '다양한 곡면을 만들고 싶으면 점토로 만들면 되잖아?'가 아니라 '과연 종이로 어디까지 가능할까?'라는 물음을 던지는 셈이다. 나는 그런 사고방식을 좋아한다. 이런 점에서 우리 부부가 의외로 재미있는 대칭을 보이는 것은, 나는 손으로 뭔

⬧ 수학적 종이접기 이론의 일인자. 아마도.
⬧⬧ 상자의 전개도 같은 것을 소개하는 사람.

가를 만드는 일을 생각보다 좋아한다는 점이다. 실제로 소재를 만져보고 처음으로 깨닫는 사실이 있다. 그렇다고 소설을 쓸 때 실제 그 장소를 찾아가 면밀하게 조사하거나 역사를 취재하지는 않는다. 발이 땅에 닿아 있기는커녕 머리가 공중에 붕 떠 있는 듯한 황당무계한 이야기를 좋아한다. 반대로 아내는 손으로 뭔가를 하는 일에는 그다지 흥미를 보이지 않지만 필드워크는 무척 좋아한다. 주저 없이 사람들의 이야기를 들으러 나간다. 그래서 아내는 소설도 현실에서 많이 벗어난 이야기를 좋아하지 않는다. 신선이라면 안개만을 먹고 살 것 같고 자연주의자라면 자급자족을 목표로 할 것 같다. 사실 우리는 서로 어딘가 뒤틀린 부분이 있다. 둘이 사자에도☆처럼 얽혀 있는 그림이 머릿속에 떠오를 때가 있다. 오카피☆☆ 부부 같은 느낌이 들 때도 있고. 그럼 이제 슬슬 쓰노다 지로의 『공포신문』 1권에 대해 이야기해야겠다.

괴기 현상을 믿지 않는 중학생 기가타 군에게 어느 날 밤부터 '공포신문'이 배달된다. 공포신문에는 미래에 일어날 일이 적혀 있고 한 번 읽을 때마다 수명이 100일씩 줄어든다. 아무래도 이 현상은 혼령이 벌이는 일 같은데…….

이런 내용으로 아직 1권밖에 읽지 못했기에 어떤 식으로 전개돼 나갈지는 모르지만 우선 조건을 정리해보도록 하겠다.

ⅰ) 공포신문을 읽을 때마다 100일씩 수명이 줄어든다(고 한다).

☆ 안쪽이 소라 모양의 복도로 구성되어 있는 불당.
☆☆ 엉덩이와 다리 부분만 얼룩말 무늬를 보이는 기린과의 동물.

ii) 공포신문이 보이는 사람과 보이지 않는 사람이 있다.

iii) 공포신문이 매번 창문을 깨뜨리며 날아드는 것은 아니다.

iv) 장소가 아니라 특정 인물에게 배달된다(수학여행을 간 곳으로도 배달된다).

흐음. i)에 관해서는 그렇다. 네 번 읽으면 수명이 1년 정도 주는 셈인데 그건 꽤 큰일이다. 매일같이 신문이 오면 1년 만에 100년분의 수명이 줄어든다. 주인공은 조금 더 긴장해야 할 것 같다. 다만 이 한 번에 100일이라는 숫자는 같은 학교의 학생이 '소문으로 들었을' 뿐이다. 더욱이 '혼령들의' 소문으로 들었다니 신빙성은 보류해야 한다. ii)는 의외로 중요한 점으로 우선 이 공포신문이 전자파와 상호 작용하는지가 문제다. 전자파(혹은 가시광선)와 상호 작용한다면 누구든(보이는 방식은 다를지 모르지만) 뭔가를 볼 수 있다. 다만 보이지 않는 사람이 있는 이상 일단 전자기력과는 상관이 없다고 봐야 한다. 그런데 여기서 iii)을 더해 생각해보면 매번은 아닐지 몰라도 신문이 유리창을 깰 수도 있다는 점이다. 이 파괴는 물리적인 힘에 의해 발생하는 것일까? 일반적으로 인간이 일상적으로 살고 있는 범위 내에서 유효한 힘은 중력과 전자기력 두 가지다. 중력은 몸의 무게 등으로 매일 실감한다. 중력 외의 다른 힘은 거의 전자기력에 유래된다고 생각해도 무방하다. 지면에 붙어 있는 것은 중력의 힘이지만, 늘 지면에 딱 붙어 있지 않는 것은 전자기적인 힘에 의해 밀려나고 있기 때문이다. 그런 점에서 공포신문이 물리적으로 어떤 특성을 갖고 있는지 혹은 조금 더 커다란 이야기지로 기존에 알려진 물리학의 범주에서 벗어난 힘을 따르는지는 꽤나 관심을 갖고 주목해야할 부분이다. 일반적으로 심령 현상이라고 불리는 현상을 과학적으로 설명하기 곤란한 이유는 심령 현상을 반복해 발생시키기가 힘들어서다. 그런데 '공포신문 현상'은 반복해서 일어나고 있으면서 iv)에도 나와 있듯 환경의 변화에 강하다. 즉 최고의 연구 대상이라고 할 수 있다.

　이것은 고민할 필요 없이 서둘러 실험해봐야 할 대상이다. 예를 들어 기가타 군을 가미오칸데☆에 넣어보는 것은 어떨까. 아니면 우주에 쏘아 올려보는 것은? 혹시라도 공포신문 현상을 과학적으로 해명하고 새로운 힘을 발견해 엄청난 성질을 찾아낼지도 모른다. 아무리 멀리 떨어져 있더라도 순식간에 정보를 전달하는 성질 같은 것 말이다. 그다지 대단하게 느껴지지 않겠지만 이것은 극히 단순하게 생각해서 초광속 통신이다. 기가타 군이 지구에서 빛의 속도로 반나절 정도의 거리에 있다고 치자. 거기에서 공포신문을 받아보면 신문을 받아보는 순간 지구에서 그 사건이 발생한다. 즉시 통신이다. 멋지다. 이 기술을 손에 넣은 사람이 천하를 제패한다고 해도 과언이 아니다. 아마 마지막 권에서 공포신문 통신에 의한 은하 제국 성립을 다루고 있을지도. 이 정도가 과학자가 사고하는 방향이 아닐까. 『공포신문』이 연재된 것은 거의 내가 태어났을 무렵이니 나보다 아내가 더 자세히 알고 있는 게 이상하게 느껴진다. 이런 종류의 연령 역전 현상은 집에서 자주 일어난다. 내가 나도 모

☆ 중성미자를 관측하기 위해 기후 현의 가미오카 광산에 만든 관측 장치.

르게 "사랑 따위 필요 없어, 라오후"라고 말하면 "아니 거기는 라오후가 아니고 사우저☆"라고 조용하게 지적이 들어온다. 『근육맨』이나 『시마 과장』 등도 아내가 나보다 자세히 알고 있다. 그러고 보니 앞선 연재에 『황혼유성군』이 실린 편도 있었다.

　　이번 회의 과제 도서 지정도 분명 "신~문, 쨍그랑~" 같은 말을 내가 듣고 "창문이 항상 그렇게 깨지지는 않아"라고 말했던 일과 관련이 있을 성싶다. 그렇게 어렴풋하게만 기억나는 일이 무척이나 많다. 내가 알고 있는 것은 실제 만화나 소설, 애니메이션 자체가 아니라 그것을 둘러싼 대화라는 점을 새삼 실감한다.♀ 형식화된 작법만을 몸에 익히고 있을 뿐 진짜 모습을 접한 적이 없다고 할 수 있겠다. 뭔가를 실제로 접하러 나서는 아내가 대단하다고 생각한다. 그렇지만 역시 픽션과의 거리감은 잘 모르겠다. 『공포신문』은 실제로 있을 법한 일인가. 『공포신문』이 있을 법한 일이라면 다른 황당무계한 픽션도 동료로 인정해줘야 할 듯하기에 선 긋기가 신경 쓰인다. 현실과 소설에 대한 감각을 찾을 수 있도록 다음 과제 도서로 스가 아쓰코의 「하얀 방장」은 어떨까? 『스가 아쓰코 전집』 2권에 수록돼 있는 작품이다.

☆ 라오후, 사우저는 모두 만화 『북두의 권』에 등장하는 인물.
♀ 남편은 몇 번을 말해도 『유유백서幽·遊·白書』의 구라마와 히에이를 잘 구별 못하고 내가 좋아하는 만화 캐릭터를 곧잘 혼동한다.

25.

꿈과 현실 사이에서

우 다나베 세이아

「하얀 방장」

「하얀 방장白い方丈」, 『스가 아쓰코 전집須賀敦子全集』 2, 스가 아쓰코須賀敦子(가와데

쇼보신샤, 2006)

「하얀 방장」, 『베네치아의 종소리』(문학동네, 2017)

『인간 그 미지의 존재Man, The Unknown』, 알렉시스 카렐Alexis Carrel

『로즈웰 따위 알지 못해ロズウェルなんか知らない』, 시노다 세쓰코篠田節子

새해 복 많이 받으세요. 올해는 새해 들어 첫 꿈다운 꿈을 한동안 꾸지 못했다. 아니, 그보다 일어나면 꿈 내용이 전혀 기억이 안 났다. 그러다 요사이 강렬한 꿈을 꿨다. 내용인즉슨 꿈속에서 PC를 켜고 이 연재 사이트를 열었더니 남편으로부터의 과제 도서로 『이혼 서류 쓰는 법』이라는 책이 게재돼 있고 본문에 딱 한 마디 "이해해줘"라고만 쓰여 있었다. 이 꿈에는 정말 두 손 두 발 다 들었다. 아침이 왔을 때 절로 '꿈이어서 다행이다'라고 진심으로 생각했다. 꿈이 들어맞으면 큰일인데! 『입체 종이접기 아트』를 함께 만들며 '꺄아, 우후후'스러운 글을 올리려던 내 바람은 단칼에 무시당하고 말았다.⚓ 부부 공동 작업이 그렇게 싫은가? 남편은 요리하는 동안 부엌에 들어오는 걸 싫어한다. "도와줄까"라고 말하면 항상 "아니야, 됐어. 오히려 더 손이 많이 가니까 괜찮아"라고 대답한다. 뭐, 실제 뭔가 번거롭다고 여기는 구석이 있었나 보다. 『공포신문』은 작중에 나오는 일화나 일반 상식이 현실과 연결되는 부분이 있기에 그런 부분과 관련한 글을 남편이 쓰리라고 생각했는데 예상은 빗나가고 말았다.

작품 속에 프랑스의 노벨상 수상자인 카렐 박사가 본 기적을 일으키는 소녀라는 대목이 나온다. 궁금해 위키피디아에서 검색해보니 아마 알렉시스 카렐이라는 해부학자이자 생물학자인 모양이다. 나는 그 기적에 대한 기술이 나오는 수기를 어디에 가면 읽을

⚓ 분명 함정에 빠져 나 혼자 만들어야 됐을 거다.

수 있을지 찾아봤다. 아무래도 『인간 그 미지의 존재』★라는 책에 실린 것 같아 서점에 주문해뒀다. 『공포신문』은 유령이나 괴기 현상뿐 아니라 UFO 이야기가 나오는 회도 있으니 아무렇지 않게 3미터 외계인 오브제⌂를 방에 놓아둔 아내가 이 작품을 좋아하는 것은 당연하지 않은가. 함께 가나자와에 여행 갔을 때도 "하쿠이 하면 UFO지!" 같은 말을 한 것처럼.⌂⌂

이렇게 또 이야기가 삼천포로 빠졌다. 남편 목소리로 '그런 애길 들은들 알 게 뭐야'라고 지적당하는 환청이 들렸다. 남편은 의외로 오컬트 현상이나 용어에도 해박하기에 어디가 어디까지 싫은지 잘 모르겠다. 심령 이야기는 믿지는 않지만 무섭다고 느끼기도 한다는 말을 들은 기억이 있다. 뭐, 실제로 괴담을 쓰는 사람도 생각보다 안 믿는 사람이 많고 믿지는 않지만 믿고 싶어 괴담을 모은다는 사람도 있다. 내 경우는 딱히 믿는지 아닌지 생각해본 적은 없다. 재미있다, 진짜 있었으면 좋겠다! 같은 느낌이려나. 이번 과제 도서는 스가 아쓰코의 「하얀 방장」이다.

어느 날 밀라노에 사는 필자의 집에 교토 후시미에 사는 다케노 요시코라는 낯선 여성이 보낸 편지가 배달된다. 편지에는 밀라노에 산다고 들었기에 부탁할 것이 있는데 일본에 올 일이 있으면 알려달라고 쓰여 있다. 필자는 일본으로 가서 후시미에서는 좀 유

★ 알렉시스 카렐 저.
⌂ 3미터짜리 '외계인 오브제'가 아니다. '3미터 외계인' 오브제다. '3미터 외계인'이라 불리는 작은 오브제. 다른 이름은 '플랫우즈 몬스터Flatwoods Monster'.
⌂⌂ 하쿠이 시에서는 UFO로 마을 부흥에 나서고 있다.

명한 양조장이었다는 다케노 부인의 집으로 향한다. 낡은 기모노를 입고 '밀라노'를 마치 아주 머나먼 곳이라도 되는 듯 불안한 발음으로 말하는 다케노 부인에게 안내받아 살풍경한 집안에서 차를 대접받는다. 풍로 앞에 앉은 다케노 부인은 틸데라는 이탈리아인 여성이 보낸 선禪에 대해 이야기를 해줄 사람을 찾는다는 편지를 받았기에 이탈리아어가 가능한 일본인을 찾아 필자에게 편지를 보냈다고 말한다. 다케노 부인이 말하는 틸데는 이탈리아 성 근처에 사는 젊은 아가씨인데, 필자가 아는 틸데는 상류사회의 사람이긴 하지만 젊지는 않은 제멋대로 구는 성격의 여성이다. 하지만 그것을 처음 만난 다케노 부인에게 전할 수 없었기에 노스님을 밀라노로 초대해 선에 대한 강의를 듣는다는 좀처럼 실현되기 어려워 보이는 이야기를 그저 듣고만 있었다. 점심시간이 되자 다케노 부인은 필자를 커다란 짐과 함께 차에 태워 깊은 산에 있는 사원으로 안내한다. 늦가을 산사에 도착하자, 다케노 부인은 붉은 양탄자를 깔고 짐에서 찬합을 꺼내더니 필자에게 현실을 초월한 점심을 대접한다.

그 점심 장면이 형언할 수 없을 정도로 대단하므로 조금 인용하겠다.

이 깊은 산속까지 발길을 옮기는 사람은 거의 없는지 주위는 쥐죽은듯이 괴괴했다. 가지각색의 단풍잎이 떠 있는 탁한 녹청색 수면에 이따금씩 떠오른 거품이 툭 터지는 소리까지 들려올 것 같았다. 붉은 융단 위로 두 사람분의 딱 맞는 크기의, 칠공예가 훌륭한 삼단 찬합이 펼쳐졌다. 눈에 확 들어오는 붉은색의 교토 당근이며 작은 토란, 표고버섯, 두부 등의 조림, 미림을 둘러 색을 내고 매실초로 절인 생강을 곁들여 교토 된장에 절인 옥돔, 연한 레몬색으로 구워진 계란말이 등이 색깔도 보기 좋게 한 단 한 단 정성껏 담겨 있었다. 마지막 단에는 간사이식으로 검은깨를 뿌린, 손가락 마디만한 작은 가마니 모양의 주먹밥이 있었는데, 그 흰색이 한낮을 막 지난 가을 햇살을 받아 반짝반짝 빛났다.

"이런 거 드실지 모르겠네요. 우리 집 창고에 있는 것을 조금 가져와봤습니다."

다케노 부인이 붉은 비단 보자기에서 작은 뚜껑으로 단단히 잠긴 주석 술병을 꺼내는 모습을 나는 꿈을 꾸듯 멍하니 보았다.

"계속 외국에 계셨으니 교토식도 괜찮을 거 같아서요."

이렇게 말하며 부인은 납작한 은잔을 내 손에 쥐여주고 살짝 떨리는 손끝으로 병을 기울여 투명하고 차가운 술을 따랐다. 부드러운 술 향기가 11월 말을 앞둔 산 공기 속으로 흩어졌다.

점심을 먹은 뒤 밀라노의 사원에서 선에 대한 강의를 부탁할 예정이던 고령의 선승을 만나 몇 마디 말을 나누고서 새하얀 햇빛을 듬뿍 받아 빛나는 방장方丈을 뒤로 하고 필자는 밀라노로 돌아온다. 하지만 아무리 시간이 지나도 다케노 부인에게도 노스님에게도 아무런 연락이 오지 않았다. 세미나나 강연을 잘 아는 사람에게 물어봐도 그런 선 강연 기획은 들어본 적조차 없다고 한다. 그러던 어느 날 다케노 부인이 밀라노로 편지를 보낸다. 그 안에는 틸데가 허락받지 못한 사랑 때문에 가족의 반대에 부딪혀 여자 수도원에 감금당해 기획이 중지되고 말았는데 이런 일이 현재 이탈리아에서 있을 수 있는 일이냐고 쓰여 있다. 변덕이 심한 틸데가 기획이 버거워지니 다케노 부인에게 거짓말을 꾸며냈다고 생각한 필자는 그 생각을 부인에게 전했지만, 그녀는 여전히 밀라노 초대를 기다리는 듯하다. 그 후 남편이 급사하여 귀국한 필자에게 다케노 부인이 전화를 걸어온다. 에세이를 읽고서 부군의 부고를 알았다며 필자에게 조의를 전해주기 바란다고 말하는 다케노 부인에게 가족이 아니라 필자 본인이 전화를 받고 있다는 사실을 알리자 "아" 하는 작은 외침이 들리더니 갑자기 전화가 뚝 끊긴다.

무서운 이야기는 절대 아니건만 허와 실이 뒤섞여 진행되는 정경 묘사에 취한 나머지 메스꺼움과 나른함을 느끼다가 마지막 몇 줄에서는 돌연 내팽겨진 듯한 차가움마저 느끼고 말았다. 모두 조금씩 속세를 벗어나 있고 이탈리아와 일본의 문화 차이가 있어서인지 왠지 모르게 기묘한 뒤틀림을 동반한 채로 진행되는 대화와 기획. 이 이야기는 필자도 작중에서 말한 것처럼 어디까지가 진실이고 허구인지 매우 애매한 부분이 많다. 교토라는 땅 그 자체가 약간 과장되고 판타지스러워서 외지 사람이 보면 마치 별세계처럼 독자적 규칙으로 움직이는 인상이 있다. 바로 그런 땅이 무대였기에 이런 에세이가 탄생했는지도 모른다. 실제로는 다를 수도 있겠지만 교토 시내에 오래 전부터 살고 있는 사람의 삶이나 사원의 일상은 어딘지 비밀스러워서 마치 시간이 다르게 흘러가는 것 같다. 교토는 오사카에서 전차로 불과 몇 십 분 정도 거리에 있는 도시인데도 막상 가서 그 주변을 보면 오사카와는 달리 '쉬이 속을 보여 줄 것 같으냐'는 의지를 느낄 때가 있다. 뭐, 그건 교토라 해도 현 경계에서 자란 자가 느끼는 제멋대로의 편견이려나. 작중에 나오는 다케노 부인이 교토의 후시미 사람이 아니라면 이 에세이의 분위기는 분명 완전히 달라졌을 게다. 이 책이 내 안에서 아직 제대로 정리되지 못한 탓인지 감상을 다 완성하지 못했다. 나에게 있어 「하얀 방장」은 계절이 바뀔 때마다 생각난 듯 몇 번이고 다시 읽으며 조금씩 거리를 좁히는 작품이 되지 않을까.

밀라노는 아직 가본 적 없는 땅이지만 이탈리아에는 몇 년 전 남편과 함께 간 적이 있다. 베네치아, 로마, 피렌체, 타오르미나, 팔레르모 등을 들렀다. 그중 베네치아는 어딘지 모르게 교토와 닮아 있다고 느꼈다. 관광지로서 유명하다는 것, 지역 주민의 향토애 그리고 관광객을 대하는 방식이 어딘지 모르게 통하는 듯한 인상을 받아서다. 홋카이도 태생인 남편이라면 이 책을 읽고 어떤 감상을 쓸지 조금 흥미가 생긴다. 언젠가 둘이서 같은 책을 읽고 서로 리뷰하는 회가 있어도 좋겠다. 내 부족한 문장력만 눈에 띄어서 풀이 죽을 것 같은 예감도 들지만……

그럼 다음 과제 도서는 처음에 UFO 관련 책으로 할까 싶어 『로즈웰 따위 알지 못해』를 떠올렸지만 소설이라고도 에세이라고도 할 수 없는 이야기가 좋을 것 같았다. 그래서 생각난 작품이 바로 『요시야 노부코의 생령』의 「숨바꼭질」. 남편은 이미 읽은 책이겠지만 이번에 「하얀 방장」을 읽고 내가 떠올린 것이 이 작품이므로 과제 도서로 골랐다. 어설프기 그지없는 데다 말도 규칙도 손바

닥 뒤집듯 바꾸는 나지만 올해도 아무쪼록 잘 부탁해. 아, 그리고 이 연재에는 '속續 요메 요메'라는 것이 있는데 남편 방에 몰래 추천 책을 놓아두는 개인적인 기획이다. 참고로 지금 생각났다. 몇 개월 전 이야기로 『절대 따라하지 마세요』*라는 《모닝》에서 연재한 만화를 몰래 놓아뒀는데 예상대로 아주 푹 빠져들었다. 야아, 정말 기쁘다. 뭐 기분은 시키부☆를 만든 히카루 겐지라고요. 이렇게 이번 회도 삼천포에 빠지기 일쑤였지만 이쯤에서 실례하겠습니다.

★ 헤비조가 그린 전 3권의 만화. 2014~2016.
☆ 무라사키 시키부. 일본 최고의 고전 작품인 『겐지 이야기』의 작가.

26.

§ 엔조 도

「숨바꼭질」

「숨바꼭질かくれんぼ」, 『요시야 노부코의 생령吉屋信子集 生霊』, 요시야 노부코吉
屋信子(지쿠마쇼보, 2006)

『한 신경병자의 회상록Denkwürdigkeiten eines Nervenkranken』, 다니엘 파울 슈레버Daniel Paul
Schreber
'문호괴담걸작선文豪怪談傑作選' 시리즈, 히가시 마사오東雅夫 편
『마리아님이 보고 계셔マリア様がみてる』, 곤노 오유키今野緒雪

지난 연재에서 아내가 새해 첫 꿈 이야기를 썼다. 나는 올 정월에 계속해서 악몽에 시달렸다. 워낙 자주 꾸다 보니 노트에 기억나는 꿈 이야기를 하나 적어뒀다. 재구성하면 이런 이야기다.

해가 질 무렵, 오래된 마을의 좁디좁은 길을 걷고 있다. 양쪽으로는 건물이 다닥다닥 들어서 있어서 좀처럼 앞으로 나아가기 어렵다. 반대쪽에서 사람이 걸어오면 서로 지나칠 수조차 없을 정도로 좁은 길이다. 길 끝 부분에는 모래색의 광장이 펼쳐져 있고 골판지 박스가 무질서하게 쌓여 있으며 여기저기에 놓인 철골은 녹이 슬어 붉은 색을 띠고 있다. 아이들이 놀 만한 놀이기구는 없다. 누더기를 입은 아이들이 이해할 수 없는 묘한 소리를 내며 놀고 있는 모습이 보인다. 어떻게 알았는지는 모르지만 나는 이곳이 '운고로엔'이라는 것을 알고 있다. 아이가 한 명 무리에서 빠져나와 나에게 달려오더니 "우리는 계속 여기에서 놀고 있었어"라고 말한다. 벽에 붙어 있던 작은 문 하나가 갑자기 열리며 한 명의 남자가 얼굴을 내민다. 나는 반사적으로 "두 번 다시 오지 않겠습니다"라고 사과한다. 남자는 "당연히 그래야지!"라고 소리치고 커다란 소리를 내며 문을 닫는다.

막상 문장으로 쓰니 그다지 무섭지 않다. 오히려 꿈을 꿀 때는 이치에 맞지 않아 더 무서웠다. 연일 이런 꿈에 시달렸다. 뭘까, 대체 운고로엔은. 그건 그렇고, 1월의 끝자락에 혼자서 벳푸에 갔다 왔다. 물론 온천 지역이니 온천도 했다. 거울에 흉하게 생긴 중년 남성이 보여 '아, 저렇게는 되고 싶지 않다'고 생각했건만 그게 바로 나라는 충격적인 경험을 했다. 이 쪽이 훨씬 더 악몽일지도. 그런 점에서 이번 달 몸무게는 79킬로그램. 78킬로그램 대를 뛰어 넘어 갑자기 79킬로그램로 들어서고 말았다. 매번 하는 얘기지만 이제 슬슬 진지하게 생각해야 한다. 감량 기록이 아니라 증량 기록이 돼 버렸다. 뭐, 아직 기록을 시작한지 1년이 지나지 않았기에 '1년간의 주기적인 체중 변동'일 가능성도 없지는 않지만. 그럴 리는 없겠지.

말이라는 것은 신기해서 같은 단어라고 해도 다른 지방에서는 전혀 다른 의미로 사용되기도 한다. '시루코'와 '젠자이'☆라거나 '가마보코'와 '아게'와 '덴푸라'☆☆ 같이 지방색이 진하게 배어 있는 말들이 있다. '두부'와 '낫토'의 한자는 아무리 생각해도 서로 반대인 것은 아닐까.☆☆☆ '아쓰모노'란 뭘까.☆☆☆☆ 지방에 따른 차이와는 조금 다르지만 '오컬트'도 분야에 따라 넓은 의미로 사용되기도 하며, 조합하는 방향에 따라 신기한 문답이 이루어지기도 한다. 은비학隱秘学이라고 쓸 수 있는 오컬트와 괴담 이야기 쪽의 오컬트, 현실의 음험한 사건을 다루는 오컬트 등 다양한 종류가 있다. 나는 오컬트라고 하면 그중 첫 번째를 제일 먼저 떠올린다. 마술이나 숨겨진 신앙 같은 건데, 현실의 이치와는 다른 이치가 표면 아래 숨겨져

☆둘 다 단팥죽과 비슷한 음식으로 일반적으로 팥 알갱이가 형태를 갖추고 남아 있으면 젠자이, 팥을 으깨서 넣으면 시루코로 구별하지만 지방에 따라 구별법과 음식의 형태, 명칭이 조금씩 다르다.

☆☆가마보코는 흰살 생선을 잘게 으깨서 뭉쳐 만든 음식으로 지역마다 특색이 다르다. 아게와 덴푸라는 둘 다 일반적으로는 튀김 요리를 가리킨다. 그런데 서일본에서는 가마보코를 튀겨낸 것을 덴푸라라고 하기도 한다.

☆☆☆둘의 한자를 써보면 두부豆腐가 오히려 콩을 발효시킨 음식의 느낌이고 낫토納豆는 틀에 넣은 콩처럼 보인다는 점을 말한다.

☆☆☆☆아쓰모노는 원어를 풀면 단순히 '뜨거운 것'을 의미하지만 실제로는 생선이나 닭고기 등과 채소를 넣은 뜨거운 국물류를 말한다.

있다는 식의 오컬트다. 세계가 무엇으로 만들어져 있느냐를 다루기도 한다. 세계를 무척 세세하게 설정하는 마니아 같은 느낌으로 『한 신경병자의 회상록』[a]을 포함해도 된다. 하지만 보다 더 많은 사람들 사이에서 공유되는 어떤 상상 혹은 어떤 일인지 같은 취미를 가진 사람들을 모으게 되는 공론 같은 것이다. 반면 괴담에서는 그다지 세계 설정에 대해 신경 쓰지 않는다.

그런데 과학자가 오컬트와 좋은 관계를 맺지 못하고 있는가 하면, 그렇지도 않다. 학자란 교과서의 내용을 전부 외우는 재능을 가진 사람이 아니라 새로운 착안을 할 수 있는 사람이다. 정석의 길을 걷기만 해서는 새로운 것을 떠올릴 수가 없다. 어딘가에서 엉뚱한 도약을 할 필요가 있다. 묘한 아집이나 신앙이 그 계기가 될 때도 있으며, 무척이나 합리적인 결과가 나왔다고 해도 그 발단은 말도 안 되는 상상일 수도 있다. 케쿨레[b]는 벤젠의 탄소 고리 구조를 꿈에서 보았고, 조지프슨[c]은 초전도체에서의 터널 효과의 연구로 노벨상을 받았지만, 초심리학의 존재를 믿는다. 이렇듯 과학은 그 결과를 누구나 재현 가능하면 그것이 발견되기까지의 과정은 특별히 신경 쓰지 않는 법이다. 그런 점에서 나는 '오컬트'를 좋아하기는 하지만, 뭐랄까. '세계의 다른 이치' 같은 것을 생각하는 사람을 좋아한다고 말하는 편이 더욱 정확할지도 모른다. 딴소리

[a] 어느 날 자신이 신에 의해 여성으로 개조됐다고 믿은 다니엘 파울 슈레버가 쓴 두툼한 고찰서.
[b] 아우구스트 케쿨레August Kekule. 화학자. 정말로 꿈에서 떠올린 것인지에 대해서는 이설 있음.
[c] 조지프슨 접합, 조지프슨 효과라는 이름을 남긴 브라이언 조지프슨Brian Josephson. 명성을 생각하면 의외라고 생각할지도 모르지만 2017년 2월 현재 생존해 있다.

는 이쯤에서 접어두고, 이번 과제 도서는 요시야 노부코의 「숨바꼭질」이다. '문호괴담걸작선' 시리즈★에 수록된 것을 읽었다.

장마가 왔을 때 온천 숙소에서 글을 쓰던 '나'는 온천탕에서 두 명의 여성을 알게 된다. 한 명은 조금 살집이 있는 중년 여성, 다른 한 명은 꽤 연배가 있지만 몸이 마른 노부인이다. 이 노부인이 숨바꼭질과 관련된 괴담 같은 추억을 이야기하기 시작하고 '나'는 그것을 메모하며 듣는다. 숨바꼭질을 하던 중에 술래였던 친구가 보이지 않게 되는데……

이야기는 이렇게 액자식 구성이긴 하지만, 노부인의 회상과 현실이 이중으로 투영되어 있는 것처럼도 보인다. 구조가 무척 잘 짜여 있다. 과연 메모를 하던 '내'가 그것을 글로 재현한 것이 이 '숨바꼭질'인가 하면……. 생각하다 보면 꽤 까다롭고 재미있다. 게다가 온천 숙소에서 이 글을 읽었기에 묘한 현장감이 있었다. 나는 지금껏 요시야 노부코의 작품을 읽은 적이 거의 없어서 머릿속에서는 그저 소녀 소설 작가라는 상자에 넣어두고 있었다. 『마리아님이 보고 계셔』★나 모리 마리★★의 작품이 들어 있는 상자다. 소설이나 만화를 쓰는 사람 중에는 무엇을 쓰든 같은 시리즈처럼 연결되는 사람과 각각의 작품을 분리해 쓸 수 있는 사람이 있는데, 요시야 노부코는 후자의 유형이라는 점을 처음으로 깨달았다. 내 불찰

★ 히가시 마사오가 편집한 문호별 괴담 앤솔로지다. 지쿠마쇼보에서 나왔다. 요시야 노부코 작품의 선집 이름은 『요시야 노부코의 생령』.
♠ 곤노 오유키今野緖雪가 쓴 장대한 소녀 소설.
★★ 모리 마리森茉莉(1903~1987) 소설가이자 수필가.

이다. 후자의 유형 중에 유명한 이로는 사카구치 안고*를 꼽을 수 있지만, 요시야 노부코도 그에 가깝지 않을까 생각했다. '문호괴담 걸작선'이라는 작품집에 실렸다는 점을 고려해야 하겠지만, 문장의 폭이 꽤나 넓어서 의식적으로 구조를 바꿔가며 쓸 수 있는 것처럼 보인다. 작가라면 누구나 그쯤은 할 수 있다고 생각할지도 모르는데 전혀 그렇지 않다. 장르를 분리해서 쓰는 것과는 또 다르다. 문장의 폭이라는 것에는 어떤 특별함이 있다. 글을 쓰는 버릇과도 또 다르다. 어떤 문장을 쓰더라도 '이건 그 사람의 문장'이라고 금방 들키는, 마치 지문 같은 문장밖에 쓸 수 없는 사람이라도 묘한 폭을 발휘할 때가 있고 시대나 장르를 달리 하더라도 언제나 판에 박힌 듯한 문장만 써대는 사람도 있다. 글이란 참 신기하다. 조금 더 읽어 보고 싶다고 생각했다. 요시야 노부코.

그럼 다음 과제를 정해야 한다. 흠, 직접 취재했거나 취재했다는 설정이라면 현실에 등장인물의 모델이 되는 사람이 있으리라고 상상하기 마련이다. 예를 들어 '한 여자가 있었다'라고 써 있으면 그 여자가 어딘가에 있다. 이때 "그 여자는 인간이야?"라고 되묻는 사람이 조금 이상해 보일지 몰라도 나 또한 그 부분이 신경 쓰이는 사람이다. 느닷없이 '한 여자가 있었다'는 문장이 나올 때 무엇을 상상해야 할까. 내가 쓰는 소설은 정경이 떠오르지 않는다거나 줄거리를 알 수 없다거나 무슨 뜻인지 모르겠다는 사람이 많다. 그건 '한 여자가 있었다'라는 문장을 쓸 때 내 머리 속에 여자의 모습이

★ 사카구치 안고坂口安吾(1906~1955) 소설가.

172

떠오르지 않는 것도 하나의 원인일지 모른다. '한 여자가 있었다'는 문장만이 앞서서, 나 자신도 함께 그 여자는 어떤 생물인지, '여자가 서 있다'란 도대체 무엇을 의미하는지부터 생각하기 시작하니까. 한 여자가 보여서 '여자가 있다'고 쓰는 것과는 방향이 완전히 반대다. 바로 그런 점이 읽기 어려운 느낌을 불러일으키는 게 아닐까. 하지만 소설이 앞에 있으면 쓴 사람의 기분이나 상황, 담고자 한 마음 따윈 하나도 알 수 없는 법이다. 보통 사람들에게는 그저 문장이 보일 뿐이다. 그렇다면 책을 읽을 때 도대체 무슨 일이 일어나는 걸까. 나는 그게 신경 쓰이기에 다음 과제는 피터 멘델선드의 『책을 읽을 때 무슨 일이 일어날까』로 고르겠다. 다음번에는 살 빼서 와야지.

27

그림과 문장 사이에서

우 다나베 세이아

『책을 읽을 때 무슨 일이 일어날까』

『책을 읽을 때 무슨 일이 일어날까本を読むときに何が起きているのか』, 피터 멘델선드

Peter Mendelsund(필름아트샤フィルムアート社, 2015)

『What We See When We Read』(Vintage, 2014)

『책을 읽을 때 우리가 보는 것들』(글항아리, 2016)

『은혼銀魂』, 소라치 히데아키空知英秋

『죠죠의 기묘한 모험ジョジョの奇妙な冒険』, 아라키 히로히코荒木飛呂彦

『사라시나 일기更級日記』, 다카스에의 딸菅原孝標女

벽에 걸린 가면의 시선을 느끼며 과제 도서를 읽고 있다. 장소는 오사카 닛폰바시에 있는 스나바 갤러리. 현재 '오사카 손바닥 괴담'이라는 기획전이 열리는 중으로 큐레이터는 나, 기획전이 열리는 장소는 스나바 갤러리다. 기획전은 일반 공모로 모은 800자 이내의 오사카 관련 괴담(작중에 오사카의 '오'나 '사카'만 들어가도 오케이)에 일러스트레이터이자 인형 조형 작가인 야마시타 쇼헤이 씨가 그린 그림을 함께 전시한다. 야마시타 씨는 글을 읽고 그림을 그려 넣는 작업을 했다. 투고작의 수인 276점분의 그림뿐 아니라 짬짬이 입체 조형물까지 만들었다. 그에게 예전에 호러대상 수상식과 결혼식에서 입을 플러그 수트☆ 제작을 부탁한 적이 있다.♪ 이렇듯 무엇이든 척척 만들어내는 작가다. 아, 참고로 그 플러그 수트는 당시 내 사이즈에 맞춰 제작했기에 결혼 후 살이 쪄버린 지금은 입을 수 없다. 열네 살 소년 소녀가 입는 의상이라 좀 힘든 부분도 있으니 잘 된 일인지도 모른다. 요즘 들어 코스프레를 그다지 하지 않는다. 이따금 『은혼』★이라든가 『죠죠의 기묘한 모험』★★ 옷을 입는데 정말 친한 사람들과 모여 조용히 즐길 뿐이다. 코스프레 이야기가 길어졌다. 이쯤에서 과제 도서이야기로 돌아가야지.

투고 작품을 읽고 그 자리에서 떠오른 이미지를 슥슥 그려내는 야마시타 씨. 이렇듯 다른 사람의 글자에서 생겨난 작품에 둘러싸인 방에서 읽는 과제 도서가 『책을 읽을 때 무슨 일이 일어날까』

☆ 에반게리온에 나오는 주인공들이 입는 수트.
♪ 별것 아닌 것처럼 쓰여 있지만 기묘한 일이라고 생각한다.
★ 소라치 히데아키 저. 2004년부터 《주간 소년점프》에서 연재 중.
★★ 아라키 히로히코 저. 1987년부터 《주간 소년점프》, 2005년부터 《울트라점프》에서 연재 중.

라니 남편의 기막힌 계산이라고 생각해도 좋은 걸까. 아니면 그냥 우연일까.※ 다행히도 지금 갤러리에는 나 외에 다른 사람은 아무도 없어 무척 조용하다. 이제 과제 도서를 읽도록 하자. 책장을 넘기면 검정색 바탕에 흰 글씨로 제목과 저자명과 역자명이 튀어나온다. 다음 책장을 넘기면 왼쪽에 회색, 오른쪽에는 흰색이 나타난다. 오른쪽 장에는 정중앙보다 약간 아래쪽에 짧은 줄 하나가 쳐져 있다. 다음 책장을 펼치면 아무 글자도 쓰여 있지 않은 새까만 종이다. 글자, 그림, 사진이 다양한 느낌으로 겹쳐져 불쑥 나타나기도 하고 갑자기 질문을 던지기도 한다. 읽기도 하고 바라보기도 하고 생각도 하도록 만들어져 있다. 실제 작품의 문장을 기본으로 읽는 사람이 어떤 식으로 작중 인물의 이미지를 떠올리고 또 변화시키는지 필자는 차근차근 정성스럽게 분석한다.

우리는 상상하지 않고도 읽을 수 있고 이해하지 않고도 읽을 수 있다. 근데 읽다가 이야기의 끈을 놓치고 모르는 언어를 그대로 지나쳐 그 언어가 가리키는 숨은 뜻을 미처 알지 못한 채 읽어버리면 우리의 상상에 어떤 일이 일어날까.

다양한 폰트가 섞인 책이 던지는 질문을 읽는 동안 대담을 하는 듯하고 학교 선생님에게 수업을 받는 듯했다. 그래서인지 조용한 갤러리가 교실처럼 보이고 문득 몇 번이나 나무 책상의 촉감과 냄새를 느꼈다. 옛날, 무슨 책이었더라. 작중에 '연색 머리칼을 한 처녀'라는 문장이 나왔다. '연색'이 무슨 색인지 몰랐는데, 어릴 때

※ 우연이다.

였기에 지금처럼 인터넷이 발달돼 있지 않았고 사전 찾기도 귀찮아서 주위 어른들에게 '연색'이 무슨 색이냐고 물어봤다. 그러자 "날치의 비늘 같은 색", "갈색 아니야?", "솔개 같은 색" 같은 답이 돌아왔다. 점점 더 알쏭달쏭해진 나는 주인공(잘 기억나지는 않지만 긴 머리 묘사가 몇 번이나 나왔다)은 비단벌레처럼 빛을 받으면 색이 무지갯빛으로 바뀌는 광택 나는 머리칼이라고 상상하기로 했다. 지금 찾아보니 연색은 맹금류인 솔개의 깃털 색처럼 붉은 기가 도는 갈색을 가리킨다. 어른들의 의견은 그다지 벗어나 있지 않았다. 이제야 겨우 비단벌레의 머리칼을 나부끼던 여주인공의 머리색이 붉은 기가 도는 갈색으로 정착됐다.

글자에서 받는 이미지로 갱신되는 정보와 기억은 이번 전시를 봐도 느끼는 바가 많다. '유령'이라는 단어 하나를 들어도 사람마다 떠올리는 것이 다르다. 그 한 예로 벽에 걸린 야마시타 쇼헤이 씨가 그린 그림과 내 머릿속에서 그려본 유령 그림이 달라서 비교해봤다. 나는 이따금 생각하는 일이 하나 있다. 가령 사람은 기억을 되돌려볼 때 현실 풍경을 어떻게 받아들이는지, 인간이 기억과 현실 풍경을 겹쳐보는 일이 가능한지. 이것에 대해 나 같은 아마추어라도 알기 쉽도록 잘 쓰인 책이 있을까. 있으면 알고 싶으니 트위터에서 제목을 가르쳐주면 감사하겠습니다. 남편은 최근 번역서 기획을 몇 권 하고 있다. 그중에 고이즈미 야쿠모의 『괴담』도 있는데 '리키바카カバカ'를 'RIKI-BAKA', '지키닌키食人鬼'를 'JIKININKI'라고☆ 알

☆ '리키바카カバカ'는 힘바보, '지키닌키食人鬼'는 식인귀를 말하며, 고이즈미 야쿠모가 수집한 일본 민담과 괴담에 이들이 주인공으로 등장한다.

파벳으로 표기만 했는데도 꽤 다른 인상을 준다. 남편은 미국 여행 중에 원문인 『Kwaidan』을 읽고 "Musō Kokushi가 뭐야" 싶어 나중에 찾아보니 임제종 선승 무소 고쿠시였단다.

JIKININKI(食人鬼)

Once, when Musō Kokushi, a priest of the Zen sect, was journeying alone through the province of Mino, he lost his way in a mountain-district where there was nobody to direct him.

같은 풍경이나 내용을 그린 이야기라도 언어가 다르면 완전히 인상이 바뀐다. 남편에게 들은 건데 『겐지 이야기』의 로쿠조노미야슨도코로를 영문으로 읽으면 'Lady Rokujo(6번가의 귀부인)'♧가 되는 모양이다. 책을 읽으며 문장이나 묘사의 차이로 인해 새로 덧입혀진 이미지를 즐기는 것이야말로 영화나 다른 매체에서는 누릴 수 없는 독서만의 묘미일지도 모르겠다. 이제 갤러리에 사람들이 들어오기 시작했고 슬슬 글자 수도 다 찼으니 다음 과제 도서를 발표하겠다. 다음 과제 도서는 지난번에 우리 집에서 『사라시나 일기』☆가 화제에 올랐기에 곡옥 시리즈의 한 권인 오기와라 노리코의 『박홍 천녀』로 정하겠다. 고전을 기본으로 한 작품이라 아주 좋아하는 책이다.

♧ 아서 월리가 번역한 『겐지 이야기』에서는 'Lady Rokujo'가 'The Lady of the Sixth Ward'로 불리기도 한다.
☆ 헤이안 시대의 귀족 스가와라노 다카스에菅原孝標의 딸이 쓴 회상록. 본명 미상.

28.

♣ 엔조 도

『박홍 천녀』

『박홍 천녀薄紅天女』, 오기와라 노리코荻原規子(도쿠마쇼텐徳間書店, 1996)

내가 '홍천녀'를 연기하게 해주세요.☆ 서로가 전혀 가까워질 것 같지 않은 연재, 이번에는 『유리가면』★이 아니고 『박홍 천녀』이다.우 이른바 '곡옥 3부작'의 3부다. 이전에도 쓴 적 있지만 나는 시리즈물은 1편부터 보고 싶어 하는 사람이다. 순서대로 읽지 않으면 마음이 편하지 않다. 가령 '삼색 고양이 홈즈' 시리즈라면 1편부터 읽고 싶다. 전에 이런 이야기를 썼을 때 받은 과제 도서는 『황혼유성군』이었다. 각 화의 독립성도 높았고 27권까지 전부 읽기에 시간이 부족해 중간부터 읽었다. 나로서는 그때가 예외였다. 이번에는 고민하다가 『하늘색 곡옥』, 『백조 이전』 상·하권, 『박홍 천녀』 상·하권까지 도쿠마 문고판 다섯 권을 모두 읽었다. 이건 읽는 사람의 성격 때문이다. 1권부터 순서대로 읽든 『백조 이전』부터 읽든 상관없다는 말은 사실이었다. 실제로 『박홍 천녀』의 마지막 권에 수록된 대담 부분에도 아직 시리즈를 읽지 않은 사람에게 추천할 때는 『박홍 천녀』부터 선택해도 좋을 수 있다고 적혀 있다.

확실히 한 해에 책을 다섯 권 정도밖에 읽지 않는 사람에게 추천한다면 그 방법이 좋을 것 같다. 처음부터 읽으라고 권하면 해가 '곡옥 3부작'을 읽다 끝나버린다. 그것도 그다지 좋아 보이진 않는다. 한 해에 어느 정도 책을 읽는 사람인지에 따라 권하는 책도 달라지는 법이다. 한 달에 열 권 이상을 읽는 사람은 1편부터 읽는 것이 좋다. 분명 그 편이 더 재미있으니까. 참고로 내가 쓰는 글은 1년

☆ 만화 『유리가면』에 나오는 '홍천녀'와 과제 도서인 『박홍 천녀』의 동일 음절을 이용한 말장난.
★ 미우치 스즈에가 그린 만화. 1976년부터 현재까지 잡지 《별책 하나토유메》에서 연재 중.
우 나중에 물어보니 남편은 『유리가면』을 읽지 않았음이 판명됐다. 집에 49권까지 있는데!

에 100권 정도 책을 읽는 사람을 위한 건 아닐까. 나는 그렇게 자기 평가를 해보지만 과연 어떨지.

이 책은 크게 나누면 이른바 재패니즈 판타지로 분류할 수 있다. 고대 일본(이 경우 신화시대부터 헤이안 시대☆ 초기)을 무대로 신화와 역사적 사실을 섞어가며 이야기를 진행한다. 『하늘색 곡옥』은 신이 있던 시대이며, 순서대로 시간이 흘러 『박홍 천녀』는 헤이안 시대다. 전부터 품고 있던 생각이지만 재패니즈 판타지는 역시 여성 독자가 좋아할 만한 내용이 많다. 물론 전기傳奇소설이기에 남성 독자가 더 많은 듯하지만 어쩐지 그런 생각이 든다. 이유를 생각하다가 이케자와 나쓰키의 『일본문학전집』을 읽고서 무릎을 탁 쳤다. 일본 고전은 주로 남녀의 이별과 만남을 다룬다. 전장에서 세운 공로를 높게 평가하는 내용은 없다. '칙찬 와카집'이라는 나라에서 만든 가집에도 사랑을 다루는 노래만 가득하다. 전장의 공로를 다루기는커녕 천하를 다스리는 내용도 없으며 승자를 칭찬하거나 패자를 한탄하지도 않는다. 기본적으로 내가 당신을, 당신을 나에게, 그리움에 몸이 떨리고 같은 내용이 연이어 나올 뿐이다. 이케자와 씨는 이 점을 위대하다고 생각해야 한다고 말한다. 전쟁에 관한 이야기를 자랑스럽게 떠벌리기보다 서로에게 사랑 노래를 읊어주는 편이 더욱 문학적으로 성숙하다(내 멋대로의 해석). 그렇군! 지금도 『헤이케 이야기』☆☆보다 『겐지 이야기』가 압도적으로 인기가 많기

☆ 794년~1185년.
☆☆ 작자 미상. 헤이케 가문의 번영과 몰락을 그린 13세기의 문학 작품.

도 하고 말이지.

　이러한 토양이 있는 한편 지금 픽션의 경향에는 두 개의 큰 흐름이 있다. '자신이 연애에 전면적으로 관여하며 진행되는 이야기'와 '자신은 연애와 상관없는 상황에서 진행되는 이야기'다. 전자는 '딱 붙어 있는(혹은 헤어진) 상태에서 시작되는 이야기'며, 후자는 '딱 붙어 있게 될(혹은 헤어지게 될) 때까지의 이야기'다. 전자는 '자신이 인기 있음을 알지 못하거나 상대를 쥐락펴락하는 이가 상대편'이고 후자는 '자신이 인기 있음을 알지 못하거나 상대를 쥐락펴락하는 이가 자신'이다. 전자는 '연애를 전제로 행동'하지만, 후자는 '연애란 것은 없다는 식으로 행동'한다. 간단히 말하자면 소녀만화형과 소년만화형이 될 것 같다. 하지만 이렇게 딱 끊어 말하면 이런 저런 어폐가 있을 수 있으므로 "어느 쪽을 좋아하는지, 남녀에 따라 의미 있는 상관관계가 있을 것 같다" 정도로만 적어두자. 설명이 길어졌지만, 이처럼 '일본의 고전문학은 연애물이다'와 '연애물을 좋아하는지 여부'를 섞어서 보면 재패니즈 판타지는 연애물을 좋아해야만 쉽게 다가갈 수 있는 장르가 아닐까 하는 추측이 성립된다. 후유. 그렇게 힘 줘 가며 말할 만한 이야기도 아니었네.

　『박홍 천녀』의 무대는 헤이안 시대(와 매우 유사한 세계). 교토에서는 원령이 맹위를 떨치며, 도호쿠에서는 에미시☆와의 전쟁이 이어진다. 무사시☆☆ 지방의 다케시바에 쌍둥이처럼 사이가 좋은 숙

☆ 도호쿠 주변에 살던 일본의 선주민. 지금의 아이누족의 옛 이름이기도 하다.
☆☆ 현재의 도쿄, 사이타마, 가나가와 주변의 옛 이름.

부와 조카가 있다. 이 중 한 명에게는 핏줄에 얽힌 비밀이 있어 그 비밀을 찾아서 도호쿠로 향하고, 남은 한 명은 그 뒤를 좇는다. 이 후 조정까지 얽혀드는 그 인연이란……

이 정도가 도입부의 내용이다. 초병기적 능력을 자랑하는 곡옥의 힘이나 이 세계 안에서 존재한다는 주술적인 힘이 조금 신경 쓰인다. 하지만 앞선 두 책을 읽다 보면 이 부분은 문제없다. 문제없다란 '판타지니까 무슨 일이 발생하든 세세하게 따지는 건 미련하다'는 의미의 문제없다가 아니라 '이 세계는 원래 진짜로 신이 지상에서 살고 있었기에 그런 잔영으로 초병기가 있다'는 점이다. 신이니까. 일본의 중세 판타지 그 자체보다는 조금 다른 기원을 가진 일본 신화가 현재의 일본 역사와 만나는 과정을 그린 3부작이라고나 할까. 이런 의미에서 3부 『박홍 천녀』가 가장 평범한 역사소설처럼 여겨지고 1부 『하늘색 곡옥』이 판타지 소설로 보인다.

판타지란 과연 얼마나 보편성을 지니는지 신경 쓰일 때가 있다. 용이 공주를 납치해서 기사가 구하러 간다는 이야기는 어느 정도의 보편성이 있기에 마음이 놓인다. 내용을 손쉽게 떠올릴 수 있다. 즉 이야기의 틀이다. 일본의 신화나 역사의 유형 그리고 일본의 어휘는 다른 나라 사람들에게는 어느 정도 통할까. 서양 판타지라고 불리는 것은 사상사나 사회사와도 연결되고 나름대로 안정적이라는 평가를 받는다. 어느 정도는 이야기를 다루는 법이나 작법이 정해져 있다. 그런데 일본의 신화는 계급 문제나 여성을 대하는 법, 혈통에 관한 이야기 등이 주를 이루며 좀처럼 그 위치가 정립돼 있지 않다. 나 같은 사람은 영 마음이 놓이지 않는다. 판타지처럼 완전히 새롭게 꾸밀 수 없는 부분이 너무 많아 어떻게 다뤄야 할지 몰라 곤혹스럽다. 조금 답답한 느낌이 들어 보르헤스⌀의 「무례한 예절 선생 고수께 노 수께」⌀⌀(『불한당들의 세계사』 수록)와 마르그리트 유르스나르의 「겐지 왕자의 마지막 사랑」⌀⌀⌀(『동양 이야기』 수록)을 다시 읽어보며 생각도 해봤지만, 흐음. 역시 마음이 잡히지 않는다. 이것은 내 모국어가 일본어이기 때문일까 아니면 내가 일본인이기 때문일까.

다음 과제 도서를 골라야 할 시간이다. 흠. 판타지의 입지를 생각해보자는 점에서 크리스토퍼 톨킨⌀⌀⌀⌀이 편찬한 『끝나지 않은 이야기』에 수록된 「이스타리」를 고를까 했다. 하지만 판타지의 가공성도 신경 쓰이고 SF의 가공성도 신경 쓰이니 이쯤에서 SF를 다뤄볼까. 존 발리의 『굿바이, 로빈슨 크루소』에 수록된 「비트닉 바이유」로 해야겠다. 의외로 이 연재를 시작하고 처음으로 고른 SF다운 SF다. 이번 달 몸무게는 77.5킬로그램이었다. 뭔가 정말로 1년 단위의 주기적인 변동 같다. 마치 겨울에 살이 오르는 짐승처럼.

⌀ 아르헨티나 요리의 일종은, 아니다.
⌀⌀ 보르헤스가 쓴 진귀한 일본에 관한 글.
⌀⌀⌀ 마르그리트 유르스나르는 매우 정교한 소설을 쓰는 프랑스 작가. 만년에는 미국 메인주에 살았다. 「겐지 왕자의 마지막 사랑」은 『겐지 이야기』의 등장인물인 하나치루사토를 주인공으로 쓴 단편.
⌀⌀⌀⌀ 『반지의 제왕』의 작가 J.R.R 톨킨의 아들. 아버지의 유작을 관리·정리하고 있다. 『끝나지 않은 이야기』는 그중 하나. 「이스타리」에는 간달프 등 마법을 쓰는 사람에 대한 설정이 쓰여 있다.

29

월면의 텍사스

우 다나베 세이아

「비트닉 바이유」

「비트닉 바이유ビートニク・バイユ」, 『굿바이, 로빈슨 크루소さようなら、ロビンソン・クルーソー』,
존 발리John Varley(도쿄소겐샤東京創元社, 2016)

「Beatnik Bayou」, 『Picnic On Nearside』(Berkley, 1984)

"이 연재를 시작하고 나서 남편이 무슨 생각을 하는지 무슨 말을 하고 싶은지 금방 알게 되었답니다."

"하하. 맞아, 허니. 정말 이 연재를 시작하길 잘했어."

"그래. 이제껏 자기가 무슨 생각을 하는지 새까맣게 몰랐거든."

"믿을 수가 없네. 우리는 왜 그리도 서로를 이해하지 못한 걸까. 지금은 이것 봐. 당신 얼굴을 보는 것만으로도 당신이 뭘 생각하는지 훤히 보이는데."

"어머나! 자기도 참."

아무래도 이런 일은 일어나지 않을 듯한 채로 '요메 요메'는 이어지고 있다. 이제는 상호 이해가 목적이 아니라 자신이 리뷰하기 쉬운 책을 고르는 게 아닌가 하는 의심이 든다. 실제로는 어때?⚓ 이번 과제 도서는 존 발리의 「비트닉 바이유」다. 저자는 텍사스주 오스틴 출신이란다. 텍사스는 월드콘이 개최되는 해에 남편과 동물행동학자인 히가시 마사오 씨, 작가인 몬가 미오코 씨와 함께 방문한 적이 있다. 작열하는 햇살, 동사를 각오해야 할 정도로 엄청나게 쌩쌩 돌아가는 에어컨, 라유가 들어간 왠지 모르게 신맛이 나는 우동, 카우보이 모자, 채소 없는 고기, 고기, 고기의 나날…… 친절한 라틴계 사람들. 텍사스의 추억을 나열하면 이런 느낌이다. 텍사스 대학 일본어학과에서 "무라카미 하루키를 아는 사람!"이라고 물어보니 제로였다. 미즈키 시게루☆나 나가이 고★는 의외로 있었다. 지

⚓ 여기까지 읽은 사람이라면 다들 알겠지만 전혀 아니다.
☆ 미즈키 시게루水木しげる(1922~2015) 일본의 만화가. 『게게게의 기타로』 등의 만화로 유명하다.
★ 나가이 고永井豪(1945~) 만화가.

금 일본을 알고 싶다든가 공부하고 싶은 사람이 읽고 싶은 것은 소설보다 만화인지도 모르겠다. 반대로 "미국 작가 중에 누구를 아시나요"라고 물어보기에 나는 러브크래프트*와 스티븐 킹, 조 힐 같은 사람을 예로 들었다. 일본인은 미국의 호러 작가만 읽는구나 하고 오해를 샀으려나. 아마도 이 글을 읽을 리 없겠지만 나에게 질문한 학생들에게 오해라고 말해두고 싶다.

이번 작품은 「비트닉 바이유」다. 쓰는 장소나 환경은 작품에 영향을 미치는 걸까. 왠지 머나먼 별이나 미래에서 일어난 일이 아니라 저자의 프로필을 읽은 탓인지 작중 사건은 현재에서도 일어날 듯하다. 쇼핑 채널을 보거나 멀리 있는 쇼핑몰에 가거나 외에는 오락거리가 없는 미국의 촌구석 땅에서 나고 자란 청년의 이야기 같았다. 머리에 떠오르는 풍경도 스노돔이 있는 달의 풍경이 아니라 미국의 트레일러하우스 같은 장소다. 내가 평소에 SF를 그다지 안 읽어서인지도 모르겠다.

주인공인 아르고스는 루나리언(달에서 태어난 사람)인 열세 살 소년. 소설가를 꿈꾸고 있기에 모든 것을 이야기와 등장인물이라는 관점에서 바라보는 인물이다. 아르고스 곁에는 선생님 케세이와 트리거가 있다. 케세이는 아르고스처럼 열세 살처럼 보이는 외모지만 실제로는 마흔을 넘긴 어른이고 트리거는 백 살을 넘겼다. 그들은 (때로는 성별을 바꿔서) 몇 번이고 어린 시절 나이로 돌아가 교육을 베푸는 상대 앞에 숙련된 놀이 상대로서 나타나 어떻게 생각해

★ 러브크래프트Howard Phillips Lovecraft(1890~1937) 미국의 소설가이자 시인.

야 하는지, 살아갈 때 무엇이 위험한지를 가르쳐주는 존재다. 그런 케세이와 아르고스, 트리거가 늪지대에 있는데 출산용 골반을 장착한 임부가 분노로 이글거리는 눈으로 찾아온다. 임부는 그들이 놀리거나 도망가도 연거푸 늪에 발이 미끄러지고 빠져 진흙투성이가 되면서도 계속 그들을 쫓는다. 이윽고 그들은 임부에게 불길한 기운을 느끼기 시작하는데…….

임부가 처음 나오는 장면에서 미지의 병원균이나 에일리언이 기생하는 그녀가 새로운 숙주를 찾아 계속 쫓아오는 호러 전개가 되리라고 예상했지만 그렇게 흘러가지는 않았다.[*] 곧잘 그럴듯한 묘사가 나오면 '이제 나오나, 나오나?' 하고 생각해버리는 건 내가 평소 호러나 괴담 소설만 읽기 때문이리라. 임부를 쫓아내려고 몇 번이나 경고한 끝에 이윽고 케세이가 임부에게 진흙을 던진다. 진흙을 뒤집어쓰고도 더욱 강한 분노를 발산하는 임부. 아르고스도 케세이를 따라 약간 주저하며 임부를 향해 진흙을 던진다. 이 부분은 읽는 동안 주인공인 아르고스와 마찬가지로 약간 싫고 꺼림칙한 기분을 맛봤다. 현재 인류가 바라는 소원이 이루어졌음에도 폐쇄감과 갑갑함은 항상 따라다니고 소년의 꿈에는 왠지 모를 그림자가 드리워진 세계. 이 작품에서 그런 인상을 받았다. 나 자신이 어린 시절 시골에서 조금 답답함을 느끼며 자라서인지 아니면 20대 전후에 외국 여행을 가서 비슷한 광경을 많이 봐서인지 잘 모르겠다. 아마도 이 글은 남편이 예상한 내용은 아닐 텐데, 이 작품을

[*] 그렇게 되지는 않을걸.

읽고 남편이 무슨 생각을 했는지 그리고 왜 나에게 추천했는지 궁금할 따름이다.

임부를 쫓아낸 뒤 케세이는 선생으로서 이별의 때가 가까워졌음을 알리며 아르고스에게 받아들여야 한다고 말한다. 아르고스가 소설가가 되기 위해 취재하러 가다가 만난 소녀 트릴비와 사랑에 빠지며 틀에 박힌 전개로 끝나는가 싶더니 다시금 내 예상을 배반하고 처음 등장해 진흙 범벅이 된 임부가 생각지도 못한 행동을 하는 바람에 등장인물 모두 약간 힘든 상황에 빠진다. 「비트닉 바이유」는 사법과 교육 그리고 성이라는 자칫 무거워지기 쉬운 주제를 다루면서도 소년 시절 끝자락의 절절함을 느낄 수 있는 좋은 작품이다. 나도 SF는 가끔 읽지만 환상 색채가 짙은 작풍을 고르는 편이기에 남편이 추천해주지 않았으면 이 작품을 펼치는 일은 없었으리라.

남편과 결혼하고서 바뀐 부분이 많다. 그중 하나가 와인을 마시게 된 일이다. 식생활도 꽤 바뀌었다. 만약 남편이 아니었다면 레시피대로 제대로 만든 요리를 먹는 일은 꿈에서나 가능했지 싶다. 혼자였다면 채소 볶음과 전골과 카레와 사온 반찬을 돌아가며 먹고 살았을지도. 이렇게 상상해봤지만 그건 그것대로 나쁘지 않다. 남편이 출장 등으로 집을 비울 때는 '아싸, 이거다 이거!' 하는 기분으로 인스턴트 라면을 먹는다. 음, 그러니까 무슨 얘기를 하고 있었더라? 뭐, 남편 덕분에 건강하고 맛있는 식사를 맛볼 수 있는 기회가 늘었으니 고맙게 생각한다. 내 요리는 아주 약간, 내가 생각하기에도 맛이 너무 개성적일 때가 자주 있다. 언젠가 과제 도서로 요리책을 고르지나 않을까 조마조마한데, 뭐 읽기만 하는 거라면 괜찮겠지. 글자 수를 보아 슬슬 과제 도서를 정해야 할 시간이다. 얼마 전 내가 공부를 하려고 산 와인 책을 과제 도서로 정하도록 하자. 와인 입문서를 찾는 일이 좀처럼 쉽지 않다고 느낀다. 나만 그런가? 자주 마시기는 해도 아직 기본조차 잘 몰라서 골라봤다.

30.　정답이 있는 부부를 찾아서

♤ 엔조 도

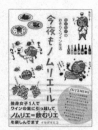

『오늘밤도 마실리에』

『오늘밤도 마실리에今夜もノムリエール』, 이세다 마미코イセダマミコ (세이운샤星雲社, 2016)

상호 이해에 진척이 없다는 말만 되풀이하는 연재가 돼버렸다. 하지만 적어도 나로서는 완전히 진척이 없다고는 할 수 없다. 아주 은근히 나아가고 있다. 다만 속도가 너무 느려 미래를 향해 그래프를 그려보면 '이번 생에 도달하기는 글렀어'라는 결론이 나올 뿐이다. 지난번 아내로부터 '상호 이해가 목적이 아니라 자신이 리뷰하기 쉬운 책을 고르는 게 아닌가'라는 의문이 제기됐는데 당신은 그래? 나는 대체로 목적을 가지고 책을 고르고 있다. 블랙박스*라는 것이 있지 않은가. 안에 무엇이 들어 있든 상관하지 않고 우선 뭔가를 시도한다. 그리고 그 반응을 보면서 내용을 추측한다. 이러한 방식을 통해 다음과 같은 사실을 알았다.

·아내는 자아상으로 '귀여운 아내상'을 제시하고 싶어 한다.
·오컬트에 대한 둘의 입장은 정반대라고 해도 좋을 만큼 다르다.
·아내는 작자 본인의 체험을 쓴 글을 좋아한다.
·아내는 해본 일을 듣는 건 좋아하지만 직접 해보는 건 싫어한다.
·허구에 대한 거리감이 완전히 서로 다르다.
·아내는 수리와 관계된 것은 애초에 흥미가 없다.
·아내는 지식을 우선 만화나 에세이에서 얻는다.
·아내는 정답에 집착한다.

이러한 부분을 확인하려고 과거의 연재를 다시 들여다봤다. 역시 나는 생각보다 과제 도서를 고른 이유나 아내의 반응에서 추측

☆ 내부의 작동 원리와 구조를 이해하지 않고도 기능이나 사용법만 안다면 충분히 결과를 제공하는 장치 및 기구의 총칭.

되는 일 따위를 자주 썼다.※ 이 연재는 '길에서 우연히 본 추천할 만한 멋진 책'을 소개하는 게 아닐뿐더러 상대가 마음에 들어 하는 책을 고른다고 높은 점수를 얻지도 않는다. 요컨대 이런 책을 재밌어 하면 좋을 텐데, 이 책에는 어떤 반응을 보일까, 이런 책에도 관심을 가지면 좋지 않을까 하는 방향성이다. 같은 책을 둘이 동시에 리뷰하는 일도 아니고 책은 이렇게 읽는 편이 올바르다는 식의 퀴즈도 아니다. 책을 읽는 방법에 옳고 그름은 존재하지 않는다. 읽고 나서 말하고 싶은 것이 있으면 어째서 그렇게 생각하는지, 재미가 없다면 어느 부분이 맞지 않았는지를 말하면 그뿐이다. 이번 『오늘밤도 마실리에』를 예로 들어 말하자면 앞에 말한 항목 중에서 '아내는 작자 본인의 체험을 쓴 글을 좋아한다', '아내는 지식을 우선 만화나 에세이에서 얻는다' 부분과 관련돼 있다.

와인을 거의 마셔본 적 없는 작가가 점점 와인에 빠져들어 야마나시(와인 산지)로 이주한다. 비중은 와인에 빠져드는 부분이 90퍼센트, 도쿄에서 야마나시로 이주하는 부분이 10퍼센트 정도다. 아무것도 모르는 상태에서 어렵게 여겨지는 와인에 대해 충분한 정보가 담겨 있다.

솔직히 나는 와인에 빠지는 부분보다는 이주하는 부분이 더 흥미로웠기에 이후의 이야기를 써줬으면 했다. 와인 하면 산지나 상표를 무조건 외워야 한다거나 한 모금 마신 뒤 말도 안 되는 상상

※ 엔조 도는 화를 내고 있는 것 같다.

력을 발휘해 표현해야 한다는 이미지가 있지만 전혀 그럴 필요가 없다. 이 책에도 거듭 나오는 이야기로 결국 좋은 와인 가게에 다니는 일 그리고 제대로 이야기할 수 있는가가 중요하다. 취향이나 감상을 전하는 방법이 중요하지 암기 능력은 중요치 않다. 제 아무리 애를 써도 와인 상표를 전부 외울 수는 없다. 또 매년 맛이 달라지기도 하고 생산자가 달라지면 전혀 다른 제품이 되기도 한다. 결국 '마신 사람에게 물어볼 수밖에 없다'. 즉 커뮤니케이션 능력에 달려 있다. 지금 일본에서는 몇 번째인지 모를 와인 붐이 한창이다. 여기 저기에서 와인 파는 모습이 눈에 띈다. 나는 조금 더 달지 않은 스파클링 와인이 있으면 좋겠다고 생각한다. 아직 옛날의 와인 이미지가 그대로 남아 있는 나에게는 레드와인은 그저 떫기만 하고 화이트와인은 그저 달기만 하다. 깔끔한 맛이 나는 스파클링 와인을 근처에서 살 수 있으면 기쁠 것 같다.

이제 책으로 돌아가자. 우리 주변에는 의외로 필요한 지식을 간결하게 정리해주는 와인 책이 많지 않다. 정보가 너무 많은 탓이기도 하지만 잘 알지 못하는 세계라서 그렇다. 예를 들어 와인의 맛은 공기와 닿으면 변하는데 그 변화를 알아채는 일이 어렵다. 맛없게 느껴지다가 갑자기 맛있어지기도 한다. 이것은 물리나 화학적으로 생각해보면 조금 이상한 점이 있다. 무슨 말을 하고 싶은가 하면 음식의 화학반응에 대해서는 아직까지 잘 알지 못하는 부분이 많다는 사실이다. 전승, 전설, 편견 등이 많아서 어디서부터 어디까지가 진실인지 알기 힘들다. 그런 점은 접어두고 와인을 개괄적으로 설명해주는 이 책은 고마운 존재라고 생각한다(아, 그래도 최근에는 혀의 부분에 따라 느낄 수 있는 맛이 다르다는 설은 유력설이 아니라는 점은 말해두고 싶다).

이쯤에서 다음 과제 도서를 골라보자. 내가 알아줬으면 하고 바라는 부분은 생각보다 확실하다. 나는 백과사전형이 아니라 원리원칙형이다. 지식 자체도 물론 중요하지만 그것을 정리하는 방식에 더욱 흥미가 있다. 구구단을 외우는 편보다 곱셈의 원리를 생각하는 편이 좋다. 귀납과 연역을 반복하기 좋아한다고도 할 수 있다. 『의사는 알려주지 않는 임신·출산 상식 거짓과 진실』, 『입체 종이접기 아트』, 『책을 읽을 때 무슨 일이 일어날까』 같은 책이 그런 류다. 허구의 정도가 높은 책을 좋아하지만 단지 허구의 정도를 높이기만 한다면 뭔가 부족하다. 거기까지 함으로써 처음으로 얻는 감각이 있는 법이다. 「마무리 인법첩」, 「수영장 이야기」, 「내가 서부로 와서 그곳의 주민이 된 이유」, 「비트닉 바이유」 같은 글은 그런 쪽 노선에 해당한다. 이런 점을 바탕으로 해서 책을 골라보면…… 백과사전과 원리원칙이 교차하는 지점으로 역시 요리를 꼽아야 할까. 더구나 '언젠가 과제 도서로 요리책을 고르지나 않을까 조마조마한데'라는 요청도 있었기에 우리 집에서 가장 사용 빈도가 높은 『노자키 히로미쓰의 일본 반찬 결정판』으로 정하겠다. 그럼 이번 달 몸무게는…… 76.4킬로그램이었다. 정말로 작년 이맘때쯤의 수준으로 돌아왔다.

31.

우 다나베 세이아

『노자키 히로미쓰의 일본 반찬 결정판』

『노자키 히로미쓰의 일본 반찬 결정판野崎洋光 和のおかず決定版』, 노자키 히로미쓰
野崎洋光(세카이분카사世界文化社, 2011)

『우웬의 북경 밀가루 요리ウー·ウェンの北京小麦粉料理』, 우웬Wu Wen
『노자키 씨의 맛있고 배부른 다이어트 레시피野崎さんのおいしいかさ増しダイエットレシピ』, 노자키
히로미쓰
『이케나미 쇼타로의 에도 요리를 먹다池波正太郎の江戸料理を食べる』, 이케나미 쇼타로
『나오미なおみ』, 다니카와 슌타로谷川俊太郎 글·사와타리 하지메沢渡朔 사진

환절기여서인지 또 남편이 자리보전을 하고 누웠다. 목이 아프다며 기침을 해대는데 무척이나 괴로워 보인다. 식욕도 없는 듯해서 죽이라도 끓여줄까 물으니 고개를 세차게 가로젓는다. 몸이 안 좋을 때 내가 만든 요리를 먹는 일은 자살행위란다.° 지금이야 남편이 요리하는 걸 좋아하지만 만난 지 얼마 안 됐을 무렵에는 그렇지 않았다. 음식이란 입에 들어가기만 하면 된다며 탄산음료와 패밀리레스토랑과 편의점 도시락으로 연명했다. 도쿄에 살 때는 부엌이 반쯤 책으로 뒤덮여 있었다. 그런 남편이 왜 제철 식재료에 민감해지고 요리를 잘하게 됐느냐 하면 바로 요리책 덕분이다. 함께 살기 시작했을 즈음 우리의 요리 실력은 비슷했다. 그냥 채소를 볶아 밥을 먹었다. 전혀 다른 환경에서 나고 자랐음에도 서로 입맛이 닮아서 처음에 놀라기도 했다. 애초 요리에 관심 없는 사람이 집에 있는 채소로 적당히 만든 볶음의 맛이란 거기서거기인지도 모른다.

그러던 어느 날 남편이 요리책을 사고 나서 모든 것이 변했다. 남편은 레시피에 쓰인 대로 분량과 조리법을 지키며 음식을 만들었다. 이내 만드는 음식이 다양해지고 솜씨가 쑥쑥 늘어 아내처럼 수분이 흥건한 채소 볶음을 식탁에 올리는 일도 없어졌다. 남편의 그런 모습을 보고 아내도 요리책을 보며 뭔가를 만들려고 했다. 하지만 심술 많고 흐리멍덩하고 제멋대로고 적당주의인 아내는 조미료 양을 제멋대로 바꾸거나 타이머로 시간을 재지 않고 대충 끓이거나 레시피에 쓰여 있지 않은 조미료를 생각나는 대로 살짝 넣는

___

° 이런 말 많이 등장하네. 역시 인간이란 잘 안 변하는 걸까.

바람에 좀처럼 맛있는 요리를 만들지 못했다. 그래도 이따금 우연이라는 이름의 마법 덕분에 맛있는 요리가 탄생할 때면 어리석은 아내는 자신에게 요리 센스가 있는 게 아닐까 착각한다.◊

이번 과제 도서인 『노자키 히로미쓰의 일본 반찬 결정판』은 아침에 일어나면 남편이 오늘은 뭘 만들어 먹을지 고민하며 들여다보는 모습에서 자주 봤다. 남편의 책장에는 다양한 요리책이 꽂혀있다. 그런 책을 그저 읽기만 하지 않고 실제로 만들어보다가 매일 먹는 반찬으로 유용한 노자키 씨의 책에 정착한 모양이다. 한때 밀가루 요리책◊◊에 빠졌을 때는 탄수화물 곱하기 탄수화물을 먹는 바람에 살이 무럭무럭 쪘다. 아아, 노자키 씨가 쓴 요리책은 여러 종류가 있지만 『노자키 씨의 맛있고 배부른 다이어트 레시피』는 꽤 살이 빠지기에 추천하고 싶다. 내가 건강상의 이유로 살을 빼야만 했을 때 도움을 많이 받았다. 이 책의 레시피 중에서 실천하기 가장 쉬운 것은 오이 먹기였다. 오이를 자주 아작아작 씹어 먹다 보면 정말로 살이 빠진다. 입이 심심할 때도 도움이 된다. 남편이 좀처럼 살이 빠지지 않는 이유는 컨디션이 나빠지려 하면 굳이 고칼로리 음식을 섭취하기 때문이리라. 이 방법은 그다지 유효하지 않은지도 모른다. 노자키 씨는 『이케나미 쇼타로의 에도 요리를 먹다』로 알게 됐다. 이케나미 쇼타로의 작품 세계에 나오는 요리는 하나같이 맛있어 보였다. 꺼리거나 안 먹다가 소설을 읽고 먹게 된 식재료나 요리도 몇 개 있다. 그런 이케나미 세계의 요리를 만들 수 있

◊ 아내의 요리에서 문제점은 맛이 아니라 만드는 도중에 질려서 내팽개친다는 점이다.
◊◊ 『우웬의 북경 밀가루 요리』. 2001.

는 사람이 있다니 하면서 책을 집어들었다.ⓐ 나는 남편과 달리 요리책을 보고 이리저리 맛을 떠올리기만 했을 뿐 그의 요리를 직접 만들어보려고 하지는 않았다.

남편과의 첫 데이트는 우에노였다. 교토에서 온 나는 '우에노 박물관→다이메이켄에서 식사, 이케나미!'ⓑ만 생각했다. 그런데 남편은 박물관 전시물 앞을 달리듯 혼자 지나가더니 이따금 뭔가를 하고 있나 싶으면 아이폰을 봤다. "다이메이켄, 안 갈래요?"라고 말했더니 "음, 안 내키네" 같은 대답이 돌아왔다. 결국 우리 두 사람은 '사이제리야'ⓒ에 갔다. 지금이니까 하는 말이지만 모처럼 교토에서 도쿄까지 왔으니 전국 체인점 말고 도쿄 아니면 못 가는 가게에 가고 싶었다.ⓓ 뭐, 그때도 지금도 내 취미는 맛집 찾아다니기인 반면 남편은 외식에 흥미가 없는 모양이다. 이런 차이로 생겨나는 갈등은 지금도 있다. 나는 정기적으로 외식하러 나가고 싶은데 남편은 집에서 자신이 좋아하는 음식을 직접 만들어 먹는 편을 훨씬 즐긴다. 술에 취해 집에 들어올 걱정도 없단다. 참고로 데이트할 때 두 번째로 들어간 가게는 '와타미'ⓔ였다.ⓕ 또 전국 체인점이다. 도쿄와 교토의 와타미 맛은 다르지 않았다(다르다면 죄송합니다!).

ⓐ 아내가 이케나미 요리 얘기를 즐기차게 해대는 바람에 내가 찾아서 구입했다.
ⓑ 다이메이켄은 1931년 도쿄 니혼바시에 개업한 양식당으로 이케나미 쇼타로의 단골집으로 알려졌다.
ⓒ 일본의 대표적인 패밀리레스토랑 중 하나.
ⓓ 이때의 경위에 대해서는 우리 둘의 기억이 꽤 다르다.
ⓔ 일본의 유명 체인점 술집.
ⓕ 이것도 우리 둘의 기억이 다르다.
ⓖ 이 책을 내려고 이야기하다 알았는데 남편은 이때 아직 나와 사귄다고 생각하지 않았단다(그래서 데이트가 아니라는 걸까?).

노자키 씨의 레시피는 하나같이 실용적이고 만들기 쉬우며 맛있다. 특별한 재료도 필요 없다. 그저 늘 하는 요리의 조리법을 살짝 바꾸기만 해도 훨씬 맛있는 반찬이 된다. 우리 집에서 자주 먹는 요리는 돼지고기 생강구이, 토마토와 오크라 무즙 무침, 오야코돈☆이다. 모두 내가 아주 좋아하는 요리다. 몇 번을 먹어도 '흐음' 절로 신음 소리가 새어나올 정도로 맛있다. 노자키 씨가 나오는 〈이케나미 쇼타로의 에도 요리장〉도 좋아하는 방송이라서 자주 본다. 책에는 육수 내는 법이나 부엌칼 쓰는 법 등 기본적인 것까지 실려 있다. 세상에는 실린 요리는 맛있어 보이지만 좀처럼 만드는 법을 알 수 없는 요리책이 있지만 이 책은 다르다. 남편이 앓아누운 지금이야말로 여기에 실린 요리를 뚝딱 만들어주고 싶지만 사실 나도 남편 못지않게 몸이 안 좋아서 장을 보러 갈 수도 없다. 그렇다. 이 집에는 지금 누구 하나 건강한 사람이 없다. 그래도 나는 아마 며칠 쉬면 좋아질 것 같다. 다음에는 여기에 실린 레시피 중에서 골라 남편에게 요리해줘야지.☺

그럼 다음 책은 뭘로 하지. 남편이 최근 카메라에 빠져 있으니 사진이 아름다운 그림책으로 해야 하나. 어릴 때 읽고 강렬한 트라우마를 갖게 된 『나오미』★로 할까 생각했지만 인형은 무서우니 안 되겠다. 다음 과제 도서는 진 마졸로의 『찾아라! 언제까지나 놀 수 있는 숨바꼭질 그림책』이다. 와인 관련 책은 지난번과 다른 여러

☆ 일본식 덮밥인 돈부리의 일종으로 밥에 닭고기와 계란을 올려 먹는 음식.
☺ ……
★ 다니카와 슌타로 저·사와타리 하지메 사진. 2007.

가지 추천하고 싶은 책이 있지만 뭐 그것도 다음 기회에……. 나는
남편과 달리 여름방학 숙제는 8월 31일에 하는 타입이다.

♠ 엔조 도

『찾아라! 언제까지나 놀 수 있는 숨바꼭질 그림책』

『찾아라! 언제까지나 놀 수 있는 숨바꼭질 그림책ミッケ! いつまでもあそべるかくれんぼ

絵本』, 진 마졸로Jean Marzollo(쇼가쿠칸, 1992)

『I Spy: A Book of Picture Riddles』(Cartwheel, 1992)

『내가 찾을래!』 5(넥서스주니어, 2005)

『월리를 찾아라!Where's Wally?』, 마틴 핸드포드Martin Handford

그래, 결혼하고 나서 가장 많이 변한 부분을 고르라고 하면 '인간다워졌다'를 꼽아야 한다. 밥도 이것저것 먹게 됐다. 이것은 결혼, 아니 그보다는 같이 사는 효과라 해도 좋다. 역시 혼자 있으면 편의점 도시락으로도 충분하다. 나 혼자 먹기 위해 밥을 짓거나 요리를 하기는 귀찮기 때문이다. 반면 겉으로 보기에 아내는 그다지 달라지지 않은 것 같다. 내가 저녁밥을 짓고 있으면 건너편에서 만화를 보다가 "오늘 외식할까?" 하고 말을 꺼내…… 어라, 그러고 보니 요즘에는 그런 말을 꺼내지 않는다. 이것도 상호 이해의 효과라고 할 수 있을까. 뭐 가끔 여전히 저녁 다섯 시 정도에 "오늘 저녁밥 어떻게 할 거야"라는 말을 하지만 말이다.♧♧ 서로의 기억이 다른 것은 당연하고 그런 점이 오히려 재미를 줄 수 있다. 하지만 지난 연재에서 아내가 '도쿄에 살 때는 부엌이 반쯤은 책으로 뒤덮여 있었다'고 말한 부분은 틀렸다. 나는 방은 엉망진창이어도 책은 소중히 여기는 사람이기에 부엌에는 책을 두지 않는다. 더러워지니까. 인간이란 이런 무의식적인 부분에서 본질이 드러나는 법이다.

내가 바라보는 아내는 평소에 하지 않아도 될 사소한 거짓말을 계속 한다. 그러면서 그것을 잊어버린다. 설정에 일관성이 없다. 분위기를 타는 사람이다. 마치 마감을 코앞에 둔 주간 연재를 보듯 감동적인 면이 있다. 그 자리에서만 앞뒤가 맞으면 된다고 생각하는 것 같다. 이야기를 재미있게 만들거나 짧게 줄이려고 그러는 건

♧ 대개 점심 조금 지나면 이미 장보기를 마친 상태다.
♧ 오후 다섯 시 정도에는 집에 없을 때가 많은 것 같은데?

아닐까 싶었지만 꼭 그런 것만도 아니다. 자기가 한 거짓말에 얽히고설켜서 도망칠 구석이 없어지기도 하므로 생존에 유리하다고도 할 수 없다. 태어날 때부터 그런 건지, 나중에 배운 습성인지. 생각해보면 아이들이 말을 시작할 때 어설픈 건 당연하다. 아이가 처음부터 논리정연하게 말하면 얼마나 무섭겠는가. 아이들이 만드는 이야기는 그 전개를 알기 어렵고 결말도 알 수 없다. 이야기의 설정이 흔들리고 모순 따위는 신경도 쓰지 않는다. 어라, 어쩐지 아내가 아이 같다는 소리 같지만 그런 건 아니다. 인간이란 모두 제멋대로고 자신은 제대로 하고 있다고 생각하지만 밖에서 보면 서로 비슷비슷하다는 말을 하고 싶은 거다. 나는 요즘 나의 대화 능력에 대해 자신감을 잃은 상태다. 중언부언하지는 않는지 하는 불안이 자꾸 나를 엄습한다. 취하면 그렇다는 건 이미 알고 있다. 그런데 요즘에는 안 취해도 그런 것만 같다. 주변에 많이 있다. 같은 말을 계속 하는 아저씨. 다른 사람의 말은 듣지 않고 자신이 한 말도 기억하지 못한다. 뭐, 일상적인 대화에서는 그렇게까지 반복해 말하는 것 같지는 않다. 하지만 이 연재도 꽤 오랜 기간 이어지고 있기에 몇 번이고 같은 내용을 쓰지는 않았는지 걱정도 된다.↡

이번 회의 과제 도서는 '찾아라!' 시리즈 가운데 1권인 『찾아라! 언제까지나 놀 수 있는 숨바꼭질 그림책』이다. 원제는 『I Spy』. 내가 본 것은 대형본이지만 다양한 판형이 있으니 용도에 따라 골라 보시길. 제목대로 숨은그림찾기 계열의 책으로 그림에 각종 잡화가

↡ 실제로 그러고 있다.

흩어져 있거나 정렬돼 있고 그 안에서 지정된 것을 찾아야 한다. 월리♣와 비슷하다면 비슷하지만 자유도는 이 책이 훨씬 높다. 월리는 혼잡할 정도로 많은 사람 안에 숨어 있을 뿐이지 월리 모양의 인형이나 진격의 거대 월리는 나오지 않는다. 그런데 '찾아라!'에서는 예를 들어 개구리라고 지정돼 있어도 그 개구리가 그림으로 그려져 있는지, 종이 인형인지, 봉제 인형인지, 조각인지 알 수가 없다. 나아가 개구리 다음으로 뱀을 찾아야 하는 상황이라면 이 뱀 또한 그림인지, 장난감인지 알 수 없다. 개구리를 찾은 다음에 뱀을 찾으라고 들으면 자연스레 개구리보다 커다란 것을 찾게 되므로 반지에 새겨진 뱀 문양 따위는 정말 찾기 어려워진다.

이것은 인간이 전제로 삼고 있는 지식 탓이다. 일상생활을 편리하게 해주는 지식을 습득한 탓에 곤란을 겪는 일이 종종 있다. 월리는 아마도 그림을 자로 눌러가며 조금씩 찾아나가면 기계적으로 탐색할 수 있을 것 같다. 롤러 작전☆으로 범인을 잡는 것과 같다. 그 장소에 있는 사람을 전부 모은다면 범인은 반드시 그 안에 있다! 그렇지만 '찾아라!'의 경우, 우선 그 장소에 있는 사람을 전부 모을 수 있는지부터가 의심스럽다. 왜냐하면 포스터 안에 있는 사람일지도 모르고 사람 형태를 띤 다른 무언가일지도 모르기 때문이다. 정신을 차리지 않으면 찾아낼 수가 없다. 월리를 찾는 AI보다

♣ 대유행을 불러일으킨 『월리를 찾아라!』. 빨간 줄무늬 셔츠 차림에 안경을 쓴 월리를 두 장에 걸친 그림에서 찾는다. 한창 때는 마른 체형에 줄무늬 옷을 입은 사람은 "월리?"라는 질문을 듣곤 했다.
☆ 땅을 고를 때 쓰는 롤러를 굴리듯이 빠짐없이 철저하게 일을 해나가는 방식.

도 '찾아라!'에서 뭔가를 찾는 AI가 우수해 보인다. 아니, 그보다 뭔가를 찾았을 때 '야호! 찾았어!'라는 느낌 없이 담담히 정답을 가르쳐주는 것이야말로 AI라는 생각도 든다. AI에게는 무의식이 없으니 아무런 감정 없이 정답을 말하겠지.

책을 재미있게 읽었음에도 이런 생각을 하는 걸 보니 나는 역시 순수함이 조금 부족하다. 생각해보면 어렸을 때부터 순수함이 별로 없었던 것도 같다. 그리고 나는 사실 작은 것들이 잔뜩 있는 모습을 보면 마음이 불안하다. 정리하고 싶다거나 화가 나지는 않는다. 그저 전부를 다 파악할 수 없는 것이 앞에 놓여 있다는 사실에 아주 살짝이긴 하지만 패닉에 빠진다. 그럼 다음 책을 골라야 한다. 마크 해던의 『한밤중에 개에게 일어난 기묘한 사건』은 어떨까. 자, 마지막으로 체중을 발표할 시간이다. 76.3킬로그램. 작년 5월에는 76.2킬로그램이었다. 이것은 뭐랄까, 놀라지 않을 수 없는 결과다. 다이어트 기획으로서는 최근 1년은 없었던 일이 된 느낌이다. 혹은 (기분 상의) 다이어트조차 하지 않았다면 이보다 더 체중이 늘어있을지 모른다는 이야기다. 무섭다.

33.

우 다나베 세이아

『한밤중에 개에게 일어난 기묘한 사건』

『한밤중에 개에게 일어난 기묘한 사건夜中に犬に起こった奇妙な事件』, 마크 해던Mark Haddon(하야카와쇼보早川書房, 2016)

『The Curious Incident of the Dog in the Night Time』(Vintage Contemporaries, 2004)

『한밤중에 개에게 일어난 의문의 사건』(문학수첩리틀북스, 2005)

『곤충탐정 시로코파 갓파 씨의 화려한 추리昆虫探偵 シロコバk氏の華麗なる推理』, 도리카이 히우鳥飼否宇

부엌에 쌓여 있던 책에 대한 기술은 잘못된 기억인 모양이다. 하지만 남편이 옛날에 살던 아파트는 책이 무수히 쌓여 있어 조금만 움직이면 우르르 하고 피타고라스위치☆처럼 연쇄적으로 책탑이 쓰러지곤 했다. 내가 평소 읽지 않는 책이 많았다. 이따금 쌓인 책산들을 보면 남편 머릿속에 있는 듯한 기묘한 기분이 들었다. 남편이 예전에 살던 아파트는 내가 보기에 도회지 같은 곳에 있었지만 이른바 변두리 분위기도 있어 근처에 비밀스러운 가게가 많았다. 결혼한 직후에는 오사카와 도쿄에서 주말부부처럼 지낸 탓인지 함께 산 것은 무척이나 짧은 기간이었음에도 즐거웠다. 아파트는 깊숙한 골목 중간에 있었고 뒤에 우물이 있었다. 근처에는 일부러 노린 건지 언제나 모래폭풍 장면만 비추는 TV가 놓여 있을 뿐인 무엇이 팔리는지 알 수 없는 잡화점과 커피나 파워스톤을 파는 카페가 있었다. 아파트 주민은 무척 조용해서 소리를 들어본 적이 없다. 계단을 올라가거나 일반적으로 생활하면 들릴 수밖에 없는 소리도 들어보지 못했기에 약간은 신기했다. 아파트는 밖에서 보면 불이 켜져 있건만 주민의 모습을 보는 일은 극히 드물었다.

지난 회에서 남편에게 요리를 해주겠다고 말했지만 생활이 여러 가지로 엇갈려 아직 실현하지 못했다. 딱 한 번 집에서 요리한 적이 있긴 하다. 죄송합니다. 레시피를 보지 않고 만들어버렸어요 (이러면 안 되지!).♀ 그때 만든 메뉴는 히야지루☆☆, 말린 전갱이, 밥,

☆ 2002년부터 NHK에서 방영하고 있는 어린이 프로그램이다. 방송 처음과 끝, 중간에 골드버그 장치가 등장하는데 이것을 방송 안에서는 '피타고라스위치'라고 부른다.
♀ 정말 죄송합니다.
☆☆ 차가운 된장국.

어린잎과 토마토 샐러드. 남편이 체중을 신경 쓰니 샐러드에는 드 레싱을 사용하지 않고 소금과 후추와 레몬으로 맛을 냈다. 나는 히 야지루에 후추를 많이 쳐서 먹는 걸 좋아한다. 아주 가끔 다나베 씨의 직업이 뭐냐는 질문을 받는다. 나는 산업 번역과 통역 관련 일을 한다. 일 관계로 이 원고를 쓰는 시점에서 며칠 뒤에는 또 해 외에 나갈 예정이다. 나는 매우 서투른 인간이라서 회사 일과 그렇 게 많지 않은 글 쓰는 일을 제대로 양립하지 못하고 자주 고민한 다. 만화가와 달리 소설가 대부분이 겸업작가라는데 다른 사람처 럼 효율적으로 시간을 유효하게 쓸 수 있으면 좋겠다.

그럼 과제 도서로 들어가자! 왠지 읽는 데 엄청나게 시간이 오 래 걸렸다. 훌륭한 번역으로 잘 읽히는 문체였고 전개도 예상치 못 한 흐름으로 두근두근하면서 책장을 넘겼지만 왜 다 읽는 데 오랜 시간이 걸렸는지는 나도 잘 모르겠다. 중간에 나타나는 물리나 수 학 문제 같은 문장, 그림, 수식 탓일 수도 있지만 그저 남편 다음으 로 이번에는 내가 병이 나서였을 수도 있다.^우

수학과 물리 능력은 뛰어나지만 사람의 감정을 살피거나 사건 의 상황을 판단하는 일이나 사람과 사귀는 일을 잘 못하는 열다섯 살 소년 크리스토퍼. 그는 어느 날 근처에서 개의 시체를 발견한다. 셜록 홈즈를 좋아하는 그는 시오반 선생님에게 조언을 받으며 타 고난 물리나 수학 지식, 기억력을 구사하여 개를 죽인 범인을 찾는 과정을 기록해나갔다. 그렇게 개가 살해된 사건의 진상을 파헤쳐나

우 이 연재를 하며 자주 몸이 아팠다. 부부가 쌍으로 왜 이렇게 병약한 거야.

가는데……

소위 일반적인 미스터리와는 달라서 기대하고 읽으면 예상은 빗나간다. 저자인 마크 해던은 원래 아동문학 작가다. 그가 왜 다른 감각을 지닌 열다섯 살 소년의 시점에서 이야기를 썼는지는 알수 없다. 다만 이 책을 읽으면서 내가 당연하다고 생각했던 상식이 흔들리고 나에게는 없는 감각이 눈앞에 펼쳐지는 충격을 맛봤다. 물리나 수학적 센스 등도 포함해 이 책은 나보다는 남편이 더 좋은 감상문을 쓸 수 있을 듯하다. 실은 어딘가에서 쓰고 있는 거 아니야? 남편이 보는 이 세계는 나와 같을까, 이따금 그런 생각을 한다. 물리나 수학을 잘 못해서 그런 화제는 일부러 피하고 있지만 사차원이라든가 다차원이라든가 입방체라든가 수식이라든가 등등. 평소 어떤 식으로 생각하고 세계는 어떻게 보일까. 사차원 설명을 예전에 몇 번인가 들은 것 같긴 한데 잊어버렸다. 시간이라든가 공간에 대한 이야기도. 미안! 잘 기억이 안 나. 결함 가득한 무른 뇌를 탑재한 내 곁에 있는데도 잘도 남편은 미치지 않는구나. 사차원 입방체 전개도가 대체 뭐야? 자주 의문을 품지만 딱히 대답을 요구하는 건 아니다. 그럼 미스터리가 왔으니 미스터리로 응수할까. 평소 별로 읽지 않는 장르이기에 후보로 딱 떠오르는 책은 없지만. 음, 어쩌지. 『곤충탐정 시로코파 갓파 씨의 화려한 추리』★를 할까 하다가 고바야시 야스미의 『기억파단자』로 결정!

★ 도리카이 히우의 소설. 2005.

34.

나에 대해 어떻게 생각해?

♂ 엔조 도

『기억파단자』

『기억파단자記憶破断者』, 고바야시 야스미小林泰三(겐토샤, 2015)

여기까지 연재를 해놓고 이제 와서 얘기하기도 뭣하지만, 아내가 이 연재의 콘셉트를 제대로 이해하고 있는지 의문이 들 때가 있다.♠ 좋은 감상문을 쓰는 경쟁을 하는 게 아니다. 책 내용을 소개할 필요는 있어도 이른바 흔히 말하는 리뷰와는 달리 책을 고른 상대방에 대해 생각해보는 일이 핵심이었을 텐데…… 지난번 고른 『한밤중에 개에게 일어난 기묘한 사건』은 내 눈에는 오히려 '왜 이게 신기한 일인지 알 수 없는' 책으로 주인공의 발상이나 행동이 완전히 이치에 맞아 보인다. 이렇게 말하는 것이 조금 지나치다는 느낌은 드는데, 나는 대개 이 주인공과 비슷한 눈으로 주변을 바라본다. 개인의 실감과 관련된 것이기에 그렇게 생각하지 않는 사람에게는 이 작품이 말도 안 되는 픽션으로 느껴질 게다. '잘도 이런 내용을 생각해냈구나' 하고 여길지도 모르지만 당사자에게 있어서는 절실한 감각이다. 조금 더 생각해보면 자신이 실감하는 것을 다른 사람은 픽션으로만 취급한다는 사실은 두려운 일이다. 청년층의 빈곤을 믿지 못한다거나 돈 이외의 가치를 인정하지 못하는 사람은 정말로 무섭다.

나는 오랜 기간 대학 주변을 서성거리다가 막판에 살길이 막막해 글을 쓰기 시작했다. 마지막 해에는 물질적으로 꽤나 빈궁했던 탓에 못 먹는 한이 얼마나 무서운지 느낀 적도 많다. 그건 그것대로 자업자득이라 할 수 있기에 아무래도 좋다. 근데 이런 이야기를 하면 요새 일본에서 그런 일이 있을 리 있느냐고 말하는 사람이 있

♠ 엔조 도는 화가 많이 난 것 같다.

다. 자신의 경험만을 절대적이라 믿으며 다른 사람의 경험을 부정해버린다. 『한밤중에 개에게 일어난 기묘한 사건』은 사람에 따라서 '이상한 부류'의 사람이 '이상한' 지식만으로는 인생의 문제를 해결할 수 없다는 점을 깨닫는 이야기라고 읽지 않으리란 보장이 없다. 그런 식으로 읽는 사람이 생각보다 많을 수도 있지만 내 입장에서 보면 전혀 그런 이야기가 아니다. '왜 신기하다고 말하는지가 신기'한 상황을 그려낸 책이다.

너무도 당연한 이야기이긴 해도 어떠한 의견이 평범한지 아닌지는 그렇게 생각하는 사람의 수에 따라 달라진다. 우리는 우연히 1 더하기 1은 2라고 믿는 사람이 많은 사회에서 살고 있을 뿐 여기에 필연성이 있는 건 아니다. 1 더하기 1이 2라는 점 자체는 달라지지 않더라도 대부분의 사람이 1 더하기 1은 3이라고 생각하는 사회가 있을 수 있다. 극단적인 예지만 인간에게는 그런 기묘하고도 제멋대로인 부분이 있기에 '모두가 쉽게 착각해버리는 문제'가 있다. 확률을 둘러싼 퀴즈에 자주 속는 이유는 우리가 '그 문제를 착각하는 사람이 많은 사회'에 살고 있기 때문일지도 모른다. 덧셈이라면 그래도 정답이라는 것이 있을 수 있으니 괜찮다. 그러나 세상에는 정답이 없는 문제가 있다. 이 사실은 철학자나 문학자에게 배우지 않더라도 분명하다. 따라서 사태는 점점 더 복잡해진다. 답이 없는 문제에 대해 다들 각자 자신만의 의견을 가진 채 자신을 다수파라고 생각하는 상황은 이상하기도 하고 무섭기도 하다.

그럼 이번 과제 도서인 『기억파단자』로 들어가보자. 이 책은 이런 내용을 이렇게까지 써내려갈 수 있다는 의미에서 대단한 작품이다. 수십 분 정도밖에 기억을 유지할 수 없는 주인공 대 타인의 기억을 제멋대로 바꿀 수 있는 능력자의 싸움을 그려냈다. 단편이라면 흐름을 타서 써내려갈 수도 있는 주제지만 이건 장편이다. 무엇이 대단한가 하면 우선 장편으로 쓸 수 있다는 것부터 무시무시하다. 농담으로 떠올릴 수는 있어도 보통 그 자리에서의 농담거리로 흘려보낼 법한 이야기다. 기억을 유지할 수 없는 사람만 나오는 이야기나 다른 이의 기억을 조종할 수 있는 사람만 나오는 이야기로 만들어내는 게 보통이리라. 그런 두 명의 사람이 만나는 것 자체가 상상하기 어려운 일이기에 어떤 식으로 전개될지 예상할 수가 없다. 예상할 수 없는 점이 이 책의 묘미이므로 줄거리를 쓰지 않겠다. 읽다 보면 '우와' 하는 감탄사가 나오리라 생각한다. 나는 그랬다. 수십 분 이상 기억을 유지할 수 없는 전향성 건망증이 '평범'하지 않은 이유는 그런 사람이 많지 않기 때문이다. 단기 기억을 장기 기억으로 넘길 수 없는 탓에 얼마나 오래 기억할 수 있는지가 문제가 아니라 기질적인 문제인 셈이다.

그런 점은 차치하더라도 역시 여기에서 '모두가 이런 저런 것을 금방 잊어버리고 마는 사회'를 상상할 수 있다. 잘 기억하지 못하는 사람이 늘어나면 당연하게도 사회 전체가 그런 분위기가 된다. 그 사회 안에서 '우리 모두가 무언가를 잘 기억하지 못하는구나'라고 깨달을 수 있을까. 혹은 지금 이 사회 안에서 '우리는 모두 중요한 것을 많이 잊고 있어'라고 깨달을 수 있을까. 나는 요즘 나이가 든 덕에 전보다는 조금이나마 세상을 더 이해할 수 있기에 '우리 모두는 무언가을 잊으며 산다'를 실감한다. 동시에 내 기억력이 꽤나 나빠졌기에 '단순히 건망증이 생겼을 뿐'이라는 생각도 든다. 그렇기에 이 『기억파단자』에는 절실한 부분이 있다. 그런데 아내는 어째서 이 책을 고른 것일까. 내가 이해하고 있는 범위 내에서는 아내는 이런 종류의 의문에 강한 흥미를 갖고 있지 않은데, 내가 항상 이런 종류의 의문을 품고 있다는 사실도 그다지 눈치채지 못했을 텐데……. 내가 좋아할 법한 책을 골랐다면 그건 상호 이해와는 좀 다른 게 아닌가 하는 느낌이 들지만, 그나마 상대의 취향에 맞는 책을 고를 수 있다면 상대를 이해하고 있다는 말이니 그건 그것대로 좋다는 생각도 든다.

지금까지 내가 고른 책을 돌아보면 아내로서는 다루기 어렵고 괴로운 책만 있었던 것 같다. 이번에는 내가 이해하는 범위 내에서 아내도 적극적으로 흥미를 보일 법한 책을 골라보기로 하자. 그리하여 제임스 프로섹의 『장어와 인간』이다.

그럼 이번 달의 체중을 알아볼까. 74.1킬로그램. 이 연재를 시작하고 나서 처음으로 74킬로그램 대로 왔다. 지난달과 비교해 2.2킬로그램 감량. 드디어 다이어트라고 불러도 좋을 만한 결과가 나왔다. 그사이 도대체 무슨 일이 있었느냐 하면…… 그건 뭐, 원인은 확실하지만 좀처럼 쓰기 힘든 일이 있었다. 무슨 큰 문제나 사건은 아니다. 사실 일주일 정도 고향집에서 지냈다. 나는 고향집에 가 있으면 살이 빠진다. 그럼 그대로 계속 고향집에 있으면 60킬로그램 대도 어렵지 않겠네! '귀성 다이어트'로 이름 붙이면 좋지 않을까 싶겠지만 정신적으로 괴로우므로 사양하겠다.

35

이제 곧 연재도 끝난대

우 다나베 세이아

『장어와 인간』

『장어와 인간ウナギと人間』, 제임스 프로섹James Prosek(쓰키지쇼칸築地書館, 2016)

『Eels: An Exploration, from New Zealand to the Sargasso, of the World's Most Mysterious Fish』(Harper Perennial, 2011)

『사랑… 처음 알았을 무렵에…愛…しりそめし頃に…』, 후지코 후지오A藤子不二雄A
『장미형薔薇刑』, 호소에 에이코細江英公
〈전사의 후예Once Were Warriors〉, 리 타마호리Lee Tamahori
〈웨일 라이더whale rider〉, 니키 카로Niki Caro
〈피아노The Piano〉, 제인 캠피온Jane Campion

상호 이해를 하고 있는지 어떤지 알지 못한 채로 이어지는 이 연재. 편집 담당자에게 앞으로 몇 회만 더 연재하고 끝내지 않겠느냐고 연락이 왔다. 딱『사랑… 처음 알았을 무렵에…』*에서 마가 미치오에게 편집자가 계약 종료를 선언하는 부분을 읽은 직후였기에 왠지 시간적으로 절묘하다는 느낌이 들었다. 뭐, 유명하지도 않은 작가 부부의 뭐가 뭔지 모르겠는 연재라서 겐토샤도 다루기 곤란해진 걸까 같은 생각을 했는데. 슬슬 책 한 권은 될 정도의 분량이므로 이 정도에서 일단락을 짓지 않겠느냐는 뜻이었다. 하지만 책이 되어 나오면 과연 사줄 사람이 있을까. 서비스로 엔조 도를 벗겨서 사진이라도 부록으로 넣는 건 어떨까. 가랑이에 장미꽃을 콜라주해서. 아아, 그렇지 과제 도서로『장미형』☆ 같은 건 어떨까 하고 인터넷 중고서점을 보니 엄청난 가격이! 젠장! 갖고 있었는데 파는 게 아니었어! 이런 느낌으로 시작한 '요메 요메' 연재지만 앞으로 각자 이번 회를 포함해 3회 분을 쓰고 종료할 예정이다. 더 계속해주었으면 좋겠다! 더 읽고 싶다고 생각하는 분이 계시다면 겐토샤에 의견을 보내주세요.

　　그러면 이번 과제 도서는 제임스 프로섹의『장어와 인간』이다. 무척이나 희한한 생물인 장어에 관한 책으로 그 산란 장소나 생태가 비밀투성이인 장어를 좇아 저자가 다양한 나라를 여행하는 내용이다. 뉴질랜드의 장어나 폴리네시아의 옛날이야기 속 장어 일

★ 후지코 후지오A가 그린 전 12권의 만화. 1997~2013.
☆ 사진가 호소에 에이코가 미시마 유키오의 나체를 찍은 사진집.

화에 과거 내가 살던 지역이 나오기도 해서 읽고 있자니 예전 생각이 나서 반가웠다. 마오리어의 단어가 그대로 가타가나로 치환된 부분도 좋았다. 뉴질랜드의 호수나 강에는 팔이나 다리 정도 두께의 장어가 유유히 헤엄치는데 현지 사람들은 장어를 훈제해 투명한 갈색으로 만들어 먹는다. 흑설탕 단맛이 밴 맛으로 나도 핫도그 번에 끼워서 자주 먹었다. 하지만 장어가 강이나 연못 밖으로 나와 이동한다거나 연못에서 나와 개 사료를 우걱우걱 먹는다거나 수직 벽을 타고 넘는 능력이 있다는 사실 등은 이 책에서 처음 알았다. 특히 연못에서 얼굴을 내밀고 개 사료를 먹는 장어 그림은 '우와!' 이런 느낌으로 볼 만한 가치가 있다. 저자는 이 책을 완성하기까지 11년이 걸렸다.

버뮤다 삼각지대에 서식하는 장어의 산란 비밀, 너무 많이 잡아먹는 바람에 장어가 멸종 위기에 처한 것은 일본만의 이야기가 아님을 알려주는 대만의 이야기. 일본인으로 인한 장어 시장의 가격 변동, 장어 연구자나 장어 사냥꾼들 이야기 등 각 장이 하나같이 재미있다. 남편이 예상한 대로 내 취향에 맞는 책이다. 그리고 뭐랄까…… 멸종 위기종이란 소릴 들어도 읽다 보면 장어가 먹고 싶어진다. 남편과 장어에 관한 추억이 있다. 예전에 모 기내지 기사에서 S현의 장어 샤브샤브로 유명한 가게를 알았다. 그 기내지의 문장이 얼마나 훌륭했는지 읽는 순간 '이 식당에 가고 싶어! 장어 샤브샤브 먹고 싶어!' 하는 마음이 한가득 부풀어 올라서 결국 장어 샤브샤브를 먹으러 S현에 갔다. 수년 전만 해도 '먹는 건 아무 거나 상관없어. 영양만 채워주면 어차피 다 똑같지 뭐.' 이랬던 남편도 생각해보면 정말 많이 변했다. 둘이서 "장어 샤브! 장어 샤브!"라고 중얼거리면서 S현의 식당에 개점과 동시에 들어갔다. 그래서 실제로 먹은 장어 샤브샤브는 흰 살은 말캉말캉하고 껍질과 살 사이의 지방은 달아서 어쩔 줄 모를 정도로 맛있었다! 죽기 전에 다시 한 번 먹었으면 좋겠다.♀

그렇게 내 연재는 앞으로 두 번 남았다. 슬슬 정리에 들어가야겠다. 다음 과제 도서는 뭘로 하지? 『장어와 인간』에 아는 지명이 많이 나오기도 해서 뉴질랜드가 무척 그리워졌다. 그래서 뉴질랜드에 관한 책을 알아봤지만 이거다 싶은 것이 없었다. 책 속에 나온 뉴질랜드를 무대로 한 작품인 〈전사의 후예〉★나 〈웨일 라이더〉★★의 소설판은 아무래도 일본에는 출판되지 않은 모양(영어판은 있다)이다. 뉴질랜드를 무대로 한 다른 작품인 〈피아노〉★★★는 소설판이 있는 듯한데 절판돼 구하기 어려워 보인다. 이 영화가 촬영된 피하 해변♀♀은 추억이 깊은 장소로 여러 번 갔다. 가서 딱히 뭘 한 건 아니고 어느 계절이든 훌쩍 가서 겨울의 동해처럼 거친 파도를 바라보곤 했다. 무척 위험한 해안이라 목숨 따위는 어떻게 되든 개의치 않는 서퍼를 파도가 집어삼키는 바람에 구조대에 구조되는 모습을

♀ 나 같은 인간이 있어서 멸종 위기에 처하는 거겠지. 죄송합니다! 무척 좋아하기는 하지만 거의 안 먹어요. 용서해주세요!

★ 1994년 제작된 뉴질랜드 영화. 리 타마호리 감독.

★★ 뉴질랜드 영화.

★★★ 1993년 제작된 프랑스, 뉴질랜드, 호주의 합작 영화. 제인 캠피온 감독.

♀♀ 언제나 약간 흐리다. 영화 속 풍경은 특별히 날씨가 나쁜 날을 고른 것이 아니라, 피하라는 곳이 언제 가도 그런 느낌이었다. 뉴질랜드를 무대로 한 작품은 좋아해서 자주 본다.

자주 목격했다. 지금 깨달은 사실인데 뉴질랜드 출신의 작가나 뉴질랜드를 무대로 한 작품은 있기는 있지만 내가 지금껏 접해온 것은 소설이 아니라 영화가 더 많았던 것 같다. 영화는 과제로 낼 수 없는데 어떻게 해야 하지. 으음, 지난번에 왜 뇌나 기억에 관한 책을 골랐느냐는 이야기가 나왔는데 그런 것에 흥미를 품게 된 계기를 마련해준 책을 소개해야겠다.

남편은 요새 건망증이 심해졌다고 하는데 뭐든 대충 적당히 기억하는 나보다 훨씬 기억력이 좋고 지식의 폭도 넓어서 놀라울 따름이다. 나같이 허술한 사람과 계속 함께 있으면서 저렇게 세세한 부분까지 신경 쓰고 다양한 것을 계속 기억하는 남편이 고통스럽지는 않은지 신기한 마음이지만, 솔직히 별로 이해하고 싶지 않으니 생각하지 않기로 했다. 남편이 가장 이해 안 되는 부분은 바로 왜 나와 사귀고 결혼하고 싶은 마음이 들었느냐 하는 점이다. 내가 만약 엔조 도였다면 나랑은 절대 안 사귀었을 거다. 아니 그보다 여러 가지로 말이지. 나쁜 짓을 할 거다. 어떤 나쁜 짓인지는 구체적으로 적으면 곤란하므로 적지 않겠다.

⑤ 엔조 도

『망가진 뇌, 살아 있는 지각』

『망가진 뇌, 살아 있는 지각壊れた脳 生存する知』, 야마다 기쿠코山田規畝子(가도카와쇼텐, 2009)

『모든 것을 기억하는 남자The Mind of a mnemonist』, 알렉산드르 루리야Alexander Luria
『모든 것을 기억하는 여자The Woman Who Can't Forget』, 질 프라이스Jill Price
『뇌는 대단하다The Ghost in My Brain』, 클락 엘리엇Clark Elliott
『기적을 부르는 뇌The Brain That Changes Itself』, 노먼 도이지Norman Doidge
『수론의 세 가지 진주Three Pearls of Number Theory』, 알렉산드르 힌친Aleksandr Khinchin
『Kac 통계적 독립성Statistical Independence in Probability Analysis and Number Theory』, 마르크 카츠Mark Kac

이 연재를 하며 점차 깨달은 사실이 있다. 부부가 서로를 딱히 이해하지 않는다고 해서 별문제가 일어나지 않는다는 점이다. 서로의 모든 것을 삐삐삑 하고 전부 아는 것도 뉴타입☆이 서로 끊임없이 신호를 보내는 것처럼 귀찮은 일일지도 모른다. '또 뭔가 하고 있군', '흠, 아직 이불이 따뜻하니 근처에 있어', '싱크대에 그릇이 놓인 걸 보니 아침밥은 먹은 듯하군. 흠, 콘플레이크인가?' 나는 이런 식으로 서로를 아는 것이 평화롭다고 생각하는데, 여러분 생각은 어떠신지? 그래도 뭔가 마음이 맞는 부분이 있는 편이 더 좋은 건 당연하다. 우리 집은 의외로 음식 취향이 잘 맞는다. 둘 다 뭐든 잘 먹는다는 소리이긴 하지만. 그래도 아내를 잘 관찰해보면 한입 먹고 "맛있어"라고 해놓고는 '그 뒤로 손도 대지 않는' 것도 많다. 그렇다면 실은 음식 취향도 잘 맞지 않는 건 아닐까 의심이 들기도 한다. 연애 관계에 관한 이야기는 잘 안 맞는다. 아내는 BL이나 게이 장르를 좋아해서 언제나, 늘, 항상, 매일 그런 말을 해댄다. 하지만 섹슈얼리티에 관한 화제는 조금 더 진지하게 다뤄주기를 바라는 것이 내 본심이다. 매번 그런 얘기를 듣는 것도 괴로운 일이니.

생각해봐도 아내와 맞는 부분이 잘 떠오르지 않지만, 분명 이런 점은 잘 맞는다고 생각한다. '내가 내가 아니라면 어떻게 할 것인지', '지금의 나는 누군가가 꿈을 꾸고 있는 나', '지금 이 세상은 꿈?'과 같은 감각 말이다. 이건 의외로 실감할 수 있는 사람과 실감

☆ 애니메이션 〈건담〉 시리즈에 등장하는 개념으로, 현생 인류가 진화한 다음 단계의 인류를 뜻한다.

하지 못하는 사람이 있는 것 같다. 애초 이 문장의 의미가 무슨 소리인지 모르는 사람도 있을 게다. 딱히 '이 괴로운 현실이 없어졌으면 좋겠다'는 말이 아니라 '어느 날 갑자기 내가 서 있는 이 땅이 없어진다고 해도 신기한 일은 아니'라고 생각하는 것이다. 나는 바다 위에 떠 있는 널빤지 위에 놓인 하나의 공 같은 존재이며 널빤지 아래는 곧 지옥이라는 느낌이다. 설사 이러한 예를 금방 이해할 수 없는 사람이라도 이번 과제 도서에 담긴 이야기는 분명 통하리라.

이 책은 세 번의 뇌출혈로 뇌의 고차高次 기능에 손상을 입은 외과의사가 쓴 수기다. 첫 번째 뇌출혈은 그래도 가벼운 편이었지만, 두 번째에서 뇌의 고차 기능이 손상됐고 세 번째에서 왼쪽 반신이 마비됐다. 물건의 입체감을 알 수 없고 기억도 왜곡됐다. 다만 이 저자가 특별한 건 자신이 실수한 부분이나 제대로 하지 못한다는 사실 자체는 이해할 수 있다는 점이다. 어째서 제대로 하지 못했는지는 알지 못하지만, 제대로 하지 못했다는 것만은 안다. 그렇기에 순서를 이성적으로 생각해봄으로써 지금까지는 하지 못했던 일을 할 수 있거나 감각이 개선된다. 제목의 '망가진 뇌' 쪽은 뇌출혈로 손상을 입은 뇌를, '살아있는 지각'은 그런 상황에서도 이성적으로 활동하며 망가진 기능을 보완하는 작용을 가리킨다. 증상을 나타내는 묘사는 물론이고, 실제 생활에서 체험한 어려움이 전면에 드러난다는 점이 특징이다. 뇌에 손상을 입은 사람의 수기나 증상을 기록한 의사 및 과학자의 책은 많지만, 실제 체험하며 겪은 생활의 어려움이나 사회적인 문제를 쓴 책은 의외로 많지 않다. 고차 기능에 손상을 입었다고 하니, 내용을 어디까지 믿어야 되는지도 문제다. 실제로 다른 사람의 수기에는 과학을 넘어선 이야기가 되어버리거나 뭔가 이상한 주장을 펼치는 것 같은 의문이 드는 때도 적지 않다. 처음부터 그런 사람이었던 것인지, 뇌에 손상을 입은 결과 그렇게 된 것인지조차 판단할 수 없다. 그 점에 있어서 본서의 저자가 세 번째의 뇌출혈을 일으킨 것은 본서를 3장까지 쓴 시점이라고 한다. 3장까지와 그 뒤에 뭔가 문장의 차이가 있나 했지만, 딱히 그런 부분은 없어 보인다.

'나는 누군가의 꿈이 아닐까' 같은 감각은 뇌출혈이나 뇌병변에 의해 발생하는 증상이나 심각성과는 비교할 수 없다. 그렇다기보다는 생각하는 즐거움을 불러오는 일이다. 그래도 그 감각 또한 뇌가 만들어낸다는 점을 생각해보면, 뇌의 구조적인 면에서는 같은 문제라고 생각할 수도 있다. 나는 이런 '둥둥 떠 있는 듯한 감각'과 '숫자를 세다보면 뭐가 뭔지 잘 알 수 없어지는' 감각, '치매에 걸리기는 싫은데' 하는 감각이 하나로 연결돼 있다. 이에 대해 곰곰이 생각해보면 뇌의 구조와 관련돼 있는 것 같다. 이 책에는 '숫자를 세다보면 뭐가 뭔지 잘 알 수 없어지는' 감각에 대해 나오는데, 역시 뇌의 고차 기능의 혼선이란다. 어렸을 때는 치매에 걸리면 자기 자신도 알지 못하므로 스스로 할 수 있는 일이 없어지니 곤란하다며 걱정했다. 뭐, 지금도 여전히 걱정하고 있지만. 일단 그에 대한 대책으로 두 가지를 생각하고 있다. '매일매일 기능적으로 살아가다 보면 마음이 사라지더라도 기능적으로 활동할 수 있지 않을까' 그리고 '기도'. 사실 그 정도 방법밖에는 없다고 생각해왔지만, 이 책을 읽고 '그 상태까지 가는 것도 무척 큰일이구나'라고 생각했다.

그런 극한에 다다를 때까지는 막대한 중간 영역이 있으며 장기간에 걸쳐 발생하기도 하니까 말이다.

그렇기에 내가 내가 아닌 듯한 불안을 실제로 느끼지는 않더라도 서로를 이해하지 않으면 사회적으로 큰 문제가 된다. 왜냐하면 앞으로는 이 책의 저자와 같은 예가 늘어날 테니까. 고령화 사회다. 어떻게 하면 좋을까. 저자는 세 번의 뇌출혈을 겪고 나서도 어느 정도 사회 복귀를 이루어냈지만 그것이 누구에게나 가능하다고 하기는 어렵다. 일본의 부는 대부분 고령자가 쥐고 있다는 이야기가 자주 나오는 동시에 젊은 층의 빈곤에 대해서도 많은 이야기가 들린다. 지금은 연금이나 생활보호가 화제에 오르고 보육원 문제가 자주 논의의 대상이 되지만, 분명 앞으로는 고령자 돌봄 시설과 관련한 문제도 생길 게다. 연금 지급액이 계속 줄어들면 고령자 돌봄 시설 비용을 낼 수 없는 사람이 늘 테고, 그 부담은 다음 세대에게 전가된다. 지금의 40대 이하는 자신의 연금으로 고령자 돌봄 시설 비용을 못 낼 공산이 크다. 또한 사회보장이 축소되면 그들이 고령자가 됐을 때 아래 세대에게 신세를 질 수밖에 없기에 무척이나 미움을 사게 되지 싶다.

그럼 다음 과제 도서를 고를 차례다. 『모든 것을 기억하는 남자』♨나 『모든 것을 기억하는 여자』♨♨, 『뇌는 대단하다』★, 『기적을

♨ 보르헤스의 「기억의 천재 푸네스」의 소재가 됐다는 러시아의 심리학자인 알렉산드르 루리야가 쓴 모든 것을 기억하는 남자의 기록.
♨♨ 주변에서 일어난 일을 잊지 못하는 과잉기억증후군Hyperthymesia을 가진 작가 본인의 이야기. 질 프라이스 저.
★ 클락 엘리엇 저.

부르는 뇌』★ 같은 책을 할까 했지만, 앞으로 남은 3회에서 어느 정도 (단행본용) 결말을 내야만 한다는 점에서 흐음, 고민스럽다. 나의 이과 기질을 조금 더 알아줬으면 하는 마음은 있다. 다만 예전에 추천한 『입체 종이접기 아트』와 『한밤중에 개에게 일어난 기묘한 사건』에 대해 지금까지 포인트를 잡지 못한 듯하니 『수론의 세 가지 진주』나 『Kac 통계적 독립성』♧♧ 같은 책은 단념해야 할 것 같다. 그럼…… 기무라 슌이치의 『연분수의 신비』는 어떨까. 이 책도 잘 이해하지 못하겠지만, 이해를 못하는 정도에 차이는 있지 싶다. 내용은 이쯤에서 정리하도록 하고, 이번 달의 체중을 발표할 시간인데……. 흐음, 오사카가 요즘 갑자기 더워져 식생활이 엄청 망가지고 말았다. 그래서…… 어라, 74.3킬로그램이네. 약간 늘었을 뿐이다. 작년 기준으로 보면 1년에 걸쳐 1킬로그램 빠진 셈이니 긍정적으로 봐도 되려나.

★ 노먼 도이지 저.
♧ 초등적인 수학만을 이용해 수론의 문제를 증명한다. 간단한 수단만으로 풀어낸다고 해서 반드시 이해하기 쉬운 것은 아니라는 예도 든다. 알렉산드르 힌친 저.
♧♧ 원자 운동에는 시간의 방향과 관계없는데도 현실에서는 시간의 방향이 존재하는 이유를 묻는다. 이른바 '볼츠만Boltzmann의 꿈'를 둘러싼 명저. 너무 명저라서 아이들의 진로를 바꿔버리는 책으로 유명하다. 마르크 카츠 저.

37.

우 다나베 세이아

『연분수의 신비』

『연분수의 신비連分数のふしぎ』, 기무라 슌이치木村俊一(고단샤, 2012)

『분수를 못하는 대학생分数ができない大学生』, 오카베 쓰네하루岡部恒治·니시무라 가즈오西村和雄
·세토 노부유키戸瀬信之
『성 요한 묵시록 전체에서의 소박한 발견A Plain Discovery of the Whole Revelation of Saint John』, 존
네이피어John Napier
『오사카 무사태평 대사전大阪呑気大事典』, 오사카올스타즈大阪オールスターズ

남편은 북쪽 지방에서 나고 자라서인지 더위에 무척 약해서 여름에는 상태가 좋지 않다. 오사카나 교토의 습도 높은 여름은 특히 힘든 모양이다. 요즘에는 '부봐~' 같은 좀비 같은 신음소리를 내며 텅 빈 눈으로 하루하루를 보내고 있다. "내가 보양식이라도 만들어줄까?"라고 했더니 남편은 무척이나 격하게 고개를 좌우로 흔들며 거부했다.♠ 그래서 아직도 남편에게 손수 요리를 만들어 주지 못하고 있다. 결코 내가 요리를 거부해서라든가 귀찮아서가 아니니 오해하지 말아주시길.

이번 과제 도서는 기무라 슌이치의 『연분수의 신비』다. 두려워하고 있었는데 결국 수학 관련 책이 오고야 말았다. 이대로라면 마지막회는 물리 책이 아닐까? 덜덜. 아무래도 수학이나 물리에 대해서는 강한 거부감이 있기에 남편의 추천이 없었다면 이 책을 집어드는 일은 없었으리라.♀ 띠지에 '연분수의 아름다움에 숨겨진 수의 모습'이라고 쓰여 있다. 옛날에 딱 한 번 수학자를 만난 적이 있는데 계속 수식을 생각하는 일이 행복이라는 따위의 이야기를 네 시간 정도 들었다. 나는 숫자를 보기만 해도 왠지 우울해지는 타입인데, 일단 과제 도서이므로 읽어보도록 하자.

1/2+1/3은 왜 2/5가 되지 않는가? 분수로 나눗셈을 할 때는 왜 분모와 분자를 바꿔서 곱해야 하는가? 분수는 초등학교 수학에서 최대급 난관이다. 그 난관을 넘어 무사히 어른이 돼도 아이에게

♠ 이런 전개, 너무 많은 것 같아.
♀ 이 전개도 많지.

'왜?'라는 말을 들으면 멈칫하지 않는가. 하지만 이 책은 분수의 덧셈이나 나눗셈을 설명하려는 게 아니다. (중략) 『분수를 못하는 대학생』*이라는 제목의 책이 있다. 대학생이 초등학생 산수도 못한다는 뜻인 것 같지만, 사실 그런 생각은 분수에 대한 실례다. (중략) 그렇다, 주제는 '분수의 저력'이다. 이 책에서는 분수는 분수지만 분모에 점점 분수가 이어지는 연분수라는 것을 주로 다루기로 한다.

　도입부를 읽으니 분수 계산을 잘 못했던 초등학생 시절의 괴로운 기억이 되살아났다. 남편은 아무래도 성적이 우수한 학생이었던 모양으로, 고생하지 않아도 비교적 성적이 나오는 편이었다고. 하지만 나는 달랐다. 이제 곧 초등학교 여름방학에 들어가는 시기다. 나는 매번 통지표를 받는 상상만으로도 맥이 빠졌다. 여러 가지로 싫은 기억이 모락모락 피어오르기도 해서 우울한 기분으로 책을 펼쳤다. 아직도 구구단 7단이 불안한 내가 과연 이 책을 읽어도 될까 생각하며 책장을 넘기다가 이제껏 한 번도 들어본 적 없는 단어인 '연분수'를 알게 됐다. 이 책은 수학의 달인을 위한 책이 아니라 수학의 매력을 알고 싶어 하는 사람이나 연분수란 과연 무엇인지 궁금한 사람, 연분수를 약간 이용해 수의 정체를 파악해보려는 사람을 대상으로 쓰인 듯하다. 중학생 수준의 수학 문제를 풀어내는 사람이라면 전자계산기를 손에 들고 이 책에 실린 문제를 풀 수 있다기에 한 문제를 시험 삼아 풀어봤지만 내 뇌가 좀비처럼 썩었는지, 그저 단순히 내가 바보여서인지, 끈기가 없어서인지 모르겠지

★ 오카베 쓰네하루·니시무라 가즈오·세토 노부유키 저.

만 한참 풀다가 도중에 포기했다.

　이렇게 문제를 풀며 읽다 보면 마감날까지 원고가 도저히 완성될 것 같지 않아서 문제 부분이 나오면 '숫자가 많이 나오는구나', '우와 이런 도형이 되는구나' 같은 느낌으로 그냥 넘기며 읽기로 했다. 그래도 이 책을 통해 피보나치 수열이라든가 챔퍼나운 수라는 말이 있다는 사실을 처음 알았다(기본편의 연분수를 사용한 숫자 맞추기는 어떻게든 풀었다! 푸니까 무척 성취감이 있네). 수학 문제뿐 아니라 재미있는 일화도 풍부하게 실려 있어 수식 따윈 보지 않는 나라도 재미있게 읽을 수 있었다. 가령 황금비에 대해. 고대 그리스에서는 '가로세로 비율이 1 : 황금비를 이루는 장방형이 가장 아름답다'며 파르테논 신전을 이 비율로 만들었고 이후 건축의 본보기가 됐다는 유명한 일화는 사실 미신이었다든가(이 책에 따르면 황금비라는 말이 처음 사용된 것은 19세기 독일로 고대 그리스에서는 '중외비'라는 말로 불렸다). 또 대수 발명으로 유명한 존 네이피어는 『성 요한 묵시록 전체에서의 소박한 발견』이라는 책에서 가톨릭 교황이 악마임을 숫자로 증명한 일이나 마할라노비스의 문제※에 관한 일화 등으로도 유명하단다. 저자는 현재 대학에서 교편을 잡고 있다는데, 수학에 관한 흥미로운 일화만 들려주는 강연회가 있다면 가보고 싶다. 전문서는 붙임성 없게도 문제만 나열돼 있는 경우가 많지만, 비유담을 섞어 재미있게 설명해주면 잘 모르는 문제도 한번 풀어볼

　※ 자연수를 1에서 N까지 커다란 순으로 나열할 때 자신보다 작은 자연수의 합과 자신보다 큰 자연수의 합이 같은 값이 되는 N과 그 숫자의 조합을 찾는다. 단 N은 50 이상 1,500 이하로 한다.

까 싶으니 신기하다. 지금 생각났는데 나는 역시 인물의 재미있는 일화를 읽거나 아는 것이 좋은 모양이다.

이제 연재도 앞으로 두 번 남았다. 책이 나올 때 원하는 '부록' 아이디어 등이 만약 있다면 트위터 계정(https://twitter.com/Seia_Tanabe)으로 알려주세요.♀ 흰옷 더하기 안경 더하기 넥타이 차림을 한 엔조 도가 넥타이를 풀고 미청년의 양손을 묶은 뒤 "지금부터 건디는 거다"라고 말하는 장면을 촬영해서 싣는다든지. 어떤 부록이 좋으세요? 우리는 결혼 파티 때 '도 씨'와 '아버지'☆를 이용한 볼거리를 제공하고 싶어서 내가 〈에반게리온〉의 이카리 신지, 엔조 도가 이카리 겐도의 코스프레를 한 적이 있다. 서로의 요리를 싣기, 새로 쓴 짧은 산문, 서로의 인상 솔직히 말하기 등 뭔가 좋은 아이디어가 있으면 부탁드려요. 그럼 다음 과제 도서 이야기를 해보자. 내 야망 중 하나는 남편을 간사이 사람으로 개조하는 것이기에 다음 과제 도서는 나카지마 라모의 『서방용토 간사이 제국의 영광과 쇠락』으로 결정!♀♀ 그리고 누군가 《오사카인》에 연재된 다나카 히로후미★의 글을 책으로 만들어주세요. 부탁합니다! 그럼 보양식이라도 만들어볼까.

♀ 결국 제안은 한 건도 없었다. 아쉬워.
☆ 일본어로 '도 씨とうさん'와 '아버지父さん'는 발음이 같다.
♀♀ 이때 『오사카 무사태평 대사전』도 생각했지만 아무 데도 재고가 없었다. 중고 서적도 5만 엔이 넘는 가격이 붙어 있어 단념했다. 얼마 후 중고 가격은 내렸다. 잠깐 오사카 붐이라도 일었던 걸까?
★ 다나카 히로후미田中啓文(1962~) 일본의 소설가.

38.

⇧ 엔조 도

『서방용토 간사이 제국의 영광과 쇠락』

『서방용토 간사이 제국의 영광과 쇠락西方冗土 カンサイ帝国の栄光と衰退』, 나카지마

라모中島らも(슈에이샤集英社, 1994)

『사랑을 걸기 위한 못愛をひっかけるための釘』, 나카지마 라모
『인체 모형의 밤人体模型の夜』, 나카지마 라모
『가다라의 돼지ガダラの豚』, 나카지마 라모
『나에게 밟힌 거리와 내가 밟은 거리僕に踏まれた町と僕が踏まれた町』, 나카지마 라모
『마귀광대버섯アマニタ·パンセリナ』, 나카지마 라모
『물을 닮은 감정水に似た感情』, 나카지마 라모
『로만Roman』, 블라디미르 소로킨Vladimir Sorokin

35회에서 다나베 세이아 씨는 이렇게 썼다.※

"하지만 책이 되어 나오면 과연 사줄 사람이 있을까. 서비스로 엔조 도를 벗겨서 사진이라도 부록으로 넣는 건 어떨까. 가랑이에 장미꽃을 콜라주해서. 아아, 그렇지 과제 도서로 『장미형』 같은 건 어떨까……."

36회에서 엔조 도 씨는 이렇게 썼다.

"섹슈얼리티에 관한 화제는 조금 더 진지하게 다뤄주기를 바라는 것이 내 본심이다."

37회에서 다나베 세이아 씨는 이렇게 썼다.

"흰옷 더하기 안경 더하기 넥타이 차림을 한 엔조 도가 넥타이를 풀고 미청년의 양손을 묶은 뒤 "지금부터 견디는 거다"라고 말하는 장면을 촬영해서 싣는다든지. 어떤 부록이 좋으세요?"

상호 이해라는 건 도대체 뭘까.※※ 우선 책으로 만드는 것을 목표로 내가 쓸 분량은 앞으로 2회, 아내의 분량은 앞으로 1회가 남았기에 지금까지의 연재를 되짚어보기로 했다. 불안했던 건 무엇보다 몇 번이고 똑같은 내용을 쓰지는 않았을까 하는 점이었는데 예상보다는 심하지 않았다. 나이를 고려해보면 생각보다 분발했다. 감개무량하기까지 하다. 다만 아내가 매번 "이렇게 제멋대로인 자신과 함께 지내는 남편은 힘들지 않을까"라는 식의 물음을 계속 던지는 부분은 뭔가 가슴에 확 하고 와 닿는 부분이…… 없다. 공동

※ 엔조 도는 화가 많이 난 것 같다.
※※ 엔조 도는 무언가를 포기한 것 같다.

생활에 있어서 내가 바라는 점은 간단하다. '공동 구역은 깨끗하게 사용해줬으면 한다', '예정된 일이 있으면 기억해줬으면 한다' 정도다. 12회에서 부탁한 것은 다음과 같다.

"여기저기에 켜놓은 불을 끄고 문을 닫고 뚜껑을 닫고 스스로 서 있을 수 있게 만들어진 주걱을 뉘어놓지 말고 씻은 그릇은 크기별로 쌓아주는 정도로 충분한데 말이다."

이 연재를 통해 뭔가 이런 부분에 있어 변화가 있었느냐 하면, 전등이 꺼져 있는 빈도와 문이 닫혀 있는 빈도가 조금 늘었다. 다만 같은 크기인 접시 두 개와 밥공기 두 개가 있을 때 접시, 밥공기, 접시, 밥공기 순으로 겹쳐진 입체 구조가 출현하는 이유는 뭘까? 혼자 서 있는 주걱을 굳이 옆으로 뉘어놓았을 때의 장점(위치 에너지의 절약?)은 뭔지 알 수 없다. 그렇다고 해도 이해하고는 있다. 이것이 개선될 일은 없겠구나, 적어도 이번 생에는. 그리고 연재에 있어서 내가 바라는 것은…… 역시 캐치볼(은 너무 큰 욕심이기에 피구) 정도라도 괜찮지만, 실제로는 각자 가진 볼을 마음대로 벽에 던지고 있는 느낌이다. 어쩌다 뒤통수에 공이 맞아서 '어라' 하고 생각할 정도로 말이다. 그래도 우리 부부가 그럭저럭 사이 좋은 이유는, 서로의 뭔가 쉽게 알 수 없는 이런 놀이를 좋아하기 때문일지도 모른다고 억지로 이론을 만들어보기도 한다.

이번 과제 도서는 나카지마 라모다. 세상을 뜬 지 벌써 열두 해구나. 나카지마 라모의 작품은 꽤 읽었다. 슈에이샤문고로 발매된 작품 중에서는 『사랑을 걸기 위한 못』, 『인체 모형의 밤』, 『가다라의 돼지』, 『나에게 밟힌 거리와 내가 밟은 거리』, 『마귀광대버섯』,

『물을 닮은 감정』은 이미 읽었다. 그런 상황에서 굳이 『서방용토 간사이 제국의 영광과 쇠락』을 고르다니! 역시 읽은 책이 안 겹친다. 본서의 '들어가며'에서 나카지마 라모는 이렇게 적고 있다.

간사이를 특별하게 말하는 행위 자체가 이미 나에게 있어서 수상쩍은 일이다. 이 책을 출판한 이후에는 간사이에 대한 이론이나 간사이 사람, 풍물에 관한 글은 일체 쓰지 않겠다.

이렇게 적혀 있을 정도로 이 책은 간사이에 대한 책이다. 읽어 나가다가 나카지마 라모는 정말로 진절머리가 나는 일이 많지 않았을까 싶었다. 고향에 대한 애증의 진절머리, 웃음이나 그 자세에 대한 진절머리, 배려하는 교육에 대한 진절머리 따위가 아니라 진정한 진절머리 말이다. 있는 그대로 읽으면 그만인데 농담 섞인 진절머리로 읽히는 것에 대한 진절머리, 정말로 진지하게 생각해야 된다고 말하는데 상대방은 얼굴에 웃음을 띠는 것에 대한 진절머리, 진절머리를 내고 있다는 사실을 이해받지 못한다는 진절머리마저도 진절머리다. 그렇게 이어지는 무한 진절머리에 대한 극한 진절머리까지는 가지 못하고, 어디까지나 이해받지 못하는 진절머리로 그쳐 버린다는 점에 긴장감이 있다. 마음껏 진절머리를 낼 수 있다면 대충 누워 뒹굴기만 해도 좋고 진절머리가 나는 느낌 따윈 어찌 되든 상관없다. 하지만 나카지마 라모는 그 진절머리가 나는 느낌을 굳이 분석한다. 그러한 시점이 웃음을 불러일으키지만, 그 자신

우 집에서 '바나나 키시투バナナのキシーツ'(『가다라의 돼지』에 나오는 도구—옮긴이) 같은 말을 중얼거리는 모습을 몇 번인가 봤으므로 나카지마 라모는 좋아한다고 생각했다.

은 조금 괴로울지도 모른다.

내가 간사이에 살면서 불편한 점은 간사이 사람은 나라나 교토의 역사를 일본의 역사라고 생각하고 있지만 다른 지방에서는 딱히 그렇지 않다는 사실을 모르는 부분이다. '뭐, 다른 지역에서는 다르다고?'라는 반응을 보인다. 어느 지역이든 그 지역만의 상식이라는 것이 있는데, 그 상식이 일본의 역사와 동일하며 직접적으로 연관되어 있다고 주장하면 조금 이상하다. 예를 들어 요즘의 기상 예보에서는 "태풍은 홋카이도 방면으로 벗어났습니다"라고 하지는 않는다(홋카이도 사람 입장에서 이제부터 태풍이 오는 거니까). 하지만 "아테루이☆는 다무라마로☆☆에 의해서 헤이안 시대에 교토로 잡혀 왔습니다"와 같은 문장은 딱히 문제로 여기지 않는다. 그런데 말이다. 아테루이의 고향에서 보면 "아테루이는 다무라마로에 의해 헤이안 시대에 교토로 잡혀 갔습니다"가 되는 게 아닐까. 그런 시점이 없는 생활은 괴롭다. 나카지마 라모는 간사이 지방에는 그런 시점이 없다는 것을 지적함과 동시에 시점이 고정돼 있는 것은 간사이뿐만은 아니라는 의미에서 '수상쩍은 부분'을 찾아내고 있다. '넓은 시점의 결여'는 일반적으로 나타나는 현상이며 간사이 특유의 것이 아니다. 그렇게 시점이 결여되는 방식에 간사이만의 특유한 무엇이 있지는 않을까 생각하는 것은 꽤나 극단적인 문제 설정으로, 아무래도 나카지마 라모는 그런 물음에 도전한 것은 아닐

☆ 헤이안 시대, 도호쿠 지방의 에미시의 족장으로서 큰 기세를 떨쳤다.
☆☆ 헤이안 시대의 무관.

까 싶다.[◆]

내가 고르는 과제 도서는 이번으로 일단락된다. 나는 생각보다 기승전결이 있는 형태를 원하는 편에 속하지만, 아내는 별다른 생각 없이 눈앞에 있던 것을 '에잇' 하고 고르는 스타일을 관철해 온 것 같다. 그런 우리 둘을 제대로 연결할 만한 것……. 블라디미르 소로킨의 『로만』[◆] 같은? 아니다, 그걸로 해야겠다. 스타니스와프 렘의 『솔라리스』. 그리고 이번 달의 몸무게는 75.2킬로그램. 이쪽도 제대로 마무리 짓기는 글렀군.

[◆] 예전에 데이트할 때 내가 '네폰'이 그려진 티셔츠를 입은 일이나 내가 "여기, 나카지마 라모 씨가 다니던 가게래" 같은 말을 한 일을 쓰리라고 생각했는데 보기 좋게 무시당하고 말았다(나카지마 라모가 한 방송에서 음료수인 '네폰'을 언급한 후 네폰이 인기를 끈 바 있다―옮긴이).

[◆] 조용한 전원 소설로 시작되던 장편이 갑자기…….

우 다나베 세이아

『솔라리스』
『솔라리스ソラリス』, 스타니스와프 렘Stanislaw Lem(하야카와쇼보, 2015)
『Solaris』(Mariner, 2002)

〈괴물The Thing〉, 존 카펜터John Carpenter
『문호 스트레이독스文豪ストレイドッグス』, 아사기리 카프카朝霧カフカ 글·하루카와 산고春河35 그림

드디어 마지막 회다. 남편에게 받은 마지막 과제 도서는 SF다! 물리나 수학 책이 아니라 안심했다. 그리고 요리를 만들어야겠다고 생각했지만 출장 등으로 좀처럼 남편과 식사 시간이 맞지 않아서……. 아니, 딱히 요리가 싫어서 피하는 게 아니라고요.^우

붉은 젤리 상태의 바다에 뒤덮인 의문의 혹성 '솔라리스'. 솔라리스는 빨강과 파랑 두 개의 태양 주변을 도는데 계산상으로는 어떻게 생각해도 어느 쪽 태양에 충돌하고 만다. 하지만 솔라리스의 대부분을 차지하는 붉은 바다가 궤도를 수정하는 덕에 안정된 궤도를 유지하며 태양에 충돌하지 않는다. 솔라리스의 붉은 젤리 같은 바다는 살아 있고 사고하는 생물이다. 수많은 과학자가 다양한 방법으로 다양한 가설을 세웠지만, 붉은 혹성의 수수께끼는 전혀 풀리지 않고 실마리조차 잡지 못하는 상황이다. 그런 혹성 '솔라리스'의 우주 정거장에 심리학자인 켈빈이 내렸다. 그는 상상도 못한 일과 연이어 마주하게 되는데…….

제목인 솔라리스가 무슨 뜻인지 찾아보니 라틴어로 '태양'을 뜻하는 단어였다. 20세기 최대급 SF 작품이라고 평가받는 작품인데, 실은 영화도 보지 않았고 책도 이 연재가 아니었으면 읽지 않았을 게다. 남편은 딱히 경쟁이 아니라고 말했지만 상호 이해를 위해 상대방이 책을 읽고 어떤 감상을 품을지 상상하는 건 자연스러운 일 아닐까. 예비 지식이 거의 없이 읽기 시작한 『솔라리스』는 내가

---

^우 남편이 만드는 요리는 미리 요리책을 여러 권 읽는다든가 두부는 어디에서 산다든가 세세한 규칙이 있기에 꽤 힘들다.

불길한 분위기를 행간에서 읽어낸 탓인지 아니면 우주가 아니라 남극 기지를 무대로 한 작품 〈괴물〉*을 연상해버린 탓인지 SF가 아닌 호러 소설 같은 인상을 받고 말았다. 아니, 생각해보면 SF와 호러의 정의랄까, 차이는 뭘까? 내 주변에는 쓰네카와 고타로, 기타노 유스케, 마키노 오사무, 고바야시 야스미, 다나카 히로후미, 슈카와 미나토 등 SF와 호러 양쪽 모두를 쓰는 사람이 많구나 같은 상관없는 생각이 마구 뒤섞였다. 27회에서 과제 도서로 읽은 『책을 읽을 때 무슨 일이 일어날까』에 나오듯 "문장을 좇으면서 인간은 무엇을 생각하고 무엇을 느끼는가"를 추체험할 수 있도록 글을 쓸 수 없을지 고민하며 이번 리뷰에 도전했지만 별 볼 일 없는 내 문장력으로는 무리인 듯하다.♀

　미지의 혹성 솔라리스에 발을 디딘 주인공 켈빈은 정거장의 켜진 조명만으로도 두려워한다. 뭔가 불온한 분위기. 앞으로 무슨 심상치 않은 일이 일어날까. 불안과 기대가 뒤섞인 채 책장을 넘겼다. 레트로 퓨처 분위기가 감도는 우주선 안을 뭔가 이상하다고 느끼면서 걸어가는 켈빈. 아아! 왠지 초조하다! 그리고 무섭다! 옷장 안쪽에 붙은 폭 좁은 거울이 방의 일부를 비추고 있다. 무언가 움직임을 눈 한쪽으로 느낀 나는 뛰어오를 정도로 놀랐지만 내 모습이 거울에 비쳤을 뿐이었다. 호러 게임 '에일리언: 아이솔레이션'**을

★ 1982년에 개봉한 미국 SF영화.
♀ 남편이 책을 읽으면서 어떤 식으로 생각하는지 추체험할 수 있는 리뷰를 언젠가 읽어보고 싶다.
★★ 세가게임즈에서 발매한 플레이스테이션4 엑스박스원용 비디오 게임. 영화 〈에일리언〉의 세계가 소재로 구미판은 2014년, 일본어판은 2015년 발매됐다.

플레이하고 있는 듯한 기분이 점점 들었다. 그 게임은 에일리언이 나올 때보다 기색만을 느낄 때가 엄청나게 무섭다. 정말로 우주선에 있나? 나올까? 생각하면서 걸어 다니는 동안에는 식은땀이 줄줄 날 정도였다. 이렇게 무서울 바에는 차라리 그냥 빨리 에일리언이 공격해주면 좋겠다 싶은 기분이 점점 들어서 에일리언에게 푹하고 꼬리로 찔렸을 때는 도리어 안도했다. 만약 이 세상에 좀비가 넘쳐난다면 나는 분명 도망가는 게 싫어 재빨리 포기하고 좀비 쪽으로 갈 거다. 하지만 아아, 아프지는 않게 물어줘!

　샤워를 하고 칼을 발견한 탓인지 스테이션 안에서 조금 냉정함을 되찾은 켈빈은 솔라리스의 역사와 솔라리스를 뒤덮은 바다가 하나의 생물이라는 SF적 기믹을 설명하기 시작한다. 작품이 '이것은 호러가 아니다. SF다'라고 말해주는 듯하다. 덕분에 아까까지 느꼈던 공포심이 옅어졌다. 그렇게 생각했더니 다시금 호러 전개로. 뭐야, 방심하게 해놓고 이러기야! 너무해! 우주선 안에서 발견되는 자살 시체, 무언가 확실히 숨기고 있는 동료, 있을 리 없는 인물의 그림자. 뭔가 이상하다기보다 전부 이상하다고 생각되는 상황 속에서 켈빈에게 살아 있는 바다에서 손님이 찾아온다. 손님의 이름은 '하리'☆. 죽은 켈빈의 옛 애인과 똑같이 생겼을 뿐 아니라 그녀의 기억이나 버릇까지 똑같다. 하지만 모든 것이 완벽하게 똑같지는 않다. 그녀는 불사의 존재이며 켈빈에게서 한시도 떨어지려 하지

☆국내 번역서에서는 레야로 나온다. 참고로 일본어로는 'Harey'와 'Harry'가 모두 '하리'로 발음된다.

않는다. 과거 붉은 바다에 기계를 넣었을 때 부품을 똑같이 만들어 낸 적이 있는데 이것은 솔라리스의 농간일까? 아니면 실험? 선물? 답이 없는 채로 죽은 자와 똑같은 모습의 살아 있는 바다에서 나온 인물과 기묘한 공동생활을 하는 켈빈.

문득 하리는 남자 이름이 아닌가 싶어 조사해보니 폴란드에서는 여성 이름이었다. 도미니크가 영어라면 여성명사인데 프랑스에서는 남성 이름인 것과 같은 것일까.우 동료 중에 여성이 포함돼 있어 그녀의 옛 연인이나 육친이 나타났다면 남성과는 다르게 느꼈을까. 혹은 죽은 자와 조우할 때는 성별이 다르다고 반응이 달라지지는 않는 걸까. 죽은 자와 꼭 닮은 바다에서 보낸 사자使者를 보며 당황하는 그들의 모습을 읽으면서 그런 의문이 떠올랐다. 죽은 사람이 돌아오는 이야기는 호러 장르에서는 자주 나온다. 괴담에서도 분명히 죽은 ○○가 돌아오는 이야기가 얼마든지 있다. 실제로 나도 괴담을 수집할 때 많이 들었다. 다만 『솔라리스』가 괴담이나 호러와 다른 점은 등장인물 각자가 전문 장르 지식이나 과거 자료를 기본으로 해서 현재 상황을 관측하고 비교적 냉정하게 분석한다는 점일까. SF 작품은 읽기 힘든 번역서가 많다. 그 자체로도 전문용어나 독특한 표현이 있고 직역투라서 일본어임에도 무슨 소리인지조차 알 수 없는 작품이 있다. 하지만 『솔라리스』의 문장은 지

우 〈더티 해리〉나 〈해리 포터〉의 이미지가 있어서인지 하리(해리)는 남자 이름이라고만 생각했다. 그래서 처음에 SF라 성별이 애매한 세계인가, 켈빈은 동성애자인가 하고 생각하기도.

극히 올곧고 조용하고 잘 읽힌다. 평소에 SF를 꺼리며 안 읽던 나도 그 세계에 훅 빠져들 수 있었다. 켈빈이 살아 있는 붉은 바다에서 온 하리와 어떤 결말을 맞이하는지, 하리의 정체는 무엇인지는 만약 이 글을 읽고 의문을 품은 사람이 있다면 책을 읽어보기 바란다. 『솔라리스』는 전자책도 나와 있다. 켈빈의 고뇌, 당혹감, 공포. 그 곁에 항상 있는 과거 자신이 사랑한 여성과 같은 모습의 바다에서 온 손님. 남편은 왜 이 책을 과제 도서로 고른 것일까. 이 책 주제 중 하나가 이종과의 접촉과 이해에 대한 시도이기 때문일까.

나도 남편도 하리처럼 붉은 바다에서 생겨난 생물은 아니지만 상대방을 잘 모른다. 가령 남편의 어떤 부분에 내가 매력을 느끼기 시작했는지조차 아직 잘 모른다. 어렴풋이 이 사람과는 살 수 있겠다고 생각한 것은 찻집에서 갈분떡을 먹는데 남편이 진지한 얼굴로 콩가루 위에 뿌린 흑설탕 시럽을 한 줄로 이어가며 장난치는 모습을 봤을 때였다. 나는 자주 화젯거리가 떨어지면 작가끼리 장르별로 팀을 꾸려 '배틀로얄'을 벌인다면 어떻게 될지 이야기한다. 뭐, 솔직히 말해 좋은 내용이 아니라서 그 이야기를 어디에 쓰거나 하지는 않았다. 『문호 스트레이독스』*가 히트치는 지금이라면 문제없을지도 모른다. 쓰지무라 미즈키** 씨라면 '배틀로얄'을 해서 중반까지 살아남는다는 내용을 남편이 쓴 것을 기억하고 있다. 남편이 이미 읽었다는 사실은 알지만 개인적으로는 다양한 의미에서

★ 아사기리 카프카 글·하루카와 산고 그림의 만화.
★★ 쓰지무라 미즈키辻村深月(1980~) 소설가.

깊은 추억이 서린 『배틀로얄』을 마지막 과제 도서로 정하겠다. 『배틀로얄』의 영어판을 번역한 네이트 씨는 몇 년 전 월드콘 통역으로 신세를 졌다. 내가 호러소설대상 공모를 학생 시절에 안 것은 이 소설이 계기였다. 만약 그 단편상을 수상하지 못했다면 분명 남편과는 만나지 못했을 테고 아마 지금도 독신이었을 테다. 남편은 나름 재주가 있고 무엇이든 실수 없이 해내며 인간관계도 나쁘지 않으므로 내가 아니더라도 누군가와 결혼할 수 있었으리라 생각한다. 하지만 나는 남편 이외의 사람과 결혼하는 일을 상상조차 해본 적이 없다. 다른 사람은 힘들지 않았을까. 이렇게 미적지근한 마지막 연재가 돼버렸다. 다음 회는 엔조 도의 최종회입니다!

40.

♪ 엔조 도

『배틀로얄』

『배틀로얄バトル·ロワイアル』, 다카미 고슌高見広春(겐토샤, 2002)

『롱 워크Long Walk』, 스티븐 킹
『미래의 이브L'Eve future』, 릴라당Auguste de Villiers de L'Isle Adam

콩가루 범벅이 된 흑설탕 시럽과 라면 수프에 떠 있는 기름은 원래 한 줄로 이어가며 장난치는 대상 아니었나? 2015년 1월부터 시작된 이 연재도 드디어 이번 회로 마지막이다. 되돌아보면 괴롭거나 외로운 일도 있었고 화가 나거나 침울할 때도 있었다. 아내의 1회 글을 다시 읽어보면 어째서 부부가 함께하는 일을 싫어하는지 궁금해하지만 답은 생각보다 간단하다. 불합리한 일을 당할 게 뻔하니까. 1년 이상 같이 일하고 나서의 생각은 "아, 역시 예전의 내가 옳았다." 생겨날 법한 문제를 미연에 방지하려고 '규칙'을 정했음에도 '애초에 규칙은 신경 쓰지 않는다'는 아내의 전략에 직면했으니 '규칙을 지킬 것'을 규칙 제1조로 넣었어야 했다. 연재하는 동안 우리 집 안에서 다양한 일이 있었다. 가장 커다란 변화는 1년 전과 비교해 몸무게가 아주 조금 줄어든 일이려나. 이번 달의 몸무게는 74.6킬로그램. 결국 거의 변하지 않았다는 얘기지만, 이런 식으로 1년에 1킬로그램씩 체중을 감량하면 앞으로 80년도 안 걸려 이 세상에서 소멸할 수 있을 듯하다. '○○로 다이어트'보다 '다이어트로 ○○'로 나아갈 수 있는 비즈니스 기회일지도 모른다. '다이어트로 소멸'이니 '다이어트로 열반' 같은. 몸무게를 기록하다가 안 사실은 역시 인간은 겨울에는 찌고 여름에는 빠진다는 당연하다면 당연한 점과 고기는 역시 겨울 직전의 가을이 맛있구나 하는 점이다.

마지막 과제 도서로 아내가 고른 책은 『배틀로얄』이다.° 중학교 3학년의 교실 하나를 그대로 어딘가로 격리한 뒤 마지막 한 사람만

° 최종회로 실은 『롱 워크』도 고민했지만 스티븐 킹은 『쿠조』를 했으니 관뒀다.

남을 때까지 서로를 죽이게 하는 '프로그램'. 무작위로 지급된 무기를 손에 들고 도망칠 수 없도록 짜인 규칙 하에서 소년 소녀가 목숨을 걸고 싸운다. 영화로도 만들어져 해외에서도 높은 평가를 받았다. 마치 고전으로 가는 길을 걷고 있는 것 같다. 'Battle Royale'의 본래 표기는 '배틀로얄'이지만 '배틀로알'이나 '배틀로왈' 등 미묘하게 잘못 표기되는 일이 많아 마음에 걸린다. 지금은 '배틀로얄류의 작품'이라는 표현을 사용할 만큼 흔한 내용이 됐지만 당시에는 역시 신선했다. '배틀로얄류'라는 말이 생겼을 정도니 하나의 업적이라고도 할 수 있겠다.

특정한 규칙 안에서 이루어지는 배틀류는 좋아하지만 자주 읽지는 않는다. 확실하게 정해진 규칙 하에서 발생하는 놀라움은 그 규칙 안에서 일어났으면 하는 마음이 있기 때문일지도 모른다. 규칙을 파고들다 보면 수학에까지 이를 수 있다. 수학에서는 당연한 것을 규칙에 따라서 전개하다 보면 어쩐 일인지 새로운 것이 보이기도 한다. 다시 말해 체스, 장기, 바둑과 같은 확실한 규칙이 있는 게임이라도 감동은 생겨난다는 이야기다. 게임을 감동 생성 기계처럼 생각하는 것도 무척이나 이상하지만. 그 점에서 규칙으로 제한된 세상을 소설로 쓰는 것은 아무래도 어렵게 느껴진다. 소설은 증명이 아니니 당연하려나. 『배틀로얄』이 장기나 바둑 혹은 일반적인 게임 이론과 다른 점은 우선 다수 대 다수의 싸움이라는 점이다. 다수 대 다수의 경우, 서로 협조를 할 수도 있기에 해석하기가 쉽지 않다. 아직까지 이를 해석할 만한 적절한 수단이 발견되지 않은 것은 아닐까. 물론 협조 관계는 드라마에서도 볼 수 있지만 역시 소설에서 더 잘 그려내는 것 같다. 그래서 이런 종류의 소설을 가끔 읽기는 해도 나올 때마다 찾아서 읽는 수준은 아니다. 어느 정도 거리감이 있다.

지난번, 내가 제시한 과제 도서는 『솔라리스』였는데, 나 같은 경우는 그 정도의 '인간관계'를 생각하는 것이 최선으로 『배틀로얄』급의 인간관계는 쉽게 머릿속에 들어오지 않는다. 아내는 『솔라리스』를 '어쩐지 기분이 나쁘다'고 느끼겠지만 내 경우에는 그런 기분 나쁨을 매일같이 겪는다고나 할까. 『솔라리스』에서는 상대방이 인간인지 아닌지를 생각해야만 하는 반면 『배틀로얄』에서는 하나하나 생각하고 있을 여유가 없다. 뭔가를 생각하는 사람은 죽는다. 그래도 『배틀로얄』과 같은 상황에 놓인다면 대부분 사람은 죽으니까, 뭔가를 생각하는 것이 딱히 나쁘지는 않다. 자신이 최후의 1인이 되리라고 생각하는 쪽이 오히려 불가능에 가깝다. 사는 것 따위 시종에게 맡겨두라고 한 릴라당*은 지독한 가난뱅이였다. 『배틀로얄』 같은 환경 하에서는 시종에게 살인을 맡겨둬도 좋을 것 같다.

'서로 다른, 다양한 의사가 소용돌이치는 세계'라는 말을 할 때, 나는 '다른' 부분이 신경 쓰이고 아내는 '다양한' 쪽에 신경을 쓴다고 봐야 할까. 이 연재를 하며 나는 아내가 고르는 책에 창문 너머의 솔라리스를 바라보는 듯한 공포를 느껴왔다. 반대로 아내에게 『배틀로얄』과 같은 다양성을 제시했는가 하면 생각보다는 그러지 못했다. 연재 전체가 예상보다 훨씬 더 정돈되지 않았구나 싶은

⚜ 에디슨이 인공소녀 아달리를 만드는 『미래의 이브』로 알려져 있다.

것이 솔직한 감상이다. 어떻게 해도 정돈되기는 어려우리라 생각했지만, 그 예상을 뛰어넘을 정도로 어수선하다는 점에서 인간이란 재미있는 존재라고 느낀다. 부부를 뛰어 넘어 인간 차원에서 말이다. 인간은 곤란하면 인류애와 같은 커다란 것을 생각하며 스스로를 위로하는 법이다. 결국 아내는 마지막까지 모르겠다는 말을 반복했다. 나는 역시 모르는 상태 자체를 좋아함을 깨달았다. 이렇게 서로 다른 느낌을 가진 부부이면서도 같이 사는 이유는 (적어도 한 명은) 자신과 다르다는 점을 좋아하기 때문은 아닐까. 실제로 나는 결혼한 뒤 예전까지는 별로 흥미가 없던 여러 가지 것에 흥미가 생겼다. 인간은 모두 자신이 옳다고 생각하기에 흥미의 방향이 뒤틀리는 일을 고통스럽게 느낀다. 이렇게 다른 쪽에 흥미를 갖지 않았다면 알지 못했을 일도 많다. 역시 소박하게 결혼하길 잘했다고 생각한다. "재미있다" 하면서도 "이상하네"라고 중얼거리긴 하지만.

혹시라도 우리 집은 '상호 이해가 달성되면 해산'이 돼버리는 가정일지도 모른다. 그렇다면 상호 이해를 위한 연재는 위험하다는 이야기다. 지금까지 읽어주신 독자 분들은 이미 알고 있으리라. 그런 면에서 우리 둘에게는 아무런 문제가 없다고. 쉴 새 없이 공중 분해되는 듯한 연재에 관심을 가져주신 분들께 진심으로 감사드린다. 아내에게는 다양한 뉘앙스로 가벼움과 무거움을 동시에 담아서 앞으로도 잘 부탁해.♀

♀ 나야말로 잘 부탁해!

독서로 부부가 서로를 알 수는 없다

엔조   독서 릴레이, 어땠어?

다나베   다시 읽어보니 재미있던데.

엔조   연재할 때는?

다나베   그땐 '왜 이런 과제 도서를 준 거야'라고만 생각했지.

엔조   책을 추천한 의도를 알지 못했다는 얘기야? 그래도 그게
       주제였는걸.

다나베   책이 싫었던 적도 있어. '이런 문제 내가 어떻게 풀어?', '이
       런 걸 어떻게 만들어?' 하면서.

엔조   종이접기 책은 아주 가벼운 책 아니었어? 전개도가 그려
       져 있을 뿐이잖아.

다나베   일단 해보긴 했지. 그랬더니 꾸깃꾸깃한 종이 뭉치가 돼버

리더라고. 그게 싫었어.

엔조   당신은 실제로 해보는 유형이니까. 전개도를 보면 접어봐야겠다고 생각하고 수식을 보면 풀어야 한다고 생각하잖아. 나는 그저 읽을 대상으로만 생각하는데 말이지. 당신이 '이 문제는 풀 수 없어'라고 곤란해하는 건 그저 독서관의 차이일 뿐이야.

다나베   당신은 이걸 해보니 어땠어?

엔조   나는 생각보다 힘들었어. 끝나서 다행이야.

다나베   2주 안에 과제 도서를 읽고 원고를 써야 했으니까.

엔조   당신은 처음 미팅할 때 1주로도 충분하다고 했잖아.

다나베   자신이 책을 고른다면 그 정도 페이스로 갈 수 있지만 이 연재는 전혀 예상이 안 돼서 힘들었어.

엔조   자기 원고를 넘기는 시점에는 상대방에게 책을 알려줘도 좋다고 할 걸 그랬어. 공개될 때까지 비밀로 하기로 해서 작업 시간이 더 짧아졌어.

다나베   응. 역시 어떻게 읽어야 하는지 모르는 책은 평소에 읽을 때보다 훨씬 시간이 걸려.

엔조   맞아. 세상에는 읽는 법을 알 수 없는 책이 있더라고. 그걸 알게 됐어. 자신이 좋아하는 책은 읽는 법을 아니까 금방 읽을 수 있지만, 익숙하지 않은 장르의 책은 '어라?' 하는 생각이 들어. 읽는 법을 아는 책, 감상을 쓰는 법을 아는 책, 감상을 쓰는 법을 전혀 알 수 없는 책이 있는데 이것들이 반드시 일치한다고 보기는 어렵지.

다나베 　같은 괴담이라도 읽는 법, 즐기는 법을 모르는 사람이 있어서 "어? 아까 거기서 끝이야? 결말은? ○○ 씨는 어떻게 됐어?"라든가 "해설은?" 같은 말이 나오기도 해. "뭐가 뭔지 모르겠는데 갑자기 귀신이 나오더니 또 사람이 없어지고 끝나버리니 왜 그런 거야?"라든가.

엔조 　그런 의미에서 다이어트 책이 가장 쓰기 어려웠어.

다나베 　그래? 의외네.

엔조 　무슨 얘기를 쓰겠어? 내 다이어트도 전혀 되지 않는 판에. 이 독서 릴레이를 통해 사람이 바뀐다면 몸무게도 바뀌리라 생각했지만, 사람이 전혀 바뀌지 않았기에 몸무게도 달라지지 않은 것 같아.

엔조 　그래서, 실제로 이혼을 생각하게 됐어?

다나베 　꿈을 꿨다든가. (웃음) 주변에서 꽤나 걱정했어.

엔조 　나도 "불안해서 연재를 읽을 수가 없어. 정말로 둘 사이, 괜찮은 거야?"라는 말을 듣기도 했어. 확실히 읽는 사람이 볼 때는 꽤나 불안하고 스릴 넘쳤나봐. 실제로 상호 이해는 마지막까지 이루지 못했는데, 2년간 서로 한 걸음도 나아가지 못한 채 끝나버려서 나는 오히려 좀 놀랬어.

다나베 　당신은 엄청난 독서가라서 늘 책을 읽지만 "그거 뭐야, 가르쳐 줘, 나도 읽을래" 같은 말을 평소에 안 하니까 그럼 기획으로 해볼까 싶었던 거지.

엔조 　책을 많이 읽는 사람들이라고 해도 그동안 읽어온 책이 전혀 겹치지 않으니까. 그건 알고 있었지만 이렇게까지 겹치지 않으리라고는 생각도 못했지. 책을 고르는 데 있어 배려하지도 않고 끝나버렸잖아. 나, 처음에는 그래도 많이 배려했어.

다나베 그랬구나!

엔조 당신이 바쁜 거 아니까 단편집 속의 단편을 계속 골랐잖아. 눈치 챌 거라고 생각했는데, 전혀 알아주지도 않고. 『쿠조』 같은 책을 고르지를 않나. (웃음) 다른 마감 때문에 허덕거릴 때 아무렇지도 않게 『쿠조』를 던지다니. 꽤나 신선했어.

다나베 『쿠조』는 의외로 빨리 읽을 수 있어.

엔조 그래도 꽤 두껍잖아.

다나베 알아. 나도 읽었으니까.

엔조 이런 바쁠 때 이런 책을 주다니. 그래서 나도 신경 쓰지 않고 점점 더 두툼한 책을 골랐지.

다나베 나는 사실 넣고 싶은 만화가 여러 개 있었는데 완결되지 않은 시리즈물은 안 된다는 규칙이 있어 포기했어.

엔조 둘이서 이 연재 이야기를 하면 내가 괴로워질 듯해 서로 이야기하지 않기로 정한 건데, 당신은 꽤 이야기를 많이 했지.

다나베 응. "종이접기 안 만들어줬잖아" 같은 말을 자주 했지.

엔조 꽤나 노골적으로 말이지.

다나베 내 요청이나 질문을 대부분 무시했잖아.

엔조 나는 일은 일, 생활은 생활로 나누는 타입이니까.

다나베 결국 서로 자신이 있는 곳에서 움직이지 않았네.

엔조 조금 더 사이가 좋아지거나 나빠지리라 생각했는데.

다나베 거리는 안 바뀌었지만 서로의 윤곽은 알았을지도 몰라.

엔조 뭐, 서로를 간섭하지 않고 공존하는 구역이 명확해졌다
는 느낌은 있어. 부부에게는 그다지 추천할 만한 기획은
아니야. 다른 사람들이었다면 정말로 헤어졌을지도 몰라.

다나베 어머, 나는 우리 부부가 동시에 하면 좋겠다 싶은 기획이
또 있는데.

엔조 아, 이걸로 충분해.

함께 번역하다 이혼할 뻔?

제이 해보니까 어땠어?

수영 전체적으로 재밌었어! 힘들기도 했지만.

제이 뭐가 힘들었어?

수영 내가 맡은 남편의 글이 너무 어려운 내용도 많고 말장난
도 많아서 그 생각을 따라잡는 게 제일 어려웠어. 그런데
아내 부분은 다른 측면으로 글이 이리저리 뛰더라고. 번
역하기 어렵지 않았어?

제이 꽤 어려웠어. 당신도 알다시피 나는 좀 진지한 글을 좋아
하는 편이고 오글거리는 걸 잘 못 참잖아. 특히 '머릿속 요
정' 부분은 정말…….

수영 맞아. 그 부분이 정말 어려워 보이더라고. 아내가 약간 4

차원적인 부분이 있어서 처음에는 서평인데 왜 이리 딴 말을 많이 하지 싶었어. 하지만 나중에 보니 번역하는 나 조차도 이 연재의 의도를 제대로 파악하고 있지 못했던 거더라고.

제이   그러게. 처음에는 '서로 책을 추천하는 것'이 중심이라고 생각했는데 사실 그건 형식일 뿐, 진짜 목적은 '서로를 이해하는 것'이었잖아. 나중에야 깨달았어. 그런 면에서는 아내가 있는 그대로의 모습을 드러낸 게 좋았어. 개인적으로는 내가 사람을 잘 안 만나는 직업이라 '이런 사람도 있구나' 하고 신기한 기분이 들어 재미있었어. 남편 캐릭터는 주변에서 종종 보는데 아내 캐릭터는 흔치 않은 것 같아.

수영   맞아. 내 주변에도 보기 힘든 캐릭터야. 이게 이 부부의 특성 때문인지 읽는 동안 부부 관계가 위태위태해 보이는 내용이 많이 있었어. 특히 남편이 아내를 타박하는 내용이 계속될 때는 '아, 이 사람 조금 심한 거 같은데'라는 생각도 들고.

제이   그래? 나는 지인들이 걱정한다고 해서 '이 부부는 서로 아주 좋아 죽는데 왜들 걱정을 하지?' 하는 마음으로 했는데! (웃음) 근데 남편이 좀 타박이 심하긴 했어.

수영   번역을 맡은 부분이 달라서 조금 다르게 다가온 부분도 있었을 것 같아. 나는 남편 부분을 번역했으니까 남편 입장에서 아내의 답답한 부분이 보이기는 했지만, 나중에는 '이렇게까지 공공연하게 말할 필요는 없잖아'라고 오히려 아내 편을 들게 되더라고.

제이 하긴 당신은 남 험담하는 걸 싫어하고 불편해하잖아. 그래서 더 그렇게 느꼈을지도 모르겠네. 근데 난 아내 얘기를 험담으로 포장한 애정으로 읽었어. 가령 아내가 옷을 오만 데다 벗어놓고 다니면 '아휴, 나 없인 제대로 하는 게 없다니까'라며 치우고는 만족하는 게 아닐까?

수영 그럴지도 모르지. 그런 부분에서 행복을 느끼는 사람일지도.

제이 이 책에도 쓰여 있듯 어떤 관계건 정해진 형태는 없는 것 같아. 이 부부는 말 그대로 일본 만담처럼 한 사람이 지적하면 다른 사람이 능청을 떠는 관계인 거지. 그게 서로의 성격에 아주 잘 맞기에 부부로 지내고 있는 거구나 싶었는데.

수영 맞아. 그런 관계가 그냥 이 부부의 특징이구나 하는 생각이 들었어. 아니면 사실 둘의 관계는 이 책과 정반대인 것은 아닐까? 갑자기 든 생각인데 이 책에 여러 번 나오는 말처럼 저자와 작품은 분리해서 생각해야 했을지도 몰라. 우린 그저 이 부부한테 놀아난 걸 수도 있어.

제이 그럴까? 진짜 관계와 남들에게 보이는 관계는 다를지도 모르고 의도적으로 다른 식으로 썼을 가능성도 있겠지만 어쩔 수 없지. 우리가 대하는 건 실제 그 부부가 아니라 그들이 쓴 작품 속 부부니까.

수영　　그래도 이 작가 부부가 서로를 얼마큼 이해했는지는 모르겠지만, 나는 이 부부를 어느 정도는 이해한 것 같아.

제이　　그건 나도 그래. 그리고 세상에는 정말 많은 책과 작가가 있다는 걸 깨달았달까.

수영　　맞아. 정말 이 책에는 등장하는 작품이 많은 데다 번역본이 나온 경우 일일이 찾아보느라 같이 고생 좀 했잖아. 특히 본문을 인용한 작품은 내용을 그대로 옮겨와야 되니까 실제로 하나씩 다 구해서 책을 직접 봐야 했으니까. 그리고 언급된 작품들은 한 번쯤은 읽어보고 싶기도 했고.

제이　　맞아. 찾아보는 데 정말 시간과 품이 많이 들었지. 그런데 아내는 책에 대한 이야기보다 자기 일상 이야기를 많이 하니까 좀 손해 보는 기분도 들었어. 궁금하면 직접 읽어보세요, 이런 말이나 하고 말이야. 그래도 그 사람의 일상 이야기 자체는 큰 재미였어. 나에겐.

수영　　남편이 추천하는 작품을 보면서 독서의 스펙트럼이 참 넓다는 생각이 들었어. 실제로 이 작가가 쓰는 글 자체가 여러 장르를 넘나들기도 하고.

제이　　그런 면에서 아내가 남편을 존경한다고 하는데, 나도 그런 점에서는 당신을 존경해. 난 책 읽는 속도도 느린 편이고 편식도 심하니까. 물론 일로 하는 독서일 때는 경우가 다르지만. 이 부부도 남편이 다독가라고 했는데 우리 집도 그렇잖아.

수영　　나는 다독가 축에도 못 낄 거야.

제이 그래도 나는 알다시피 마음에 드는 것만 골백번 읽는 스타일인데, 당신은 여러 종류의 책을 다양하게 읽잖아.

수영 나도 그렇게 다양하게 읽지는 않아. 취향에 맞는 책을 골라서 볼 뿐이지. 그런데 우리도 '고양이'라는 테마를 제외하고는 읽는 책이 그다지 겹치지 않으니까, 이 책처럼 똑같이 서로 책을 추천하고 감상문을 써보는 것은 어떨까 하는 생각이 들었어.

제이 나도 똑같이 우리가 자주 기획으로 이걸 해보면 어떨까 생각했어. 남편이 기획 속 기획으로 혼자서 다이어트 기획한 것처럼.

수영 근데 우리가 하면 기획 속의 기획으로 맨날 술 이야기만 적을 것 같다는 생각이 드는 건 왜지?

제이 나도 그런 생각이 드는 건 왜지? 이유를 모르겠네? 흐음?

수영 술이 맛있었어, 근데 술을 마셔서 살이 쪘어, 살을 빼야 돼, 운동할 거야, 아 운동했더니 술이 마시고 싶어……의 무한 반복.

제이 음. 난 그냥 술을 마셔야 돼, 술은 마셔야지, 술을 왜 안 마셔……의 무한반복일 것 같은데? 아무튼 그건 그렇고, 어쨌든 서평 책이니 가장 기억에 남거나 읽고 싶었던 책을 하나씩 얘기하고 마무리하도록 하자.

수영 그래, 나는…….

제이 아니, 잠깐! 동시에 하나 둘 셋 하면 이야기하자! 하나, 둘, 셋!

수영   (동시에) 나는 렘 쿨하스의 「수영장 이야기」!

제이   (동시에) 「수영장 이야기」! …… 헐.

수영   정말? 우와. 근데 정말 그 글은 한 번 읽어보고 싶어. 도저히 구할 수가 없어 아직 읽어보지 못했는데, 엔조 도 작가가 다른 잡지에조차 '자신의 것으로 만들고 싶은 단 하나의 단편 작품'으로 꼽았을 정도라 내용이 궁금해.

제이   그랬구나! 그건 몰랐어. 아무튼 우리가 이래서 사나봐. 우리도 사실 이번 작업을 하면서 처음엔 좀 갈등이 있었잖아? 우리가 일하는 스타일이 너무 달라서. 우린 '함께 번역하다 이혼할 뻔'을 써야 하나 생각하기도 했거든(웃음).

수영   그래도 조금은 서로에게 다가간 느낌이 들었는데 나만의 착각이었나?

제이   우리가 더 다가갈 게 있나? 농담이야. (웃음) 나도 그래. 평소에도 생각했지만 일하는 방법 면에서 당신에게 배운 점이 많아. 아무튼 신선하고 재미있는 작업이었어. 그치? 정말 많은 사람을 이해하게 된 작업이었달까.

수영   그래서 또 공동 번역 의뢰가 들어오면 하고 싶어?

제이   해야지! 난 들어오는 일은 안 막는다고(웃음).

책 읽다가 이혼할 뻔

초판 1쇄 발행 2018년 2월 7일
초판 2쇄 발행 2018년 10월 8일

지은이 | 엔조 도·다나베 세이아
옮긴이 | 박제이·구수영
펴낸곳 | 정은문고
펴낸이 | 이정화
편   집 | 안은미
디자인 | 원선우

등록번호 | 제2009-00047호 2005년 12월 27일
주소 | 서울시 마포구 서교동 473-10 502호
전화 | 02-392-0224
팩스 | 02-3147-0221
이메일 | jungeunbooks@naver.com
페이스북 | facebook.com/jungeunbooks
블로그 | blog.naver.com/jungeunbooks

ISBN 979-11-85153-20-9 03830